蝶として死す

平家物語推理抄

羽生飛鳥

一一八三年、源氏の木曾義仲軍が平家を破って都入りした。しかし、平清盛の異母弟・平頼盛は都落ちした一門と決別し、都に留まっていた。そんな頼盛は、彼を知恵者と聞いた義仲に「首がない五つの屍から恩人の屍を特定してほしい」と依頼され……。第十五回ミステリーズ！新人賞受賞作「屍実盛」ほか全五編。清盛が都に放った童子は、なぜ惨殺されたのか？　遠く離れた場所にいたはずの大姫が、父・源頼朝の話の内容を言い当てられた秘密とは？　平清盛や源頼朝などの権力者たちと対峙しながら、推理力を武器に生き抜いた頼盛の生涯を描く連作集。

蝶として死す

平家物語推理抄

羽　生　飛　鳥

創元推理文庫

HE DIED A BUTTERFLY

by

Asuka Hanyu

2021

目次

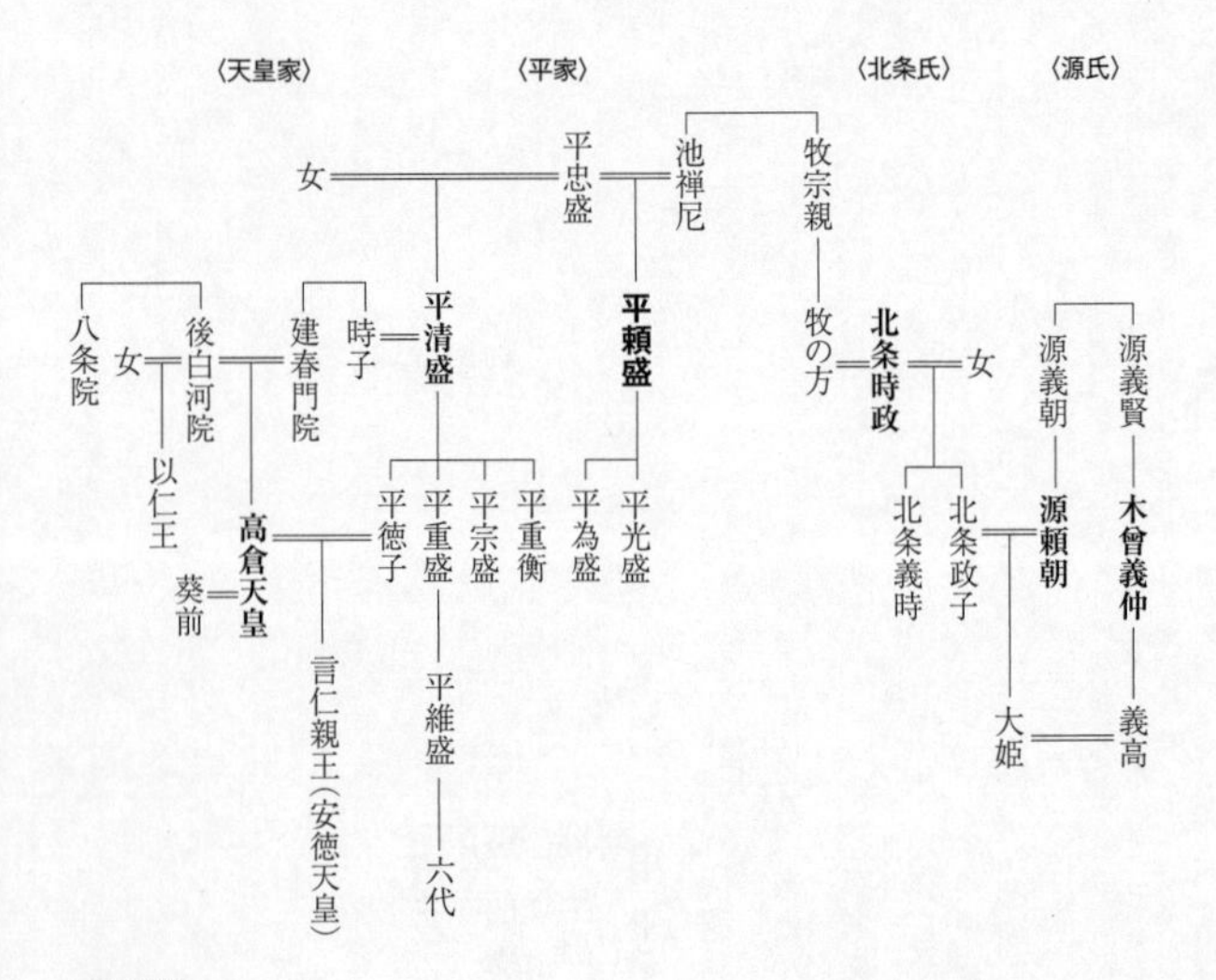

血縁関係　—
婚姻・恋愛関係　＝

平弥平兵衛宗清……平頼盛の家人。源頼朝の恩人。

禿髪……平清盛に仕える少年達。

斎藤別当実盛……篠原の戦いで平家方の殿軍を務めた武将。木曾義仲の恩人。

手塚太郎金刺光盛……木曾義仲の家人。篠原の戦いで実盛と戦った。

樋口兼光……木曾義仲の家人。倶利伽羅峠の戦いで活躍。都の監視役を務める。

中原清業……平頼盛に仕える下級貴族。

千手前……遊女。鎌倉の御所で官女として仕える。

蝶として死す

平家物語推理抄

禿髪殺し

「入道相国のはかりことに、十四五六の童部を、三百人そろへて、髪をかぶろにきりまはし、赤き直垂を着せて、召しつかはれけるが、京中にみちくて、往反しけり」

――『平家物語　巻第一　禿髪』――

嘉応元年（一一六九年）、初秋。

保元平治の二つの大乱から、十年の月日が過ぎた。

一昨年、平清盛が武士として初めて太政大臣に任ぜられた。

これにより、朝廷の高位高官は平家一門が占め、この世の春を謳歌していた。

かつては藤原氏が権勢を誇った都で、今は平家が栄耀栄華を極めている。

しかし、誰が隆盛を極めても、相も変わらず、京の都は朝を迎えていた。

夜が明けるに従い、都中を覆っていた白絹のような朝霧が晴れていく。

往来には、牛車やその露払いをする牛飼童、竹竿に魚と鳥を括り付けて売り歩く商人や壺装束の女房など、様々な民が行き交っていた。

ただ、都の右京道祖大路と五条大路の、人家もまばらな辻――通称病葉ノ辻――に至ると、様相は一変する。

道を行く誰もが、三間（約五・五メートル）だけを残して建つ、古い築地塀の前に群がる、四、五匹の野犬達に気がつき、足を止めていた。

都に住み着いた野犬が増え、民を悩ませるようになったのは、今に始まったことではない。

遡れば、藤原道長が「この世をば我が世とぞ思う望月の欠けたることもなしと思えば」と、かの有名な和歌を詠んだ時代より、野犬は都を根城にしていた。

道長より後世の後三条天皇は、都中に満ちる野犬を厭い、野犬狩りを何度も命じている。

都に、なぜここまで野犬が住み着いたか。

都の民には、住居に穢れがあるのを忌み嫌い、屍を路上に放置する――穢れは路上などの開かれた場所では伝染しないと考えられていた――風習があったためだ。

その屍を目当てに、飢えた野犬が都に流れこんできた。

ようは、野犬の飢えを満たす餌があった。それだけのことだ。

当然、都に暮らす民は、野犬を見慣れていた。

しかし、病葉ノ辻では、多くの民が野犬の群れに対し、珍しいものでも見るように、足を止めていた。

「何だ、この人だかりは」

偶々この道を通りかかった面皰面の京童（都に暮らす無頼の徒の総称）が、誰に訊くでもなく訊ねる。

「あれじゃよ、あれを見ているのじゃよ」

白い顎鬚をのばした老僧が、自分のそばから築地塀を見るよう、京童を手招きする。

築地塀の中央は崩れ、中の木組みが露わになっていた。

京童は、その木組みの前に群がる野犬の群れを見るなり、顔を顰めた。

「こいつは、派手にやられたものだ」

白い朝霧が晴れていくと、築地塀と野犬の群れの間に、赤黒く血に塗れた人の首と、食い千切られた衣の切れ端が、五寸（約十五センチ）ほどの骨片と共に点々と転がっていた。

血塗れの首に残った黒髪は、かぶろ（肩の辺りで切り揃えられたおかっぱ）になっている。

京童が、もしやと急いで路上に広がる衣の切れ端に目を向ければ、赤色だった。

「六波羅殿（清盛の呼称の一つ。住居が六波羅にあることによる）の禿髪が、野犬に食われておるのじゃよ」

老僧が嗄れた声で、京童の推測の正しさを裏付ける。

途端に、その場にいた誰もが、やはりそうかと思い思いに息を飲む。

禿髪とは、清盛が平家一門を誹謗中傷する者達を取り締まるために、都中に放った赤い衣の少年達のことだ。

禿髪の一人に、誹謗中傷していることを嗅ぎつけられたら最後だ。

仲間を呼び寄せ、家に乱入して家財を没収し、その家の者を捕らえて六波羅へ連れて行く。

中には、平家一門に讒言されたくなければ金品をよこせと迫る、たちの悪い禿髪もいた。

ゆえに、禿髪は都の民達から、蛇蝎のごとく忌み嫌われていた。

「禿髪が、野犬に食われて果てるとはな。無様なものだ」

京童は、禿髪の屍に群がる野犬達を見ながら、鼻先で笑う。

「何が起きているのか、わかっておらぬようだな、お若いの。禿髪は、素姓も知れぬ得体の知れない連中ではあるが、六波羅殿の命を受けた者。それが、このように無惨に野犬に食い散らかされたとあっては、禿髪はもちろん平家一門が黙ってはおるまい。六波羅殿の手の者達が威信にかけて、禿髪がなぜ死に、野犬に食われることになったか、調べ抜くに違いない。それでも、なぜ死んだのかがわからねば、六波羅殿の手の者達は叱責を恐れて、めぼしい者を禿髪殺しの下手人に仕立てあげ、捕らえるやもしれん」

老僧の言葉は、波紋のように周囲に広がっていく。

平家一門は、ただでさえ、多くの武士達を従えている。そればかりか、都の治安を守る検非違使(けびいし)をまとめる官職に就いている者もいる。下手人探しが苛烈を極めることを、民達は容易に思い描けた。

「では、いつまでもここにいては、あらぬ疑いをかけられるかもしれぬ。俺は仕事に戻る」

「儂(わし)もだ。痛くもない肚(はら)を探られるとは、ばかばかしい」

「わたしもよ。こんなことに巻きこまれて、主家に迷惑をかけたくもなし」

「死んでも厄介(やっかい)とは、禿髪はどこまでも忌々(いまいま)しい奴じゃわい」

潮が引くように、病葉ノ辻から民は去って行く。

残ったのは、先程の老僧と京童だけだった。

「なあ、坊さん。あんたが言ったことだ。面倒なことに関わり合いになる前に、早く立ち去った方がいい。残り短い人生、獄舎（ひとや）で過ごしたくはないだろう」

去り際に京童が声をかけると、老僧は低い声で笑った。

「お若いの。京童でありながら、この年寄りの話を真に受けたか。あんなのは、話半分じゃて。残り半分は、儂にとって、否（いな）、儂らにとって、福を招くのじゃよ」

老僧は、飢えを満たして去って行く野犬の群れを一瞥（いちべつ）してから、京童を見た。

「おことは見たところ、足が速そうじゃ。そこで頼みがあるのじゃが、これから六波羅へひとっ走りして、禿髪の一人が野犬に食われたと知らせてくれぬか。儂は、ここで禿髪の屍を見張っておる。先程の者達は処罰を恐れ、知らせに走った者は一人もおらぬじゃろう。だから、禿髪をこのような目に遭わせて、六波羅殿のお顔に泥を塗った不届き者がおったと知らせる者はおことのみ。きっと、褒美（ほうび）をたんまりくれるじゃろう。その時は、儂に半分よこすのじゃぞ」

「ちょいと待ちな、坊さん。そう物事が思うようにうまく運ぶものかね。知らせに行っても、怪しい奴だと、その場で斬り捨てられるかもしれぬぞ」

京童は、疑わしげに老僧に訊ねる。

「確かに、六波羅殿に直に知らせれば、おことが危惧するようになるやもしれぬ。じゃが、六波羅は六波羅でも、池殿（いけどの）の許へ知らせに走れば、そうはなるまい」

池殿とは、清盛の異母弟達の一人、平頼盛（たいらのよりもり）のことだ。

棟梁（とうりょう）である清盛が大臣にまで官位を昇りつめたことで、その子弟も相応の官位に昇進。

それに伴い、各自分家を成立させ、武士団を形成していった。

その際、清盛嫡男の重盛が平家一門内において分家の小松流を、清盛異母弟の頼盛も池殿流を成立させ、その家長となっていた。なお、分家の呼称の小松も池殿も、それぞれの邸宅名に由来する。

しかし、前年の仁安三年、頼盛は、清盛から突如参議の官職を解官（官職を剝奪されること）された。

以来、朝廷に出仕できず、悶々と日々を過ごしていることは、都中に広く知れ渡っていた。

京童は、ようやく老僧の言いたいことがわかってきた。面皰の残る顔を綻ばせる。

「なるほど。池殿に禿髪が野犬に食われたと知らせれば、池殿には、六波羅殿の禿髪を無惨な目に遭わせた者を見つけ出して、六波羅殿のご機嫌を取るまたとない好機となる。そして、その好機をもたらした俺達に、当然褒美をくださる。そういうことだな」

老僧は皺の寄った細い首で、満足げに何度も頷いた。

「飲みこみが早い。やはり、おことに声をかけた儂の目に狂いはなかった。では、儂はここで禿髪の首を見ておるから、すぐに六波羅の池殿の邸宅へ知らせてまいれ」

「承知」

京童は、人気がすっかりなくなった五条大路を東へ駆け抜け、六波羅を目指した。

序

鴨川の東、五条大路から七条大路にかけて広がる一帯を、六波羅という。

かつての六波羅は、葬送地として知られる鳥辺野に隣接する、忌むべき地だった。

その地を平正盛が六道珍皇寺より借り受け、息子の忠盛が吉所と称して邸宅を増築したのち、孫の清盛の代で平家一門の地位が上がってからは、六波羅は京の都のどこよりも優雅で洗練された土地へと生まれ変わっていた。

平家一門の栄華のおこぼれに与ろうと、多くの者達が六波羅に暮らす平家一門の着こなしや烏帽子の被り方など、ありとあらゆる物を真似したので、「六波羅様」という様式すら誕生し、流行していた。

この六波羅に居並ぶ平家一門の邸宅でひときわ人目を惹くのは、平素は清盛の嫡男重盛が暮らす泉殿と、その南にある池殿だ。

池殿は、大きな池を中心に、趣向を凝らした風光明媚な庭で知られる、優美で典雅な邸宅だ。鳥が囀り、花の香が漂い、蝶が舞う庭は、屍が転がり、腐臭が漂い、野犬が貪ってまわる都の往来とは、天と地ほどの開きがあった。

しかし、このように贅を尽くした庭を持つ邸宅と同じく、「池殿」と世の人々に呼ばれる主人の平頼盛の心は、鬱々として晴れることはなかった。

前年の仁安三年十一月、突如として解官されたからだ。

これにより、朝廷に出仕ができなくなる。当然、出世からは遠のく。

それは同時に、平家一門内での地位の低下を意味する。

合戦で真っ先に犠牲になるのは、十中八九、一門内の地位の低い者だ。

ゆえに、武門である平家一門内における地位の低下は、遠くない死を意味していた。

保元平治の乱の折、頼盛率いる家の子郎党は獅子奮迅の活躍で、平家一門の主戦力を担った。

結果、平家一門は乱を鎮めた功績から、朝廷の武力を担う武士の棟梁と認められた。

一門の棟梁である清盛は国を動かすまでの権力を得て、その弟である頼盛も貴族になれた。

こうした繁栄は、ひとえに長年仕えてくれている家の子郎党の働きによる。

そんな勇猛果敢な彼らも、頼盛が解官されたままでは、合戦で犬死にさせられてしまう。

それればかりか、このまま朝廷に復帰が叶わねば、池殿流平家に連なるすべての者達が路頭に迷う。当世は、朝廷や寺院、貴族や武士等の権力のある所に属していなければ、どこからの庇護もなく、命の保障すらない。すなわち、即、野垂れ死にを意味する。

頼盛は、彼らの命を預かる池殿流の家長として、それだけは避けたかった。

平治の乱にて、敵の鉄製の熊手が兜に食いこみ、危うく馬から引きずり落とされかけた時とは異なる形での絶体絶命の危機だ。

その時は、父忠盛に授けられた平家累代の名刀抜丸の太刀で熊手の柄を斬り落とし、からくも助かった。

だが、今度は太刀を一振りすれば解決できるような、単純な問題ではない。

己のみならず、家の子郎党の生活や命運までかかっているから、事はいっそう重大だ。

そこで頼盛は、朝廷に復帰しようと、去年から働きかけていた。

後見をしている、当代随一の大荘園領主である八条院暲子内親王に口添えしてもらい、彼女の異母兄である後白河院の怒りを解く工作は、すでにしてある。

後は、五歳年下の甥の重盛に、清盛への口添えを頼めばよいだけだ。

だが、ここ数年重盛は病勝ちだ。

摂津国福原（現在の兵庫県神戸市）に暮らす清盛が数日前に京に帰って来ても、いつものように清盛の正妻時子の暮らす西八条邸ではなく、重盛に譲った泉殿にわざわざ滞在したのも、体調が優れない息子を見舞うためだ。

そんな状況では、重盛に口添えを頼みにくい。たとえ頼めたとしても、病床にいる我が子に口添えをさせるとは何事かと、清盛の不興を買うのは目に見えている。

せっかく同じ六波羅に清盛がいるのに、頼盛は朝廷に復帰する決定打を出せずにいた。

「打つ手、なしか……」

頼盛は、脇息に凭れかかり、溜息を吐いた。

「頼盛卿。お話がございますが、よろしいでしょうか」

襖障子が開き、鮮やかな蘇芳色の直垂を着た、池殿流平家筆頭家人の平弥平兵衛宗清が顔を出す。

家人とは、従うと決めた主人と、主従関係を結んだ武士を指す。家の子郎党で言うところの郎党にあたる。

駆り武者と呼ばれる臨時雇いの武士とは異なり、終始従い続ける。

そして、いざ合戦が始まれば、命がけで主人を守り、主人は家人が命を落とした場合、生涯その遺族の面倒を見る。

弥平兵衛は、頼盛が元服する前から仕えている、気心の知れた家人だ。

今年三十六歳となった頼盛が、十二歳の息子がいる男親には見えない若々しさを保ち、童顔であるのに対し、十歳年長の弥平兵衛は実年齢よりも老成した雰囲気を持っている。そのため、二人が並ぶと親子を通り越し、祖父と孫のように見えた。

「弥平兵衛か。かまわん。今は解官の身。時間は存分に有り余っている」

「そのようなことを仰せになっていられるのも、今のうちやも知れませぬぞ、頼盛卿」

参議の官職こそ解官された頼盛だが、位階（身分の序列）は貴族を意味する正三位（しょうさんみ）のままなので、弥平兵衛は頼盛に敬称の「卿」を付けて呼ぶ。

しかし、官職を失ったのに貴族扱いされるのもむなしい。そこで、卿をつけなくてもいいと言いかけたが、弥平兵衛の口ぶりに含みを感じ、脇息に凭れるのをやめ、座り直す。

「清盛兄上に、何か動きがあったか」

「いいえ。しかしながら、六波羅殿の禿髪には、変化がありました」

「面白い。続けよ」

「御意。御存知のように、六波羅殿の禿髪は都中に放たれております。ところが今朝、この邸宅の下人が門前をうろつく怪しい京童を見かけ、追い払おうとすると、禿髪の一人が野犬に食われているのを見つけたとのこと。驚いた下人が、それを拙者に報告した次第でございます」

　誰かに清盛へ口添えをしてもらうよりも、騒ぎを解決して手柄を立てる方が、朝廷復帰への近道となりそうだ。頼盛は口許を綻ばせた。

「なるほどな。して、その京童はまだ我が屋敷にいるか。禿髪の屍のある場所まで、案内させたい」

「そう仰せになられると思い、京童は待たせ、馬は用意させております」

「さすが弥平兵衛。ならば、おまえもついてまいれ」

「御意」

　頼盛は、すでに着ていた赤地に金の蝶の文様の入った錦の直垂の上に、さらに紺や萌黄の錦の衣を重ね着し、外出の支度をすませる。

　いささか着膨れた感はあるが、頼盛は歯牙にもかけない。それから、用意されていた馬に難なく跨ると、池殿の門の外に待たせていた京童に会いに向かった。

　京童は、色褪せた藍染の水干と日に焼けた烏帽子を被った、面皰面の若者だった。

　若者は、池殿の主人が自ら出向いてくることは予想していたが、豪奢な衣を着膨れて出て来ることは予想していなかったのか、一瞬目を見張る。

しかし、頼盛が案内を命じると気を取り直したらしく、屍が発見された場所まで走り始めた。

右京は、都ができた当初から、水はけが悪かった。しかも、何度も水害に見舞われる等の住み心地の悪さが露呈し、次々と民が去っていった。

貴族の邸宅は、ほんの数えるほどしかない。かつて邸宅だった場所の多くは田畑や野原へと変わり果て、今では民の中でもわけ有りの者や特に貧しい者が暮らす吹き溜まりと化している。

辺りに漂う侘しさを刻みこむように、鴉が軋んだ鳴き声を上げた。

右京を眺めるうちに、頼盛は母池禅尼が存命の頃、兄達と共に聞いた話を思い出した。

父忠盛が若い頃に、右京に暮らす身寄りのない女と密会を重ねていたという話だ。

右京の女は、女童と老いた下人を使うだけの、つましい暮らしぶりだった。

忠盛がそんな女の許へ通い詰めた理由は、右京という寂れた土地で、美貌と心映えがそろった、非の打ち所のない美女と会える面白さがあったからではないかと、池禅尼は穏やかに語った。

あいにく、薄幸な彼女は病を得て亡くなったため、それきりの縁になった。

だが、のちに、その美女と見目かたちばかりか、心映えまで似ている女と巡り合い、忠盛は妻に迎えた。

――それがわたくしですのよ。

池禅尼は、朗らかに笑った。過去の女に目くじらを立てることなく、鷹揚に笑い飛ばす母の、人間としての器の大きさを、頼盛は幼いながらに感じた。そんな母だから、白河院の御落胤や生母の素姓不明等のきな臭い噂がある継子の清盛を、世間の継母達がするように粗略に扱わず、平家一門の棟梁として盛り立てたのだろう。

頼盛は、ぬけぬけと過去の女を引き合いに出し、今の女を口説いた父のしたたかさを、子ども心に感じたことも思い出した。

そんな父は、泥中に咲く蓮を求めて右京へ行ったが、自分は何を見つけられるか。

できれば、自分の家の子郎党の起死回生の種であることを願いつつ、頼盛は京童に続いて馬を進めた。

すると、京童の話の通り、病葉ノ辻にある古い築地塀の前に老僧がいた。老僧は、自分の足元にある禿髪の首にたかる蠅を追い払っていた。賢い鴉達は、人間に遠慮したかのように首を啄みには来ないが、蠅は人間に頓着せず、何度も首に止まる。

頼盛が馬から下りると、老僧は蠅を払う手を止める。豪奢な衣で着膨れた直垂姿の頼盛に、一瞬面食らった表情をのぞかせたが、すぐに物乞い同然の服装に似合わぬ恭しい仕草で頭を下げる。

「池殿でございますな。このたびは、六波羅殿の禿髪の身に起きた災禍をお知らせしたく、使者をお送りしました」

頼盛は、老僧の挨拶もそこそこに、弥平兵衛と共に路上の首を見る。

弥平兵衛は、禿髪が想像以上に野犬達に食われているのを悼み、口の中で念仏を唱えた。

頼盛が、そんな弥平兵衛の横で、身を屈めて首を検分し始めると、老僧は検分の妨げにならないよう、すぐに引き下がる。

貴賤を問わず、屍の穢れは忌避される。

しかし、武をもって穢れを祓(はら)う者である武士だけは例外だ。

頼盛も、議政官最下位の参議という官職にあった貴族とはいえ、武士として生きてきた歳月の方が長い。屍に対し、忌避感を覚えることはなかった。

無惨にも野犬達に食い千切られた首は、まだ十四、五歳ほどの少年のものだった。雀斑(そばかす)だらけの青黒く浮腫(むく)んだ顔には乾いた血がこびりついている。白い骨がのぞく首の断面からは赤い肉が垂れ下がり、早くも蛆(うじ)が蠢(うごめ)いていた。

頼盛は、他に手がかりはないか周囲に目を向ける。

すると、築地塀の木組みが露わとなっている部分越しに、京童が井戸の縁に腰を下ろして休む姿が見えた。

井戸は、背の低い木枠で囲っただけの粗末な造りをしているため、京童が腰かけていなければ、築地塀の木組みの一部だと見落とすところだった。

それから、血のように点々と地面に落ちている赤い切れ端に頼盛は気がついた。

禿髪は皆、髪型をかぶろに切り揃えているほか、世間が六波羅様と呼ぶ、独特の赤い色味で染め上げられた直垂を着ている。

「この首の在りし日の姿が、禿髪であったのは間違いないですな」

念仏を唱え終えた弥平兵衛が、手際よく赤い切れ端を拾い集め、頼盛に差し出す。

「都中を見回るのが、禿髪の役目。恐らく、その途中で不幸にも野犬の群れに襲われたに違いありません。頼盛卿。差し出がましいようですが、野犬狩りを六波羅殿に進言されてはいかがでございましょうか」

「妙案だが、弥平兵衛。野犬狩りを進言する必要はない」

頼盛は切れ端を受け取って懐にしまうと、首の前にしゃがみこんだ。

「どういうことでございますか、頼盛卿」

頼盛は腰に差していた扇を抜くと、禿髪のわずかに残る首筋に血でこびりついていた髪を払いのける。髪の下から覗いた禿髪の喉には、青黒い紐状の痣があった。痣の周囲には爪で搔き毟った傷跡が幾筋も残り、赤い彩りを添えている。

首を扇でひっくり返すと、喉の後ろにあたる肉は食い千切られ、青黒い紐状の痣は確認できなかった。その代わり、頭の後ろの髪が血で固まっているのを見つけた。殴られたのは明白だった。

頼盛は、扇を持ち直した。

「やはりな。首を見た時、流れ出ている血の量が少ないのでもしやと思っていたが、これで確信に変わった。この禿髪は、野犬の群れに襲われて命を落としたのではない」

「まことでございますか、頼盛卿」

弥平兵衛は、目を白黒させながら、頼盛と首を交互に見比べる。

「うむ。生きたまま食い殺されたのであれば、辺りがもっと鮮血に染まっていなくてはならぬからな。それと、この青黒く浮腫んだ死に顔は、絞め殺された人間特有のものだ。どうやら、禿髪は頭を何か硬くて頑丈な物で殴りつけられた後、絞め殺されたようだ」

「保元平治の二つの大乱の時に、討ち死にした武士達の死因を正確に当てられていたことと言い、身元を突き止められたことと言い、毎度のことながら、屍についてお詳しいですな」

　弥平兵衛は瞠目するが、頼盛は事もなげに応じる。

「おまえや母上に罰当たりと眉を顰められながらも、幼少の頃に兄達と鳥辺野の埋葬地に出かけては、散乱している骨の生前の姿や身分、生業や死んだ原因を突き止める遊びをしていた成果よ。しかも、この罰当たりな知識を活かせば、討ち死にした者達の屍を身寄りの者へ返してやれると気づき、我が一門お抱え医師から屍や骨について色々と学んで磨きをかけたしな。さて、話は戻るが、禿髪の首に残された痣には縄目もなければ樹皮もないから、縄や蔓などではなく、紐で首を絞められたと見て間違いない」

　禿髪達が、平家の威を借りて狼藉を働き、多くの民の反感を買っていることは、頼盛も風の噂で聞き知っている。禿髪が殺された理由は、日頃の恨みであると簡単に見当がついた。

　すると、これまでおとなしく控えていた老僧と京童が声を上げた。

「お言葉ですが、池殿。儂らは禿髪の死を哀れに思い、知らせただけですぞ」

「さようです。六波羅殿の禿髪に逆らう者さえいないのに、命を奪う者がいましょうか」

「わかっている。それより、少しよいか」

頼盛は、適当に相槌を打ってから、腰を屈めて築地塀の木組みが露わとなっている部分をくぐり抜ける。そして、驚く京童にかまわず、井戸の蓋を開けてのぞきこんだ。

井戸の中は、木枠から三尺（約九十センチ）ほど下がった所まで土で埋められており、表面には様々な種類の苔が生えていた。掘り返した形跡はどこにも見当たらず、禿髪殺しに繋がる物は、何も見当たらなかった。

「……そう都合よく、手がかりなど隠されてはいないか」

少しでも多く手がかりを見つけたかったが、それがかなわず、頼盛は軽く息を吐く。

その頃には、井戸の周りに、弥平兵衛も老僧も集まってきていた。

「話は戻るが、その方らが殊勝な心がけで某に禿髪の災禍を知らせてくれたのは、承知している。さあ、これが知らせてくれた礼だ。受け取るがよい」

頼盛は腰帯（幅の狭い紐状の帯）をほどくと、重ね着していた衣のうち、上の二着を老僧と京童に与えた。

衣はたとえどんなに粗末な物であろうと、作るのに手間暇がかかり値が張る。腰帯一本手に入れることさえ一苦労だ。そのため、都の庶民の多くは着た切りだ。

そこへ頼盛が着ている、呉郡の綾、蜀江の錦がふんだんに使われた、綺羅のごとき衣を与えられたので、老僧と京童は驚嘆のあまり目を見張る。

この衣なら一着でも、売れば少なくとも七石（約一一二〇キログラム）の米が買え、優に向こう数年食うに困らずに暮らせるからだ。

そして、頼盛が外出時に着膨れる理由はここにある。役に立つ知らせをもたらした者へ、その場で即座に褒美を与えるためだ。

「こんなによろしいのでございますか、池殿」

「何か、悪いですね」

老僧と京童は言葉こそ殊勝だが、衣を大事そうに抱きしめていた。

頼盛は、広げた扇を顔の横にかざすと、老僧と京童に囁いた。

「なに。今ここでおまえ達が見聞きしたことを他言無用にしてもらいたいので、少々色を付けただけだ」

「おぉ。そのことでしたら、ご心配なく池殿。我々、すでに心得ております」

「こんなに御恵み深い池殿の御心を裏切る真似、誰がいたしましょうか」

老僧と京童はそれぞれ誓いを立てると、上機嫌でめいめいのねぐらへと帰っていった。

頼盛は腰帯を締め直し、また元の直垂姿に戻る。

すると、老僧と京童が立ち去ったのを見計らったように、弥平兵衛が頼盛の許へ来た。

「頼盛卿、どうして井戸に興味を持たれたのですか。あれは、役立たずの涸れ井戸でございましょう」

頼盛は扇を広げ、口許を隠した。

「涸れ井戸だからこそ、興味を持ったのだ。考えてもみよ。殺した禿髪の屍を隠すのに都合のよい涸れ井戸が、この築地塀をはさんですぐ裏手にあるのだぞ。それなのに、なぜ下手人は禿髪の屍を路上に放置したのか」

「恐らく御一門を辱めるため、あえて禿髪の屍を路上に晒し、野犬の餌にしたのでございましょう」

弥平兵衛は、目許を赤くして息巻く。頼盛は首を振った。

「平家一門を辱めるのが目的ならば、このような都の寂れた地ではなく、もっとにぎやかな地で禿髪の屍を晒すものだ。それに、ここ右京に住まう者達はわけ有りの者が多いため、厄介事に巻きこまれまいと用心深く振る舞う。あの老僧と京童以外の者が、平家一門へ知らせに走って来なかったのがよい証拠だ。こんなに用心深く振る舞う者達が、禿髪の屍を見つけたらどうするか。今のように、野犬のなすがままにし、残った首を平家一門に見つかるという最悪な状況になる前に、さっさと近くにあるあの涸れ井戸に屍を放り捨てて隠すであろうよ。そして、そんな禿髪など知らぬ存ぜぬを貫き通す。ここは、そういう土地柄なのだ。したがって、ここで禿髪の屍を路上に晒しても、平家一門への辱めにはならぬ」

「なるほど。すると、禿髪の屍が野犬の群れに食われたのは、誰も屍に気づかなかったことを意味するのですな」

「よいことに気がついたぞ、弥平兵衛。早朝、すでに首だけとなっているのを発見されたことを踏まえると、禿髪が殺されたのは、人通りが絶え始める夕刻から夜にかけてとなる」

頼盛は新たな事実が判明し、顔を綻ばせるが、すぐに眉根を寄せた。

「しかし、奇妙だ……」

「何が奇妙なのでございますか、頼盛卿」

「人通りが絶えて人目につきにくい時間に禿髪を殺したのであれば、誰にも知られず、そこの涸れ井戸なり、どこへなりとも屍を片づけられたはずだ。そうすれば、禿髪が殺されたことは発覚せず、下手人は我が平家一門に捕まる心配がなくなり、枕を高くして眠れた。だが、あえて安全な策を弄せず、路上に屍を放置し、禿髪の屍が野犬の餌になるにまかせた。またも、『なぜ、屍を路上に放置したのか』という疑問に戻ってしまった」

頼盛は、再びその場に片膝をつき、禿髪の首を見下ろした。

「野犬達に人の頭を食わぬ習性があるのは、周知の通りだ。この都に住んでいれば、幼子すら知っている。それなのに、下手人は野犬が食い残す頭を殴っている。つまり、下手人は、禿髪の死を、野犬に襲われたと偽装する気はなかったと見て間違いない」

「御一門の辱めが目的でもなければ、野犬に襲われたように見せかける目的でもない。頼盛卿が奇妙に思われた通り、どうして下手人は、禿髪の屍を路上に放置し、殺しが発覚する危険を冒したのでございましょう」

弥平兵衛は眉間に皺を寄せ、首を傾げる。

頼盛は、思案顔になる。

「例えば、下手人は思いがけない成り行きで禿髪を殺してしまい、屍を片づける時間を惜しんで、遠くへ逃げることを優先したのかもしれぬ。もしくは、禿髪の屍を片づけるよりも優先すべき何かがあったのかもしれぬ。あるいは、非力ゆえに禿髪の屍を運ぶことができなかったのかもしれぬ。このように、様々な見込みが考えられるが、どれも決め手に欠ける」

頼盛は扇を閉じた。

「ここは、いつまでも当て推量を続けるより、わかっていることを推し進めた方がいい」

首に群がる蠅を扇で払いのけ、頼盛は予め用意していた包みに首をくるむ。

「禿髪が殺されたのは、昨日の夕刻から夜にかけてのことだ。だから、弥平兵衛。おまえはただちに池殿へ引き返し、武士どもを集めよ。そして、この界隈を中心に、昨日の夕刻から夜にかけて人が争う様子を見聞きしなかったか、この雀斑の禿髪を見かけた者はいないか、急に都から出て行った者はいないか等を訊いてまわらせるのだ。もし、急に都から出て行った怪しい者がいたら、すぐに追いかけて捕らえよ」

「御意。して、頼盛卿は、いかがなされるおつもりですか」

「某はこの禿髪の首を土産に、清盛兄上に会いに行く。では頼んだぞ、弥平兵衛」

頼盛は馬に跨ると、すぐさま六波羅の泉殿へ走らせた。


馬は土煙を上げながら五条大路を走り抜け、六波羅の地にたどり着いた。

泉殿は鴨川の近くにある。その名は、泉が湧く土地に建てられたことに由来する。

寝殿、寝殿西北廊、東泉廊の三つの建物が連なってできた邸宅は、優美にして典雅な池殿と比べれば建物も庭も興趣に欠けるが、敷地内の一角に平家一門の氏神である、厳島神社の分社が造営されるほど広大だ。

頼盛は、清盛の弟である特権を生かし、門を馬に跨ったまま通過するや、ただちに清盛と面会をしたいと、迎えに出てきた下人に告げる。

屍臭がほのかに漂う包みを持つ頼盛に、下人は重要な用事だと察したのか、すぐに清盛のいる寝殿の南母屋に通した。

頼盛が南母屋に入ると、すぐに清盛から声がかかった。

「頼盛よ。そのような包みを持っておるとは、東泉廊で療養している重盛の見舞いではないな。いったい、何用だ」

清盛は、今年五十一歳。前年大病をした名残りで往時より幾分痩せたが、貧相にはならず、眼光の鋭さをいっそう増している。

だが、清盛が豪奢な法衣に身を包んでいようといまいと、位人臣を極めた身であろうとなかろうと、彼には王者の風格が漲っていた。少し割れた低い声には、重々しい響きがある。武士として初めて朝廷への昇殿を許された父忠盛が、斜視ゆえに公卿達から侮られたのとは対照的に、清盛には誰もが一目を置かねばならない気にさせる何かがあった。

「はい。事は急を要しておりますので、前置き抜きでお話しいたします」

頼盛は、清盛の前に包みを下ろすと、すぐにほどいて中の禿髪の首を披露する。

太政大臣を務めたことがあっても、武士ゆえに屍に対する忌避感のない清盛は、片眉を怪訝そうに跳ね上げただけだった。

「頼盛よ。この首はどうした」

清盛は、手にしていた扇で禿髪の首を指す。清盛が手を動かしたことで、衣に焚きしめられた香が匂い立つ。

清盛が名人に調合させ、吾身栄花と名づけた香だ。白砂青松の浜辺を思わせる、独特の香りを放つ香は、この世に二つとない名香だ。

頼盛は、舞や和歌のほか、香にも造詣が深かった風流人の父から、香に関する知識を伝授されている。それゆえ、鼻のよさには自信がある。にも拘わらず、いまだに吾身栄花の調合はわからなかった。

吾身栄花は匂い立つそばから、禿髪の首から漂う死臭を和らげていく。

「今朝早く、右京病葉ノ辻の崩れた築地塀の前で、禿髪が野犬に食われて首だけになっていたので、その旨をお知らせしようと持ってまいりました。この首をよくご覧下さい。頭には殴られた跡が、首には絞められた跡があるでしょう。この禿髪は、野犬に襲われて食い殺されたのではなく、昨日の夕刻から夜にかけて何者かに殺害された後、路上に放置され、野犬に食われたのです」

頼盛は、清盛の様子を窺う。清盛は、口許を扇で隠して沈黙している。話を進めるよう促しているのだと、頼盛は解釈した。

「禿髪は、御存知の通り、我が平家一門の耳目を担う者。その耳目を害したとは、平家一門へ挑んだのも同然。ここは、この禿髪を殺した下手人を探し出し捕らえるべきではありませんか。ならば、その任、この頼盛めに御命じ下さい」

清盛とて、禿髪殺しの下手人がわからぬままでいいはずがない。平時なら、跡取りである重盛に下手人探しをさせるだろう。

だが、あいにく重盛は今、病床の身だ。ならば、解官の身ゆえ行動の自由が利く頼盛に、下手人探しを命じるに違いない。頼盛は返事を待った。

「これは、まことに禿髪の屍か」

清盛は、扇で禿髪の首を指し示す。

「はい。首のそばに落ちていた衣の切れ端が、よい証拠」

屍を禿髪と認めてもらわねば、禿髪殺しの下手人を捕らえる手柄として成立しない。頼盛は、こうなることを見越して持ってきた赤い衣の切れ端を、懐から出して見せる。

「いかがです、兄上。この禿髪殺しの一件、頼盛めが三日以内に片をつけてご覧にいれましょう」

「そこまで言い切るとは、頼盛。勝算はあるのか」

「もちろんでございます」

頼盛が笑って見せると、清盛は軽く息を吐いた。

「ならば、おまえの好きにするがよい。下手人が捕らえられようと捕らえられまいと、平家一門は禿髪一人損なうことも許さぬと、世に知らしめることができる」

思ったよりも容易(たやす)く事が進み、頼盛は密(ひそ)かに笑う。すると、清盛が頼盛を通り越して、その背後にある、金泥(きんでい)の空へ鮮やかに舞う鶴が描かれた襖障子へと目を向けた。

「話はこれにて決まりだ。ならば、いい加減、この禿髪の首を片づけねば。黒雄丸、これを、鳥辺野へ懇ろに弔っておいてやれ」

清盛の命に応じて、襖障子が開き、奥から黒い水干姿の十五、六歳ほどの少年が現れる。

頼盛の脇を黒雄丸と呼ばれた少年がすり抜けると、吾身栄花の香りが鼻をくすぐる。

そば仕えの少年という、身分の低い者には不似合いな高貴な香りだ。

何しろ、衣に香を焚きしめるには、まず火取りと呼ばれる香炉に、火種と灰を入れ、その上に丸薬状の香を載せる。そして、火種の熱で香が香り立ってきたら、伏籠と呼ばれる籠状の金網を火取りの上に被せ、さらにその伏籠の上に衣をかけて、香りを燻らせる。

このように、そば仕えの少年は、来る日も来る日も清盛の衣に香を焚きしめるので、自ずと衣から清盛と同じ吾身栄花の香を放つようになったのだろう。

黒雄丸をすれ違いざまに見てみれば、子どもらしい稚さとは無縁の、老人のような目つきをしていた。項の後ろで束ねた黒髪は、瑞々しさに欠けて毛艶がなく、いっそう老けて見せている。

不器量ではないが、今をときめく平家一門の棟梁である清盛のそばに仕えるには、見栄えがよくない。それでも、あえて清盛が使っている点を考慮すると、きっと気が利く、腕が立つ等の長所があるのだろう。

頼盛に観察されているとも知らず、黒雄丸は手際良く禿髪の首を包み直すと、音もなく再び襖障子の奥へと戻っていく。

黒雄丸が退室したところで、頼盛は立ち上がった。

「では、兄上。これにて失礼つかまつる」

対する清盛は何かに思いを馳せたように、庭を見やっていた。

破

次の日の昼下がり。

頼盛が知らせを待ち兼ね、脇息に凭れていると、弥平兵衛が現れた。

弥平兵衛は、無精髭(ぶしようひげ)がのびて目が落ち窪(くぼ)み、明らかにあれから一睡もしていないことが見て取れた。

しかし、その目には強い光が宿っていた。

「朗報でございます、頼盛卿。武士達に訊きまわらせていたところ、あの界隈の者達が夕刻に病葉ノ辻辺りで禿髪といた怪しい者を見たというので、探し出してまいりました」

「よくやった、弥平兵衛。疲れたであろう。帰って休むがよい。後は、某がそやつを池殿に招いて詳細を訊ねる」

「お言葉、まことにありがたく頂戴(ちようだい)いたしますが、拙者に休んでいる暇などございません。その怪しい者は、腰がひどく折れ曲がり、歩くのがやっとの老尼(ろうに)で、遠出ができぬ身なのでございます。そこで、拙者の郎党を付けて病葉ノ辻に待たせておりますので、頼盛卿が訊問できるよう、その老尼の許へご案内いたします」

ここ一年、頼盛の解官に伴い、仕事らしい仕事がなかったところへ、禿髪殺しの一件が舞いこんできたせいか、弥平兵衛はいつになく生き生きとしている。

頼盛は、扇で自分の肩を軽く叩きながら、軽く溜息を吐く。

「わかった。しかし、頼むから、案内の途中に馬の上で眠って落馬せんでくれよ」

「御意」

頼盛は、検分に出かける時のために用意していた品を手早く懐に収める。こうして支度をすませ、弥平兵衛を案内役に馬に跨ると、再び右京病葉ノ辻へ向かった。

弥平兵衛は、禿髪の首が見つかった築地塀の裏手にある井戸の方へ馬を進める。そして、井戸から十四間(約二十五メートル)ほど離れた道端に植えられた柳の古木のそばに、馬を止めた。

柳の傍(かたわ)らには、弥平兵衛の郎党と老尼が佇(たたず)んでいた。二人の後ろには、腰をかけるのに具合がよさそうな切り株があった。

「頼盛卿、この者が一昨日(おととい)の夕刻、殺された雀斑の禿髪といるところを、この界隈の者達に目撃された、紅梅尼(こうばいのあま)でございます」

弥平兵衛が、馬から下りて紅梅尼を頼盛に紹介する。

紅梅尼は、古びてはいるが頑丈そうな杖で、体を支えて立っていた。本来は人並みの背丈があるのだろうが、腰が海老のようにひどく折れ曲がっているので、子どもくらいの背丈に見える。

右京に暮らす民の例に漏れず、つぎはぎだらけの衣や、襤褸切れ同然の手甲と脚絆からのぞく、しなびた手足から、貧しさを窺い知ることができた。日に焼けたその手足には、歩いている時に草や木の枝で傷つけたらしい新旧の引っ掻き傷が目立ち、下駄を履いた足の左の小指には爪がなかった。

「おまえが、紅梅尼か。某は、前参議平頼盛だ」

頼盛も馬から下り、紅梅尼に話しかける。

紅梅尼は、皺だらけの顔に媚びた笑みを浮かべ、頼盛に会釈する。だが、腰が曲がっているため、頭を奇妙に揺らしているようにしか見えなかった。

「お初にお目にかかります。わたしめは、右京宇多小路に暮らしている紅梅尼と申します。昔は、さるやんごとなき姫君に仕えておりましたが、姫君が身罷られてのちは仏門に入り、その屋敷を守り続けております。池殿のような、やんごとなきお方が、はるばるこのような賤しき老尼の許へお越し下さり、まことに恐れ入りますじゃ」

鼻が悪いのか、紅梅尼は話の合間合間で洟をすする。

「しかしながら、ご覧の通り腰がひどく折れ曲がっているわたしめが、平家一門の禿髪を殺したことに関わりがあると、周囲から讒言を受けたとは、とても心苦しゅうございます。きっと、わたしめが禿髪殺しを目撃したと知った何者かが、わたしめを陥れるために、このような心ない噂を言いふらしたに違いありません」

紅梅尼は、疑われているのが不服であると、上品ぶった口ぶりで訴える。

ただの庶民がここまで口が回るとは思えない。なので、紅梅尼は本人が言う通り、かつては貴族に仕えていたのだろう。

頼盛はそう考えたが、それよりも気になることがあった。

「禿髪殺しを目撃しただと。それは、興味深い。詳しく話して聞かせよ」

頼盛に促され、紅梅尼は愛想笑いをやめ、顔を引き締めた。

「承知いたしました、池殿。あれは、一昨日の雀色時(すずめいろどき)(夕暮れ時)のことでした。わたしめは、今のように、朝からこの柳の木陰に佇み、道行く者達から布施を得ておりました。そして、日が暮れる少し前だったでしょうか。雀斑の禿髪がわたしめの前を通り過ぎました。そして、あの築地塀の木組みが剝き出しになっている部分に寄りかかり、一眠りする姿が、あそこの涸れ井戸越しに見えましたのじゃ」

布施を得ているとは言うものの、紅梅尼のみすぼらしいいでたちからして、実際は物乞いをしていたのだろう。頼盛は、すぐに察しがついた。

「そうして、日が暮れてきたので帰宅しようとしたら、俄(にわ)かに築地塀の方が騒がしくなりました。この年で厄介事に巻きこまれては命に関わりますからね。わたしめは、騒ぎがすむまでずっと、柳の木陰で息を潜めて様子を窺うことにしました。すると、築地塀の方で休んでいる禿髪に近づく人影が見えたんですじゃ」

頼盛は柳の木陰に立つと、涸れ井戸と築地塀を見た。

紅梅尼の言う通り、涸れ井戸と築地塀まで何の隔たりもなく見ることができた。

微かなひっかかりを感じ、頼盛は柳の傍らの切り株に腰を下ろす。

築地塀の、木組みが露わになっているはずの部分に、ちょうど重なり合うように涸れ井戸がある。

おかげで、築地塀の中央は崩れてなどいないように見えた。

「その人影は、何も言わずに禿髪に近づき、殴りかかりました。そして、禿髪を殴り倒すと、来た道を引き返すように走り去っていきました。禿髪は、地面に倒れたまま、起き上がる気配がちっともございません。何かよからぬことが起きた気がして恐ろしくなり、急いで帰宅しました。そして、恐れていた通り、わたしめが病葉ノ辻にいたことを見た何者かが、わたしめを下手人だと言いふらし、このような厄介事を背負わせたのです」

紅梅尼は語り終えると、長々と溜息を吐く。

「よくぞ話してくれた。それで、人影の特徴は覚えておらぬか。何でもよいのだ」

頼盛は切り株に腰かけたまま、紅梅尼に訊ねる。紅梅尼はしばし考えこんだ後、頼盛を見上げた。

「背は高くも低くもなく中背。しかし、男だったことは間違いないですじゃ」

「どうして、そう言い切れる。人影は、何も言わずに禿髪に近づいたのであろう。もしかしたら、大柄な女だったかもしれぬではないか」

これまで静かに話を聞いていた弥平兵衛が、口をはさむ。

「あなたさまと同じく、侍烏帽子を被っていたからですじゃ。烏帽子の形は、色々とありますが、侍烏帽子は御存知の通り、独特の形をしておりますからのう。人影の頭に載っていたとしても、他の烏帽子と見間違えようがありません」

紅梅尼は弥平兵衛を睨みつけながら、憤然と答える。

弥平兵衛は紅梅尼を苦々しげに睨み返してから引き下がると、まだ切り株に腰かけている頼盛へ耳打ちした。

「頼盛卿、先程拙者があの紅梅尼と話をした時には、侍烏帽子の人影の話など、一言もしておりませんでした。なのに、頼盛卿と話をした途端に、急に侍烏帽子の人影の話を持ち出すとは。やはりあやつは怪しいのでございます」

頼盛は、扇で弥平兵衛の耳元を隠しながら、耳打ちをし返す。

「気位の高そうな老尼のことだ。もし、おまえに言われたことを指摘しても、『身分あるお方としか口をききたくはなかった』と言い逃れをするに決まっている」

「つまり、怪しいだけでは決め手にならないということでございますか、頼盛卿」

「そうだ。おまえも、本当のところ、それがわかっているから、いまだに紅梅尼を下手人だと断定せずにいるのであろう」

「御意。もしも、まことの下手人とは違う人間を捕らえたともなれば、頼盛卿が六波羅殿から、いい加減な仕事をしたと、叱責を受けることになります。そうなれば、朝廷復帰は、夢のまた夢。拙者の軽率さで頼盛卿を苦境に陥らせるのは、本意ではございませぬ。しかも、紅梅尼はあの通り、腰が海老のようにひどく曲がっておりますから、禿髪を殴ることも、ましてや首を絞めることもできそうにありません。そのため、怪しいとは思うものの、下手人として捕らえられず、歯痒いばかりでございます」

弥平兵衛は、渋面となった。

「この病葉ノ辻に住まう者達の多くが、夕刻に紅梅尼と禿髪がいるところを目撃したと、異口同音に言っておりました。そう言った者達の中には、犬猿の仲の者同士もいるので、口裏を合わせて紅梅尼が下手人だと嘘をついたとは、考えられません。一方で、ただの一人として、紅梅尼が禿髪を殺したその瞬間を見たと明言する者がいないのでございます。だから、自分は陥れられただけだとの紅梅尼の主張を、強く否定しきれないのです」

頼盛は、扇で軽く自分を煽いだ。

「悩む必要などない、弥平兵衛。某はすでに真実を見通せた」

「まことですか、頼盛卿」

頼盛は、自分の腿に片肘をつく。

「うむ。下手人は、この者以外には考えられぬ」

頼盛は、扇を下手人に向けた。

「そう、おまえだよ、紅梅尼。遠くへ逃げる暇もなく、周囲から密告されて、我が池殿流平家の手の者に捕らえられたおまえは、あえて自ら下手人を見たと言うことで、疑いの目をそらそうとしたのだろう。だが、その策、裏目に出たな」

紅梅尼は、顔を引きつらせる。

「何のことだかわかりませぬ、池殿。いかなるお考えで、わたしめのような腰の曲がった哀れな年寄り女が、禿髪を殺せるとお思いになられたのでございましょうか」

「おまえの問いにはのちほど答えるので、まずは某の問いに答えよ。紅梅尼、おまえは間違いなくこの柳の木陰から、築地塀の木組みに寄りかかって一眠りする禿髪と、禿髪に襲いかかる人影を見たのだな」

頼盛は切り株に腰かけたまま、紅梅尼を見据えた。

「もちろんでございます。わたしめは、決して嘘を申し上げてはおりません。この柳の木陰からこの目で確かに、侍烏帽子を被った人影が禿髪に襲いかかるところを見ました」

紅梅尼は目を見開いて、頼盛を睨み返す。

「確かに見たのだな」

「はい。間違いございません」

「だが、柳の木陰に立った時、某はある矛盾に気がついた」

今や鬼のごとき形相の紅梅尼を、頼盛は迎え討つように見据えた。

「それは、この柳の木陰から、某にも築地塀の木組みが見えたことだ」

「それのどこが矛盾でございますか、池殿」

「矛盾も矛盾、大矛盾だ。よく考えてもみよ。腰が曲がり、並みの者よりも低い位置からしか景色を見ることができないおまえと、腰がのびている某が、同じ場所からとは言え、ものの見え方が完全に合致するとは考えられん。そこで、この切り株に腰かけ、おまえと同じ目の高さになって築地塀を見てみたのだ。すると、禿髪が寄りかかって一眠りしていたという木組みの部分が井戸に重なり合い、まったく見えん。この柳の木陰から、あの築地塀の木組みに禿髪が寄りかかっている姿に気づくには、ここよりもずっと築地塀に近い場所から見るしかない。しかし、おまえは、この柳の木陰から見たと断言した。そうなると、ここから腰をまっすぐにのばして立って見なければ、無理だ」

頼盛は、切り株から立ち上がる。

たちまち、涸れ井戸に重なり合っていた、築地塀の木組みが露わになった部分が、見えるようになった。

そして、再び切り株へ腰を下ろすと、木組みの露わとなった部分は井戸と重なり合って見えなくなった。

「腰が曲がっているのに、この柳の木陰から築地塀の木組みに寄りかかる禿髪が見えたのが嘘でないと、おまえは断言した。ならば、腰が曲がっている方が嘘ということになる」

紅梅尼の顔から血の気が引き、見る見るうちに震え出す。

「そして、おまえは朝からずっと、すなわち、禿髪が雀色時に侍烏帽子の人影に襲われる前から、ここにいたと証言している。つまり、おまえには禿髪を殺す機会があったことになる。腰が曲がっていないなら、禿髪を殺すことができる。しかも、おまえが先程からついているその頑丈そうな杖は、禿髪を殴るのにもってこいだ」

　頼盛は、紅梅尼から目をそらさなかった。

「おおかた、禿髪に本当は腰など曲がっていないことを知られ、口止めに布施をよこせと、たかられたのではないか。腰が曲がった哀れな年寄り女なら、多くの者から同情を買って布施も多く得られる。しかし、腰のまっすぐのびた年寄り女では誰も哀れみを催さず、得られる布施が減るので、おまえにとっては生死を左右する一大事だ。だから、禿髪は絶対に断らないと踏んだのであろう。そして、おまえは要求された通り布施を渡したが、禿髪が帰ろうと背中を向けた隙をつき、その杖で殴り、とどめに自分の腰帯で禿髪の首を絞めた」

　頼盛は、紅梅尼のつぎはぎだらけの衣をまとめている腰帯へ目を落とす。

　紅梅尼から、微かに歯軋りする音が聞こえたが、頼盛はかまわなかった。

「おまえが、本気で禿髪を殺す気だったかどうかは、わからぬ。ただの腹立ち紛れの行動だったとも考えられる。しかし、禿髪は死んでしまった。焦ったおまえは、禿髪の屍を隠そうとしたが、力及ばず、苦肉の策で病葉ノ辻の築地塀に寄りかからせ、一眠りしているように見せかけた。そして、自分は、この柳の木陰で物乞いをしていることにした。……どうだ、違うか」

　禿髪を殺した理由は色々と考えられる。が、あえて挑発的な殺しの理由を言うことで、気位の高い紅梅尼の反論を誘い、あわよくば尻尾を摑もうと頼盛は考えていた。

「お言葉ですが、池殿。わたしめが禿髪を殺した証拠は何もないではありませぬか。もしかしたら、わたしめは、まことの下手人をかばっているだけやもしれませんぞ。あるいは、まことの下手人がわたしめの杖を使って禿髪を殺してしまったので、疑われぬよう、このような下手な小細工をしたとも考えられるのではありませぬか」

紅梅尼は挑発には乗らず、丁寧な言葉遣いで応じる。

頼盛は、片眉を跳ね上げてから、軽く肩を竦める。

「証拠なら、あるぞ。実は、禿髪の首筋に残されていた絞められた跡には、己の爪で喉を掻き毟った跡も残されていたのだ。これは、禿髪が必死に己の首を絞めている物をはずそうとした際にできた傷だ。そこまで必死に抵抗した禿髪が、己の首を絞めている下手人を引っ掻かなかったはずがない。そこで某は、下手人の体には、禿髪の残した引っ掻き傷が残されていると考えた」

頼盛は紅梅尼の手甲の下からのぞく、新旧の引っ掻き傷だらけの手に目を向けた。

「ところで、野犬達は禿髪の首だけではなく、指も食い残していてな。その爪には、血と肉が残っていたのだ。さて、紅梅尼。おまえの手甲をはずしてくれないか。そうすれば、引っ掻き傷だらけのその手の中に、この禿髪の爪の形と一致する引っ掻き傷を見つけられる。あるいは、その手甲と同じ色の糸屑が、禿髪の爪の間から見つかるかもしれん」

頼盛が、懐を探って袋を出し終えるか終えないかのうちに、紅梅尼は腰をのばすや否や、杖を頼盛の頭めがけて振り下ろしてきた。

頼盛は、とっさに扇で杖を受け流してかわす。

その隙に、紅梅尼は走り出して逃げようとした。

「おまえの好き勝手にはさせぬぞ」

即座に、弥平兵衛と郎党が紅梅尼を取り押さえる。

「お怪我はございませんか、頼盛卿」

弥平兵衛は、郎党に紅梅尼をまかせると、頼盛の方を振り向く。

「安心せよ。まだまだ体はなまっておらぬ。あれしきの攻撃、微風だ」

扇を持っていた手首には、杖を受け流した際の痺れが残っていたが、頼盛は弥平兵衛達に心配をかけまいと、笑みを返す。

「それは何よりでございます、頼盛卿。ところで、いったい、いつの間に禿髪の指を拾っておられたのでございますか。拙者も同じ場所にいたのに見つけられず、忸怩たる思いでございます」

「禿髪の指か。あれは、紅梅尼がまことに禿髪殺しの下手人か確かめるためについた、出まかせだ」

頼盛の答えに、弥平兵衛だけではなく、郎党に捕らえられ、地面に押さえつけられていた紅梅尼が愕然と目を大きく見開く。

「出まかせと仰られるのですか、池殿。では、先程懐から取り出そうとされていた袋には、何が入っていたのですか」

頼盛は中身を手のひらに出して、紅梅尼に見せた。

「もしも、おまえが無実だった場合に備え、詫びのために持ってきた餅だ。自分の手柄のために無実の人間を下手人に仕立て上げようとしたと、おまえに言いふらされたせいで、悲願の朝廷復帰が遠のいてはたまらんからな」

「では、もしもあの時、わたしめが襲いかからず、しらを切り通していれば——」

「——某の負けだった……と言いたいところだが、その場合は禿髪の首に残されていた紐状の痣と、おまえの腰帯の幅が一致するか確認していた。禿髪殺しの動かぬ証拠だから、捨てた方が吉であろうが、腰帯は衣と同じくらい貴重だ。下手人は手放しやしない確信があった。だが、せっかく弔われた禿髪の首をまた掘り起こすのは忍びない。そこで、あのような出まかせを言ったのだ」

「すると、わたしめは、襲いかかろうが、しらを切り通そうが、池殿に下手人として捕らえられるしかなかったのですね……」

頼盛は郎党に、紅梅尼から手を離すよう、目配せをする。

紅梅尼は敗北を悟り、片手を地面につき、震える上体を支える。

頼盛は扇を腰帯にはさむと、切り株から立ち上がり、紅梅尼の前に片膝をついた。

「紅梅尼。先程はおまえを下手人だと突き止めるため、某はおまえが禿髪を殺した理由を、口汚く語ってみせた。だが、禿髪達の中に狼藉を働く者がいるのは、この頼盛も聞き及んでいる。だから、おまえが禿髪に危害を加えたまことの理由はおおかた見当がつく。しかし、どうして禿髪の命まで奪う必要があった」

紅梅尼の口が少しでも軽くなるよう、頼盛は禿髪の横暴に理解があるように語りかけた。

狙いは当たり、紅梅尼の震えは止まり、血の気が失せていた顔は怒りで赤くなる。

「池殿も、禿髪の狼藉にお気づきでしたか。あやつときたら……」

怒りのあまり一瞬声を詰まらせてから、紅梅尼は語り出した。

「一昨日の雀色時に起きた、まことの出来事をお話しいたしましょう。あの時、いつものように哀れな腰折れ老尼の芝居で得た布施を持って、姫君の暮らしていた屋敷へ戻ってくると、蔵の中から小さな人影が飛び出してまいりました。蔵の中にある物は、たった一つしかありません。わたしめがお仕えした、姫君の文です。姫君の遺した文を、わたしめは姫君がまだご存命の折に賜った文箱に入れておいたのです。あなたさまのような貴い身分の方にはわかりますまいが、螺鈿の蝶と蒔絵の花が、ちりばめられるようにして蓋に描かれた古びた文箱でも、米に交換できて、日々の飢えを凌ぐ値打ちがあるので、盗まれたらすぐに売り払われるのが目に見えております。わたしめは、腰が曲がっている芝居をするのも忘れ、無我夢中で人影を追いかけました。その時、薄闇の下、相手の姿が見えました。禿髪です。けれども、たとえ六波羅殿の禿髪であっても、姫君の形見の品を奪うことは、決して許せません」

「それで、おまえはどうしたのだ。続けよ」

頼盛は、表向きは平静を装っていたが、内心は紅梅尼の話のある点について、強く興味を惹かれていた。

「屋敷の庭の木立を駆け抜けていく禿髪を何度か見失いながらも、追いかけ続けるうちに表に出ました。諦めずに禿髪の姿を探し求めて往来をさ迷ううちに、病葉ノ辻の破れた築地塀の近くを禿髪が歩いているのを見つけました。完全にこの老尼をまいたと油断していたのでしょう。慌てず騒がず、悠然と歩いていました。そこで呼び止め、盗んだ文箱を返せと訴えても、知らぬ存ぜぬの一点張りで、挙句の果てにはわたしめを突き飛ばして再び歩き出したのです。腹が立ちました。姫君の形見を奪っておきながら、良心の呵責を何も感じていないのですからね。ですから、わたしめも、あの禿髪が背中を向けた隙を狙って杖で殴り、とどめに首をこの腰帯で絞めた時に、何の良心の呵責も感じませんでした」

紅梅尼は、つぎはぎだらけの衣をまとめるように腰に巻かれた、古びた腰帯に手を触れる。禿髪への怒りを再び思い出したのか、その手は小刻みに震えている。

「ところが、何ということでしょう。あの禿髪の体を探っても、姫君の形見の文箱が見つからないのです。きっと、あの禿髪が逃げる途中に屋敷の木立のどこかへ隠したか落としたか、そうに違いない。そこで、禿髪の屍をそのままに、すぐに屋敷へ引き返しました」

「しかし、幼子ですら、野犬が人の頭を食わないと知っているのに、どうして頭の後ろに傷を負った禿髪の屍を置き去りにしたのだ。奇矯な振る舞いが過ぎる」

禿髪殺しで、最も筋が通らない部分に話が差しかかり、頼盛は思わず口をはさむ。

紅梅尼は、俄かに気色ばんだ。

「池殿。今の御時世、往来に屍が転がっていても、珍しくありません。もしあなたさまが、物好きにも、禿髪の首を念入りに検分し、頭の傷を見咎めて禿髪殺しに気がつかなければ、ほかの平家一門の方々も含めて、誰もが禿髪の死は野犬の仕業で片づけてしまったことでしょう。

だから、禿髪の頭の傷も、死んだ後に野犬や鴉がつけた傷だと見過ごされるとばかり思い、屍を路上に放置したのです」

　暗に頼盛こそ奇矯だと紅梅尼に逆ねじを食わされ、頼盛は苦笑するしかなかった。

　紅梅尼は頼盛へ言い返すことができ、気が晴れたのか、元の声音に戻る。

「ですから、殺しだと知られるとは思いもしなかったわたしめは、禿髪の屍を始末するよりも、文を一通でも見つけ出すことを優先しました」

　ここまで語ると、紅梅尼は不意に涙ぐんだ。

「しかし、今なお文箱も、文も見つかりません。禿髪殺しの罰を受ける覚悟はできております。けれども、姫君の形見の品だけが心残りでございます」

　頼盛は、すかさず紅梅尼に大きく頷いて見せた。

「そうか。ならば、おまえの文箱と姫君の文は、某が見つけ出しておこう。六波羅殿の禿髪の命を奪ったゆえ、死罪は免れぬが、殺された非はあちらにあるのだ。せめて、おまえが死出の旅路の供に、姫君の形見の品を携えて逝けるように取り計らうのも悪くない」

「感謝に堪えないとは、まさにこのこと。池殿の御慈悲、決して忘れませぬ」

　紅梅尼は泣き崩れながら、その場にひれ伏した。

「なに、来世のために功徳を積もうと思ったまでだ」

　頼盛は謙虚を装い嘯きながら、思いを巡らせる。

　郎党に命じて紅梅尼をひとまず池殿へ連行させた後も、頼盛はその場に佇んでいた。

「頼盛卿、どうなさったのですか」

弥平兵衛は、頼盛に恐る恐る声をかける。頼盛は、扇で口許を覆った。

「なに、思いがけず、面白い話を拾えたのでな」

「面白い話……でございますか。拙者の耳が確かならば、頼盛卿がお話しされていたのは、死んだ禿髪がつましい老尼の家に忍びこんで盗みを働くといった、御一門の名に泥を塗る行為をしていたことですから、決して愉快な話とは思えませぬ」

「おまえの言う通り、お世辞にも愉快とは言えぬ。だが、興味深い話ではある」

頼盛は、辺りに自分の配下しかいないのを確認してから、話し始めた。

「よいか、弥平兵衛。禿髪は、一人が平家の悪口を聞きつけると、すぐさま仲間の禿髪を呼び集めて家財を没収する。事を実行に移す際は、決して単独行動はしないのだ。だが、紅梅尼の蔵に押し入った禿髪は、たった一人だ。これが意味することは、わかるか」

「……その禿髪は、他の禿髪から嫌われていたのでしょうか」

「そうではない。よいか、弥平兵衛よ。禿髪が仲間を呼び寄せず、単独でただちに屋敷に押し入って文箱の没収を図ったことは、中の文には仲間にも知らせられぬほど、平家一門に関わる重要な事柄が書かれていたことを意味する。すなわち、我々は今、禿髪殺しの下手人を捕らえたばかりではない。殺された禿髪が清盛兄上に届ける前に落とした、あるいは紅梅尼に追いつかれた時に見つからないよう、どこかに隠した、平家一門にとって重要な文を手に入れるという、さらなる手柄を立てて朝廷に復帰する好機を得たのだ」

頼盛は胸の高鳴りを鎮めながら、また語を継いだ。

「だから、今度はおまえと武士達で、禿髪が没収した文箱を探し出すのだ。働き通しにさせてすまないが、某も文箱探しに参加するし、今日の仕事を終えれば全員にうまい飯と酒を振る舞ってやろう」

「御意。では、ただちに今の話を皆の者に伝えてまいります」

「頼んだぞ、弥平兵衛」

頼盛は、袴の裾に通った紐を引いて、裾をすぼめて動きやすい服装に整える。

これで、探し物をしやすくなる。

頼盛の心は、早くも禿髪が盗んだ文箱へと羽ばたいていた。


紅梅尼が住み着いていた屋敷は、病葉ノ辻からさほど遠くない、宇多小路と高辻小路の間にあった。辺りには、昔の貴族の屋敷跡がいくつかあり、栄華の名残りを漂わせていた。

崩れかけた門をくぐると、立ち腐れた寝殿と朽ち果てた対屋が、庭の木立の彼方に微かに見える。頼盛は、紅梅尼の話において、屋敷の蔵だけしか語られなかった理由がわかった。蔵だけが頑丈でいまだに崩れずに残り、紅梅尼の住居となっているのだ。

年月を経た木立は鬱蒼と生い茂り、まだ日の高い時刻にも拘わらず、薄闇に支配されている。鳥の鳴き声に混じり、時々獣の鳴き声が聞こえるさまは、あたかも深山のようだ。

探すのは骨が折れそうだが、池殿流平家の命運がかかっている。

頼盛は、ただちに弥平兵衛と二手に分かれ、文箱を探し始めた。

そして、四半時（約三十分）ほど過ぎたところで、頼盛は目の端である物を捉えた。

足跡だ。

「あった。紅梅尼は下駄を履いていたが、この足跡は草履による物だから、禿髪に違いあるまい」

頼盛は足跡の残る地面に這い蹲ると、足跡の先にある藪の中へ頭を突っこんだ。綾と錦をふんだんに使った直垂は、たちまち土に汚れ、頼盛の髪と烏帽子に木の葉が刺さる。

「頼盛卿。そのような仕事は、拙者がいたします」

頼盛の声を聞きつけ、弥平兵衛が慌てて駆けつける。だが、頼盛は頓着せずに、藪の中を犬のように四つん這いになって進む。

「誰の仕事かなど、重要ではない。できる者ができることをする。それだけだ。見よ、弥平兵衛。この藪には、最近枝が折れた形跡がある。枝が折れた高さからして、獣の仕業ではあるまい。恐らく、紅梅尼に追われた禿髪が、この中にいったん身を潜めたか……」

頼盛は弥平兵衛に話すというより、己自身に話しかけながら、藪の奥に小さな光を見つけた。

「……あるいは、文箱を隠したか、落としたか、捨てたか……」

木立の中へわずかに差しこんだ木漏れ日の、またさらに藪を通して差しこんだ、淡く湿りがちな日の光が、螺鈿蒔絵の文箱を照らし出している。文箱の蓋と箱は離れ離れに藪の中に放置され、文箱の中が空だというのが一目で見てとれた。

「やれやれ。中身を奪い、文箱だけ捨てていったか。一通くらい取り残しがあると期待していたが、世の中はそう甘くはないか」

文を奪った禿髪が死んでいる今、奪った文の行方は永遠に知るよしもない。

頼盛は自嘲しながら、地面に小さな蜈蚣が何匹か這いずり回っているのもかまわず、藪の奥へ進み、文箱を手に取った。

そして、持ち運びしやすくするため、蓋と箱を一つにした。

すると、何のはずみか、箱の底が開き、中から錦の袋が転がり落ちてきた。

二重底の仕掛けが施されていたのだ。

錦の袋は、元は朱の生地と金糸だったと思われるが、長い年月を経て朱の生地は黒ずみ、金糸をわずかに残すばかりとなっていた。

袋を開けると、中から溢れ出てきた黴の臭いが鼻を突く。気にせず頼盛が手を入れると、文が出てきた。

文は長い年月のうちに水や湿気にやられたのか、紙がふやけた後に乾いて固まり、ひどくこわばっている。

頼盛は藪の中にとどまったまま、木漏れ日を頼りにほぐすように広げ、読み進める。そして、思わず目を疑った。

「頼盛卿、いかがなされましたか」

あまりにも長く動かなかったせいだろう。藪の外から見守っていた弥平兵衛が案じて、頼盛に声をかけてきた。

「なに、ようやく目当ての物を手に入れられ、感極まっていただけだ」

頼盛は文を元通りにすると、袋に戻して、落とさないように懐にしまう。

それから、文箱を片手に藪の外へ出ようと体の向きを変えた時、枝に破れた黒い布の切れ端が引っかかっているのを見つけた。

まだ引っかかってから日が浅いらしく、土埃（つちぼこり）すらついた様子もない。

頼盛は、すぐに枝から切れ端を手に取る。

庶民が着ている粗末な麻布や科布（しなふ）ではない。上等な絹だ。

鼻腔（びこう）をくすぐるものがあり、怪しんで鼻を近づけると、馨（かぐわ）しい香りがした。

もしやと思い、文箱に鼻を近づけると、微かではあるが、同様の香りがする。

その途端、頼盛の中で、すべての出来事が明らかになった。

これで、確実に朝廷に返り咲ける。頼盛は、一人ほくそ笑む。

「頼盛卿、大丈夫でございますか」

心配そうに、弥平兵衛が藪の中を覗きこみ、再び声をかけてくる。

「待たせてすまぬ。今、行く」

頼盛は黒い切れ端も懐にしまうと、藪の外へ這い出した。

急

翌日、頼盛は泉殿へ紅梅尼を連行し、処刑役の武士達へ引き渡した。

「明言した通り、三日以内に下手人を捕らえるとはな。平治の乱の折、源義朝（みなもとのよしとも）の嫡子頼朝（よりとも）を家人に探させて捕らえた時と変わらぬ、見事な手並みよ」

清盛は頼盛の報告を聞くと、脇息に凭れながら、久しぶりに相好（そうごう）を崩す。

頼盛が報告をするうちに日は傾き、いつしか寝殿の南母屋に結び燈台（とうだい）の火が灯される。

ほのかな灯りに照らされた清盛の笑みは、いつになく柔らかであった。

「恐れながら、兄上。某はまだ、任務の半分しか報告しておりませぬ」

清盛は頼盛の言外の含みに気づき、脇息に凭れるのをやめた。

「頼盛よ。おまえが報告したい残り半分とは、何だ。申してみよ」

ついにこの瞬間が来た。頼盛は、居住まいを正した。

「それはもちろん、今回の禿髪殺しの真相でございます」

清盛が、訝（いぶか）しげに眉間に皺を寄せる。

「先程おまえが申した通り、禿髪殺しは、形見の文を禿髪に奪われた老尼の仕業というのが真相であろう」

「はい。しかし、あれは言わば世間向けの真相でございます。某がこれから申し上げるのは、真相の中の真相でございます」

清盛は脇息に凭れて頬杖をつくと、反対の手で扇を弄ぶ。

「わからぬな。なぜ、世間向けの真相と、真相の中の真相があるのだ」

頼盛は、昨夜からずっと頭の中で考えに考え抜いた言葉を口にした。

「なぜなら、このたびの禿髪殺しを招いた非が、他ならぬ兄上、貴方におありだからです。平家一門の棟梁にして、かつては太政大臣として位人臣をお極めになられたお方にしては軽率なお振る舞いを、多くの者に知られては、平家一門の名が地に落ちます」

しばらく、兄弟の間に沈黙が下りる。

頼盛は、清盛の出方を待った。

やがて、清盛が扇を弄ぶのをやめた。

「どこまで、わかっておる」

静かな問いかけに、頼盛は一呼吸置いてから、答えた。

「恐らくは、九分九厘」

「だから、残りの一厘を儂から聞きたい、と」

頼盛は、頷いた。

「しかし、最後の一厘を兄上にお教えいただく前に、某がわかっているところまでお話しいたしましょう」

頼盛は、清盛の鋭い眼差しを意に介さず、背筋をのばした。

「紅梅尼が、禿髪を殺した。これは、紛れもない真実でございます。しかしながら、紅梅尼が殺した禿髪は、文箱を盗み出してはおりませぬ」

「それはそうであろうよ。何しろ、紅梅尼から逃れる途中でどこかに落としたか、隠したようだからな。しいて言えば、盗み損なったのであろう」

清盛の指摘に、頼盛はゆっくりと頭を横に振る。

「いいえ。兄上の仰っていることと、意味が違います。まず、紅梅尼は、何度か禿髪を見失っており、文箱を盗んだ禿髪と彼女が殺した禿髪が、必ずしも同一人物である確証はございません。さらに、藪の中で文の入った錦の袋と共に、枝に引っかかって破れた黒い衣の切れ端を某は見つけました。御存知の通り、禿髪の衣は赤です。しかし、文箱を藪の中に落とした者が着ていた衣は、黒だった。この矛盾が意味する事実は一つ。文箱を盗み出して藪の中に落とした者は、髪こそかぶろにしていますが、黒い衣を着た人物ということです」

「待て待て。いくら髪型が同じとは言え、黒い衣を赤い衣と見間違える者がおるか」

清盛が声を荒らげ、抗議するように扇を振り翳す。頼盛は、動じずに答えた。

「はい。白昼に見間違える輩はおりますまいが、文箱を盗まれた雀色時には、誰もが見間違えることでしょう。我が平家の旗の赤が、日が暮れて薄暗闇の中で見ると、色味を失って黒に見えるように、雀色時の薄暗闇では、赤も黒も等しく黒にしか見えません。ゆえに、紅梅尼は雀色時に蔵から出てきた黒い衣を着た少年を、ここ最近、兄上が放った赤い衣の禿髪と勘違いしたのです」

清盛が口を閉じ、顎を引く。眼光の鋭さが、一段と増して見える。

ここからが、正念場だ。頼盛は、気を引き締めた。

「紅梅尼が人違いをした要因が、まだございます。それは、黒い衣を着た少年が、追いかけてくる紅梅尼をやり過ごすために、屋敷の木立の中にある藪に身を潜めたことです。そうとも知らず、紅梅尼は木立を抜け、屋敷の外まで禿髪の姿を探し求め、折悪しく通りかかった見回り中の雀斑の禿髪を、人違いで殺したのでした」

「……して、その髪をかぶろにした黒い衣の少年は、どうなった」

清盛が、低い声で訊ねる。

「紅梅尼の追跡をかわした後、中にある文を取ると、文箱だけを捨てました。この作業中、枝に衣を引っかけて破いてしまいましたが、文を届けることを優先し、立ち去りました。この、泉殿を目指して」

再び頼盛と清盛の間に、沈黙が下りる。

次もまた、先に話を切り出したのは、清盛だった。

「これは異なことを言う。どうして、その童がここへ来たと考える」

頼盛は懐から静かに黒い衣の切れ端を取り出し、指でつまむ。

「この衣の切れ端が、染から織まで何もかも六波羅様で作られているからです」

「だが、六波羅様は流行っているから、真似た物かもしれぬぞ。それに、文箱を捨てた者が、その衣を着ていた者と同一人物とは限らぬであろう」

「某も最初はそう思いました。しかし、兄上。よく手に取ってご覧下さい。さすれば、どうして文箱を捨てた少年と衣を着ていた少年が同一人物であり、なおかつ泉殿へ逃げこんだと某が考えたのか、納得いかれるはず」

頼盛は扇を広げて黒い切れ端を載せると、扇ごと清盛へ渡す。

清盛は、扇を受け取り、切れ端をよく見ようと、目の前に持ち上げ、動きを止めた。

「おわかりいただけましたようですな。そうです。その切れ端には、兄上が名人に作らせた、この世に二つとない名香、吾身栄花が焚きしめられているのです。文箱の方にも、微かにその香りが移っていましたから、この衣を着ていた少年が文箱を藪の中へ捨てた童と同一人物で間違いありません。紅梅尼の鼻が悪くなければ、この香りによって、すぐに雀斑の禿髪と文箱を盗んだ黒い衣を着た少年が別人であると気づいたでしょうに」

硬い顔の清盛を見ながら、頼盛は話を進める。

「その衣の持ち主が、兄上の衣を拝借しただけの盗人とは考えにくい。多くの武士達に守られた平家一門の棟梁の屋敷に忍びこみ、兄上の衣を盗むのは無理な話ですからな。ならば、元々この泉殿にいて、なおかつ兄上のそばに仕えているため、吾身栄花の香りが移った者が、紅梅尼の許へ文箱を盗みに入ったと考えれば、筋が通ります。そこで、某はさらに考えました。吾身栄花の移り香の染みた衣を纏い、禿髪と同じ背格好の者とは誰か、と。兄上の年少の息子達や孫息子達が該当しますが、兄上は通常福原にお住まいの身。吾身栄花の香りが移るほど都住まいの彼らと共におられません。そこで思い出したのが、某が一昨日こちらで見かけた、兄上のそば仕えの少年の黒雄丸です」

黒雄丸の名前が出ると、清盛の右の瞼が小刻みに震えた。

「黒雄丸が、文箱を盗んだ下手人と申すか。しかしだな、おまえも覚えておろうが、黒雄丸の髪はかぶろではないぞ」

「黒雄丸の髪は、髢（付け髪）でしょう。黒雄丸を初めて見た時、随分と年寄りじみた少年だと思ったものです。それは、まるで老人のような目つきをしていたのもさることながら、髪に瑞々しさが欠けて毛艶がなかったからです。しかし、藪の中で吾身栄花の香りが染みついた黒い切れ端を見た瞬間、黒雄丸が髢を付けて、本来のかぶろに切り揃えた髪型を隠していることに思い至ったのです。何しろ、髢に使われる髪も瑞々しさに欠け、毛艶がないですからな」

清盛が、きつく口を結ぶ。頼盛は、かまわずに話を続けた。

「兄上の吾身栄花の香の移り香のある衣を着て、かぶろにした髪を偽るために髢を付けている、禿髪と同じ年格好の少年が、この世に黒雄丸以外いましょうか。いいや、おりますまい。よって、文箱を盗んだ下手人の禿髪と思しき少年は、兄上のそば仕えの童である黒雄丸ただ一人しかおりません」

清盛は、微かに唇を噛む。頼盛は、長く話して乾いてきた唇を舌で湿らせた。

「もし、もう少し日が高い時間であれば、紅梅尼は黒雄丸が着ていた衣が水干であり、禿髪達の着ている直垂とは違うことを見て取れたでしょう」

「わかったわかった。盗みを働いた召し使いの非は、その主人の非だから、おまえの言う通り、禿髪殺しの非が儂にあるので、筋は通る」

辟易（へきえき）した調子の清盛に、頼盛は小さく溜息を吐いた。

「通りますかな。禿髪殺しに関する兄上の非は、そんなかわいいものではございますまい」

「自分のそば仕えの少年に、民の物を盗むよう命じたことか」

清盛は、声を低めると同時に口角を下げる。

「いいえ。黒雄丸という、たった一人のまことの禿髪を隠すために、三百人の禿髪を煙幕として用意したことでございます。兄上は、平家一門に仇（あだ）なす動きを見せる者を芽のうちに摘み取るためと称して、禿髪を三百人揃え、都中に放ちました。そうすることで、同じ年格好の黒雄丸は、三百人もの禿髪の一人にすぎなくなり、都のどこへ行こうが誰にも怪しまれず、兄上の密命を果たせます。普段は髢を付けて、長い髪を束ねているように見せかけていたのも、黒い水干を着せていたのも、誰もが黒雄丸を見て、禿髪だと気づかないようにするためでございましょう。髢をはずし、髪をかぶろにして雀色時から仕事をさせたのも、衣の色の黒と赤を誤認させ、黒雄丸一人の罪科をすべて三百人の禿髪に負わせるためです。このたった一人のまことの禿髪を守るために、何も知らない三百人の少年を捨て駒に使う非情な仕打ち、太政大臣にまでなったお方のすることとは思えませぬ」

頼盛は、清盛の様子を窺う。

清盛の目の周りに細かな皺が寄っていた。

それは憤怒によるものか、狼狽によるものか。

いずれにしろ、何の感情によってもたらされた皺か、頼盛は判断がつかなかった。

「……おまえが知りたい残り一厘とは何だ」

押し殺した声音で、清盛が訊ねた。

「兄上が黒雄丸に盗ませてでも入手しようとした、文の続きでございます。長の年月の間、濡れて固まり、続きが読めないのですが、力を入れれば、どうにか紙と紙が剝がれて読めそうです。そこで、まずは某が読めたところまで、かいつまんでお話しいたしましょう」

頼盛は、懐から紙魚の棲家となった、黴臭い一通の文を取り出す。

文箱は紅梅尼との約束通り、返した。

だが、文箱の仕掛けに紅梅尼が気づいていないのをよいことに、平家一門にとって重要な物と思われる、この文は返さないでいた。

「紅梅尼は、旧主をいまだに懐かしみ、慕っておりましてな。驚くべきことに、今を去ること五十余年も前にしたためられた文をとっておいたのです」

頼盛は、清盛の眼光に射竦められるのを感じつつ、ゆっくりと息を整える。

「文は、女主人から、当時まだ女童だった紅梅尼に宛てられた物です。病に伏して死期を悟った女が、問わず語りに己のこれまでの人生を書き綴っていました。幸薄い女の泣き言と侮るなかれ。そこに書かれていたのは、白河院や我らが父忠盛と浮名を流した思い出でした。さらに、彼女が祇園女御様へ猶子として手放した、永久六年正月十八日生まれの男児についても記されていました。ここまでお話しすれば、おわかりになられましょう。この文を書いた女は、我が母池禅尼の思い出話にしばしば登場した右京の女であり、また同時に兄上の御生母でもあります」

清盛は、今や喘(あえ)ぐようにして、身を乗り出していた。

「母上の名は……出自は……何と書かれておる。父上についても書かれているのか」

頭頂部まで紅潮させ、清盛は目を大きく見開いていた。その黒い瞳は、脂(あぶら)ぎった光を湛(たた)えている。

清盛の生母の素姓は、いまだ詳(つまび)らかではない。

武士として初めて太政大臣となった稀代(きたい)の傑物は、生母の手がかりを得るために、禿髪を都に放っていたのだ。

生母を慕う思いが禿髪の死という非情の結末を招いたのは、皮肉としか言いようがない。が、嫌悪するものではない。

何しろ、こうして清盛へ生母の手がかりが書かれた文を渡すという、大きな恩を売りつけることができたのだ。朝廷に復帰できる日は、遠くない。

頼盛は、清盛の隣へ行き、文を渡す。

「あいにく、兄上の御生母の名や出自や、実父については、濡れて固まった部分を剝がさねば読めません。ですから、ここより先は、兄上が目を通し、某にお教え下さい」

清盛は、震える手で頼盛から文を受け取る。

「おお、頼盛よ。気が利く」

熱に浮かされたような表情は、笑みに溢れていた。

何十年と生きようと、妻子や孫を持とうと、位人臣を極めようと、生母への思慕の代わりにはならないのだ。

頼盛は、ふと今は亡き母池禅尼が恋しくなった。

「これで、ようやく安心できる」

清盛は、笑みに溢れたまま、頼盛から受け取った文を、傍らにある結び燈台へくべた。

瞬く間に文は赤い炎に搦め捕られ、一個の黒い塊と化していく。

唖然とする頼盛をよそに、清盛は文を持つ手に炎が燃え移る直前に、ようやく文から手を放す。

文は、床に落ちると、白い煙を一筋上げたのを最後に、砕け散って灰となる。

頼盛は一握の灰となった文から目をそらし、すぐに清盛を見た。

清盛の奇妙な充足を帯びた横顔が、結び燈台の灯りに照らされていた。黒い瞳には、再びあの脂ぎった光を湛えている。

「兄上、天狗に憑かれでもしましたか」

頼盛は慄然とした。それから、せめて一字でも読める文字はないか、一縷の望みを抱いて、再び床に落ちた文を見た。だが、あるのは先程と同様、黒い灰ばかりだ。

「兄上の御生母の素姓も、実父が誰かも、わからなくなってしまったのですよ」

清盛は、頼盛の咎めを涼しい顔で受け止めた。

「そうだ。それこそ、我が望み」

晴れ晴れとした面持ちで、清盛は軽い調子で頷く。頼盛は、声を失った。

清盛は、白い歯を見せて微笑した。

「九分九厘わかっていると豪語しておきながら、肝心なところはわかっておらなんだか」

嘲弄(ちょうろう)する口ぶりに、頼盛は遅ればせながらたどり着いた、兄の真意を口にした。

「禿髪を都に放ったのは、御生母の素姓が明らかになる物を探し出して世間から抹消するためだったのですね。己の保身のために、御生母への情を捨てるのでございますか」

頼盛は、床についていた片手を、知らず知らずのうちに握りしめる。

「そのように言うあたり、おまえは血の重さに気づいておらぬか。おらんであろうな。棟梁と正室との子として血筋正しく生まれ、優遇されてきたおまえは、特にな」

清盛の息遣いが、乱れてきた。

「父上が平家累代の名刀の一つ、抜丸の太刀を、我ら兄達を差し置いて五男坊にすぎぬおまえに与えたのを、一度たりとも不思議に思うたか。思うてないなら、教えてやろう。おまえが兄達より優れているからではない。正室の嫡子だからだ」

頼盛は、清盛の心の内に長年鬱積(うっせき)していた熾火(おきび)のような感情を肌で感じた。

「このように、当人の実力を無視して判断を下す要因となるから、血は重いのだ。さらに重いことに、血は己の心の内をも左右する。儂は、時に白河院の落胤と思うことで高慢(こうまん)な公卿どもと渡り合い、またある時には忠盛の嫡男と思うことで戦を乗り越えてきた。二人の父がいてこその儂だ。母の素姓が明白になり、血筋が定かになっては、これまで通りの儂として生きられぬ」

清盛は、息遣いを整えると、何事もなかったように穏やかな口調になる。

「わかるか。今の、父もわからぬ、母も知れぬ境遇こそ、儂を生かしておるのだ。だから、この心に刻まれぬよう、母の素姓を目にする前に文を燃やした。それを保身と誹りたくば、誹るがよい。だが、これから先も、儂はこの心地よい揺らぎの中を揺蕩う道を選ぶ」

頼盛は、声を震わせた。

「……それが兄上の生きる道ですか」

清盛は、低く笑う。

「そうだ。そして、おまえが付き従う道だ。棟梁に従うほか生きる道がないのは、承知の上であろう。それが、平家一門の棟梁の弟に生まれたおまえの運命なのだからな」

頼盛は、身が竦む。清盛は、何事もなかったように、扇を手にして広げた。

「このたびの禿髪殺しを収束させるために奮闘し、疲れたであろう。何しろ、本来ならば、黒雄丸の仕事であった文探しまでしてくれたのだからな。いやはや、まさかあの文箱に仕掛けが施されていて、まだ文が隠されていたとは思いもしなかった。しかしおまえが利口で、文箱の仕掛けに気づいて文を見つけ出してくれたこと、まことに嬉しく思うぞ、頼盛。おかげで、すべて焼きつくせた。さあ、家に帰って、ゆっくりと骨を休めるがよい」

三百人の少年を捨て駒にすることも厭わない。生母への思慕さえ切り捨て、そのことを首肯せよと迫る。そんな清盛の非情な本性を知りすぎた今、自分は無事に家路に就けるのか、頼盛は空恐ろしくあった。全身が冷たく汗ばんでいく。

なかなか立ち上がろうとしない頼盛に、清盛が思い出したように天井を見上げた。

「ところで近頃、尾張国の目代（代官）と延暦寺領の神人（寺社に仕える下級神職）が小競り合いを起こしておるから、また延暦寺が大衆をよこして強訴する気配がある。知っての通り、あやつらの武勇は武士に匹敵するので、鎮圧に骨が折れる。だから、そう遠くないうちに、おまえの力を借りるぞ。池殿流の家の子郎党は強者揃いだから、頼りにしておる」

清盛が力を借りたいということは、解官取り消しの表明であり、当分始末されない証でもある。

待望の言葉をかけられたものの、しかし、頼盛の心は晴れなかった。

南母屋の中の闇は濃くなり、結び燈台の鈍い炎の光が強まっていった。

頼盛が泉殿寝殿の南母屋を出ると、山の端は残照で茜色に染まっていた。

今日一日の報告のために訪れた、泉殿の庭の至る所にいる数多の禿髪達の赤い衣が、どれもくすんで喪服のような黒に見える。

己も禿髪と同じく、死ぬまで清盛に従うほか、生きる道はないのか。

頼盛は、野犬に食われた禿髪へ、初めて哀れみを覚えた。

そこへ、待たせていた弥平兵衛が、馬を連れて現れる。頼盛は、何も言わず馬に跨った。泉殿を後にして、池殿が見えてきたところで、気遣わしげに弥平兵衛が声をかけてきた。

「頼盛卿、ひどいお顔の色でございます。まるで、変化の者に出くわしたようですぞ」

恐らく、泉殿にいた時点ですぐにでも声をかけたかったのだろうが、禿髪を用心して何も言わずにいたに違いない。

気遣う弥平兵衛を通して、頼盛は池殿流の家の子郎党のすべての者達を見た。

池殿流平家の家長である頼盛が、是が非でも守るべき者達だ。

たちまち、萎えかけていた頼盛の心は、息を吹き返す。

「いっそ、変化の者がかわいく見える者に出会ってきた」

「……六波羅殿のことでございますか」

軽口を叩く頼盛に、弥平兵衛の声が、いっそう気遣わしげに低くなる。

「さよう。某を、己の手の内に這う芋虫だと、思い知らせてくれたよ」

「いつでも握り潰せる……ということでございますか」

「その通りだ。今ならわかるぞ。昨年の解官も、某にそう思い知らせるための手立てだったのだ。だが、今回はそう遠くないうちに、某を朝廷へ復帰させる言質を取れたから、我らが池殿流平家の勝ちだ。それにだな、弥平兵衛」

頼盛は、手綱から片手を放すと、天へのばした。

「芋虫はいずれ、蝶となる。今は、蛹としてやり過ごすが、いつか蝶となり、兄上の手の内から、この運命から、飛び立ってやるぞ」

中空の月を掴むように、頼盛はのばした手を握りしめた。

「いやはや……頼盛卿は屈しないお方ですな」

弥平兵衛は、半ば呆れ、半ば敬服しながら、月明かりに照らされ、銀色に縁どられた頼盛の横顔を見つめるのだった。

葵前哀れ

「中にもあはれなりし御事は、中宮の御方に候はせ給ふ女房の召し使ひける上童、思はざる外竜顔に咫尺する事ありけり」

——『平家物語　巻第六　葵前』——

葵女御。

それが、宮中においての、わたし——葵前——の陰の呼び名。

中宮様（平徳子）にお仕えする上﨟女房の召し使いにすぎないわたしに、そのような大それた呼び名がついたのは、ひとえに主上（天皇の敬称。この場合は高倉天皇）の御寵愛を受けたため。

一時は、主上の御寵愛を受けたわたしを正式に女御にできるよう、関白松殿（藤原基房）から養女の話もあったほど。

でも、それはもう過ぎ去ったこと。

三十日三十夜もかくやと言うほどの御召しがあったことなど、夢か幻だったように、今では主上からの御召しはただの一度もなし。

昔のように、御簾越しでしかお目にかかれなくなってしまった。

かと言って、完全に御寵愛が冷めてしまったとも思えない。

御召しがないことより、主上の御心がわからない方が悲しい……。

「葵前、主上からだ」

主上が信頼されている冷泉少将様（藤原隆房）は、お越しになられるや否や、わたしに一枚の緑色の鳥の子紙をお渡しになられる。

鳥の子紙には、主上の御筆跡で、いにしえの和歌がしたためられていた。

しのぶれどいろに出にけりわが恋はものや思うと人のとうまで
ああ、主上。わたし達の恋が人々に知られすぎたので、身分が低く身を守る術のないわたしを諍いに巻きこむまいとして下さっていたのですね。

……いけない。安堵した途端、ここ最近の疲れが出てきた。

宮中で倒れては、主上にいらぬ御心配をかけてしまう。

こんな疲れ、主上からの愛の証で乗り越えなくては。

「気分がすぐれません」

冷泉少将様への御挨拶もそこそこに、わたしは宮中を退出した。

主上からの和歌が綴られた鳥の子紙を、胸に抱いて——。

序

「主上、御服薬の時間です」

「今、池中納言の香の講義を受けているところじゃ。のちほど持ってまいれ」

青磁の茶碗と、親指の先程の大きさの丸薬が入った黒ずんだ銀の小皿を、所狭しと朱塗りの盆に載せて現れた老侍医に、高倉天皇は銀の香炉を手にしたまま告げる。

高倉天皇は、御年十八歳。天皇の日常着である、小葵文様の入った冬用の白い御引直衣姿が、白皙の美貌をよりいっそう際立たせていた。

老侍医は来客の名を聞くや、去り際に憐憫の眼差しを池中納言こと平頼盛へ向ける。

治承三年（一一七九年）十二月七日。星影まばらな厳冬の夜。

高倉天皇の父後白河院による、平家一門への度重なる所領没収等の横暴に憤慨した清盛が、同年十一月十四日に居を構えている福原から数千の軍勢を率いて上洛。

その武力により、後白河院政を停止させ、後白河院派の貴族達総勢三十一人の大量解官を決行し、平家一門に友好的な者達に官職を与えるなどして、政権を掌握。

日本の国土の半数近くが、平家一門の所領となった騒動（治承三年の政変）から、まだ一月も過ぎていない。

平家一門がますます栄耀栄華を極める中、一門の重鎮で清盛の異母弟である頼盛だけが後白河院派の貴族達と共に解官された事実は、人々の記憶にまだ生々しく残っている。

四十六歳の頼盛にとって、十一年ぶり二度目の解官だった。

ただ今回は前回とは違い、中納言と右衛門督の二つの官職のうち、武官である右衛門督の官職のみを解かれた。

だが、これを不服とした頼盛が、十一月二十日に清盛に戦を仕掛けたとの噂が出回ったのを理由に、その二日後に清盛は頼盛の所領をすべて没収した。

おかげで、前回の解官と等しく、頼盛が家長を務める池殿流平家は窮地に陥っていた。

なお厄介なことに、池殿流平家存続の危機の下地は、今を去ること二年前の安元三年に起きた、鹿ケ谷の陰謀の時点で、すでにできていた。

世に名高いこの陰謀の発端は、後白河院の近臣達と比叡山延暦寺との対立にあった。

朝廷と延暦寺は一触即発の事態となり、清盛は後白河院から延暦寺攻撃を命じられた。

しかし、清盛は延暦寺と親しいため、敵対したくはなかった。

そこで、頼盛の妻の兄弟である俊寛の鹿ケ谷の別荘で、平家一門への不満を宴で紛らわしていた後白河院とその近臣達を、平家打倒の謀議を企てていたことにして、断罪。

近臣の一人である西光法師（俗名・藤原師光）は、口を裂かれたのち斬首された。

同じく近臣の藤原成親は、解官されたのち流刑先にて、清盛の手の者達により、崖から突き落とされて串刺しになって死んだ。

こうして清盛は、平家一門にとって邪魔な勢力を一掃し、平家一門と延暦寺との戦いを巧みに回避した。さらに、頼盛の義兄弟である俊寛を流刑にして、頼盛の勢力も削いだ。

この他の近臣達も、西光法師や成親のような処刑や暗殺は免れたものの、解官され、ことごとく流刑の憂き目に遭った。

以来、解官は破滅の前触れとなっていた。

清盛が頼盛を解官しただけでは飽きたらず、全所領まで没収したことを考えると、手の内の蛹を握り潰すがごとく、抹殺しようと目論んでいるのは明白だ。

こうした経緯を踏まえ、老侍医は憐憫の目を向けたのだろう。

自分の行く末も近臣らと同様と見做されていると思うと、頼盛は不快だった。

せめてもの救いは、本来ならば解官の身ゆえに自邸で謹慎してしかるべき自分が、なぜ高倉天皇の御前で香の講義をしているのか、老侍医が好奇心を剝き出しにして訊ねてこなかったことだ。憐憫も不快だが、好奇の的にされるのは、さらに不快だった。

「すまなかった、池中納言よ。話は戻るが、そちの調合した香の荷葉は、かの有名な香の名手源公忠の調合したものと比べ、清涼感が強い。だが、公忠の荷葉にはない異国めいた甘さがある。いったい、いかように調合すれば、このような荷葉が作れるのじゃ」

高倉天皇の母親は、清盛の正妻時子の異母妹の建春門院滋子。

后は清盛の娘で中宮の徳子と、平家一門と深い血縁関係にある。

一方、頼盛は、高倉天皇の異母兄で聡明と誉れ高い以仁王の養育者である、八条院暲子内親王の後見を務めている。彼女は、当代随一の大荘園領主にして、後白河院以上の皇統の正統性を誇る高貴な女人だ。

もしも、後白河院が己の後継者の皇統の正統性を高めようと、高倉天皇を退位させ、八条院が認めている以仁王を皇位に就ければ、清盛の政治的地位は瞬く間に転落する。

逆に、以仁王の養育者である八条院の後見人を務める頼盛は、今の清盛と同じ立場に成り代われる。

そのことを見越してか、清盛は高倉天皇が誕生した時から建春門院と結託し、平家一門の中で頼盛にだけ高倉天皇側近の地位を与えなかった。

さらには、以仁王を担ぎ出す力を得られないよう、昇進を妨げ続けた。

いくら以仁王に天皇としてふさわしい器量があろうと、生母の家柄が低いため、皇位に就ける見込みはない。したがって、頼盛としては皇位継承者として担ぎ出すなど、まったく慮外なことだった。

それにも拘わらず、清盛と建春門院は、頼盛の昇進を妨げ続けた。

若い頃、頼盛は、このような清盛と建春門院の妨げに嫌気がさした。

ついに耐えかね、大宰大弐に就任した際に腹いせとして、あえて高倉天皇の即位直前の時期を選び、大宰府へ現地赴任し、即位の儀式に参加することを拒絶した。

当時太宰大弐は、就任した本人ではなく、その家人が代理で現地に赴任するのが通例だった。

それを破っての現地赴任だったので、頼盛はおおいに世間の耳目を集めた。

しかし、高倉天皇の注意を引くことはなかった。

しかも、大宰府から帰ってきて一年後には、解官されてしまった。

世間で広く知られている理由は、頼盛が大嘗会費用として献上すべき大宰府負担分を着服した行為に、後白河院が激怒したことによる。

だが、このような行為は当時普通に行なわれていた。それが咎められて解官に繋がった裏には、頼盛に力をつけさせまいとする、清盛の意図があった。

頼盛は朝廷に出仕できなくなり、高倉天皇に会うこともなかった。

その後、解官が取り消されて朝廷に復帰してからも、高倉天皇の側近は相も変わらず清盛の息子や婿、義弟が中心のため、高倉天皇と親しく言葉を交わす機会はなかった。

こうした事情により、頼盛は平家一門でありながらも、高倉天皇とはいまだに縁が薄いまま、現在に至る。

かろうじて縁と言えるものは、今年二月に誕生した、高倉天皇の第二皇子の乳母の一人として、頼盛の長女が出仕したくらいだ。

ここまで縁が薄いのに、高倉天皇は、方違え（目的地の方角が凶である場合、一度吉となる場所に移ってから目的地に向かう風習）で御所から離れた無聊を慰めよと、急遽、香の講義をするよう頼盛を招いた。

それにより、息も凍てつきそうな冬の夜に、頼盛は高倉天皇の方違え先へ行くこととなった。

頼盛の右腕である、池殿流平家筆頭家人の平弥平兵衛宗清は、四十で長寿の老人と祝われ、五十で寿命を迎える当世に、五十六歳を迎え、なおかつ病身でありながらも、凍えるような風が吹きつける夜空の下、護衛に加わった。

頼盛としては、弥平兵衛を休ませていたかったのだが、弥平兵衛自身が、高倉天皇に召し出された頼盛がどのような目に遭うのか案じ、強引に供に加わってきたのだ。

護衛の武士達、それに牛車を引く牛飼童と車副（牛車専門の従者）達も頼盛を案じ、高倉天皇が方違えをしている、都の某所にある屋敷まで厳重警戒で送り届けてくれた。

妻は女房達に命じ、正月用に新調していた真綿（繭を煮て綿状にほぐしたもの）が分厚く入った、白地に銀の浮線蝶丸紋入りの冬用の唐綾の直衣を火熨斗（炭火を熱源にしたアイロンに似た道具）で丁寧に温めさせ、外出する頼盛が寒くならないよう配慮してくれた。

さらには、方違え先にいるとはいえ、高倉天皇と対面するのだから、一分の隙もないいでたちで頼盛がいられるように、気を利かせて檜扇にまで香を焚きしめてくれた。

今年七歳になった末の息子は、眠い目をこすりながらも寝所から起きてきて、急に呼び出された頼盛を見送ってくれた。

幼いながらも、不測の事態が起きた父親の身を案じているのが伝わり、頼盛は思わず目頭が熱くなった。

彼らを路頭に迷わせないためにも、何としてでも朝廷に復帰せねばならない。

頼盛は、清盛と深く結びついている高倉天皇が、何を思って清盛が福原に帰って都に不在のこの時期を選び、解官された自分を招いたのか、憶測を巡らせる。

例えば、鳥羽殿に幽閉されている後白河院を解放すべく、清盛追討の密命を頼盛に与えるために香の講義にかこつけて招いた。

あるいは、清盛の意向を察し、頼盛を亡き者にするために香の講義にかこつけて招いた。

どちらも、十一月の騒動以来、有り得る事態だ。だが、いずれも憶測の域を出ない。

しかし、後白河院政が停止した今、政権を掌握した清盛が、孫で東宮（皇太子）の言仁親王（高倉天皇第一皇子。のちの安徳天皇）を皇位に就けるのを前提に、高倉天皇親政を開始させ、いずれは平家一門に都合のよい治天の君（朝廷の政務を執り行なう上皇）にまつり上げるのは確実であり、時間の問題だ。

ならば、清盛が都に不在のこの隙に、高倉天皇の歓心を得られれば、朝廷復帰の見込みは高まる。

握り潰したはずの蛹が、知らぬうちに蝶へと羽化したら、清盛がどんな顔をするか見ものだ。

しばし、こうしたもの思いにふけったのち、頼盛は下心を押し隠し、優雅な微笑を浮かべた。

「荷葉を調合する際、源公忠殿が安息香を使うところに丁子を用いて清涼感を高め、熟鬱金を使うところに麝香を用いて異国めいた甘さを作り出しております。麝香は、近年香を調合する際には用いられませんが、奈良に都があった御代には薬効がある香として時の帝に愛用されていました。某は大宰府に赴任した折、古来の荷葉の香りを復活させようと、宋の商人から麝香を入手し、色々と調合を思案した結果、この香りに到達しました」

「さすが宮中の人々から、香り高き沈丁花の花のようだと言われているだけあって、池中納言は香に造詣が深い」

「すべては、今は亡き父の教えの賜物でございます」

頼盛は謙遜して見せる。しかし父忠盛から、鼻のよさを見こまれて、香の知識を伝授されたことは、今でも誇りだ。

ただ、その鼻のよさが災いし、十年前に起きた禿髪殺しにて、知らなければよかった事柄を探り当ててしまった。苦い思い出が蘇り、頼盛はわずかに口許を歪めた。

高倉天皇は頼盛の様子に気づかず、銀の香炉を置くと、微笑を浮かべた。

「忠盛卿は、和歌や舞に通暁した一流の風流人とは聞いていたが、香にも造詣が深かったとは。いやはや、叶わぬ願いとはいえ、一度会って話を聞いてみたかったものじゃ。ところで、先程、麝香に薬効があると言ったな」

高倉天皇の声音に妙な響きを感じたが、求められるがまま頼盛は答えた。

「はい。麝香の香りには鎮痛効果があります。他にも、丁子には口中の悪臭を取る薬効がございます。高貴な方々は、石薬（鉱物を原料とした薬）を珍重し、高値であっても養生のために買い求めます。しかし、そのような物に大金を費やさずとも、薬効のある香を日頃から焚きしめれば、養生になります」

「池中納言は香ばかりか、薬に対しても造詣が深いのじゃな。石薬よりも、香をよしとするとは面白い。何を根拠に、香を石薬に勝ると断じる」

高倉天皇は、またも妙な響きの声音で訊ねる。だが、今度はその中に秘められた熱心さを頼盛は感じ取った。

　これは思った以上に、高倉天皇の歓心を得られそうだ。

　頼盛は、下心が出て口調が乱れないように気をつけた。

「石薬は、原料となる金石が朽ちないゆえ不老長寿の妙薬で、養生によいとされています。しかし、調合や服用する分量、それに服用方法を少しでも誤る、または禁忌を犯せば、命取りになる一面があるのです。例えば、第五十四代仁明帝は先代の淳和上皇の薫陶を受け、名医に勝るとも劣らぬ石薬の知識を得て、臣下らへ御自身が調合された石薬を振る舞ったことがあります。けれども、臣下らは忠臣一人を除き、誰も飲みませんでした。それは当時、石薬が毒にもなると周知されていたからです。それから、第六十七代三条帝は、持薬（常用薬）として金液丹なる石薬をお飲みになられておりましたが、それが原因で目をお病みになられました。いずれも、人の命を助けるはずの石薬が人の命を脅かす毒になった恐ろしい例です。しかしながら、香にはそのような危険は決してありません。ゆえに、香を石薬に勝ると断じるのでございます」

　高倉天皇は、感心したように息を吐く。普段から頬紅をつけたように赤い頬が、さらに赤みを増し、しみ一つない雪白の肌がさらに際立った。

「驚いた。武家の出でありながら、そちは医師や薬師に等しい薬の知識を持ち合わせているのじゃな」

「滅相もない。某の薬の知識など、某が檀越（檀家）を務めている僧栄西から聞きかじった程度にすぎませぬ。栄西は、宋に留学した経験を持つ英邁な僧で、今は茶という薬木の種を宋から持ち帰り、石薬よりも安全な養生の薬にしようと、九州の筑前国にて育てております。主上が薬についてご興味がおありならば、折を見て栄西を都に上らせましょうか」

「考えておこう。それよりも、今はそちが栄西から聞いた石薬の知識を聞きたい。金液丹の他にも、毒になり得る危険な石薬もあるのか」

石薬について詳しく知りたがっているので、栄西を紹介すれば気をよくすると思ったが、どうやらすぐに知りたいようだ。

高倉天皇の歓心を買う絶好の機会が、思いがけず早く訪れた。

頼盛は、己の運の強さに、思わず天に感謝した。

「はい。五石散、別名寒食散がございます。この石薬は、丹砂（硫化第二水銀）と雄黄（砒素の硫化鉱物）と白礬（明礬）と曾青（孔雀石）と慈石（磁鉄鉱）の五種を、調石（石薬を調合すること）して作ったものです。これは、石薬の中でも上流のものと見做され、飲む者の寿命を百年単位で延ばし、無病息災にする薬効があると信じられております。しかしながら、この五石散を飲む者には、睡眠、食事、衣服に至るまで、常人と異なる数多くの禁忌が課せられ、それを犯せば死が待ち構えております」

「死と背中合わせの禁忌がたくさんあるのか。朕が幼少より飲んでいる持薬とは違うのじゃな。何と恐ろしい」

高倉天皇は眉根を寄せる。

「ええ。最も代表的な禁忌は、五石散を飲んでいることを人に教えてはならない、衣服は今のような真冬であろうとも薄着で過ごさねばならない、酒以外のすべての飲食物は冷たい物を摂取せねばならないというものです。これが、五石散の別名の寒食散の由来となっております」

「それらの禁忌を犯すと、毒となり、死を招くのか」

　高倉天皇の声は、微かに震えてはいたが、恐怖ではなく興奮によるものだと、その熱を帯びた眼差しで頼盛にはわかった。

「はい。一つでも禁忌を犯すと、数日のうちに頭痛、目や体の疼痛、疲労、動悸、耳鳴りなど、様々な症状が出てきます。ひどいものになると、体が非常に熱くなると同時に悪寒もしますし、心は暗く閉ざされて、ささいなことでも悲愁や激怒に駆られ、狂気に陥り、やがて死に至ります。例えば、唐や南唐の皇帝達は五石散のために喜怒が激しくなり、東晋の哀帝に至っては廃人に、北魏の道武帝は物の怪の幻影に怯えるようになりました。これだけでも恐ろしいですが、さらに恐ろしいのは息絶えた後です。何と、屍は人肌の温もりを保ち、顔色も変わらず、腹の中では雷鳴のような音がするとか。ようやく死人らしくなるのは、死後一日か二日経ってのことだそうです」

「五石散とは、まことに恐ろしい薬じゃ。ところで、五石散に限らず、石薬が毒となって息絶えた者の骨はどうなるか知っているか、池中納言」

　躊躇いがちに、高倉天皇は訊ねる。

　奇妙なことに関心を持つと思うも、頼盛は問われるままに答えた。

「はい。骨が黒ずみ、軟らかくなると栄西から聞いた覚えがあります」

高倉天皇は、膝の上に置いていた手をきつく握りしめるや、頼盛の方へ身を乗り出した。

「やはり、池中納言は評判通りの知恵者じゃ。そこまで石薬に詳しいのであれば、朕が寵愛した娘を毒殺した者を突き止められるじゃろう」

高倉天皇が、香の講義にかこつけて呼び出した真意が、ようやくわかった。

頼盛の合点がいったところで、高倉天皇は天井を仰ぐ。

「あれはまだ朕が今よりも年若き頃のことじゃ。朕は葵前という身分の低い上童の娘を寵愛した。……初恋とも言えた。食事を共にしたり、和歌を教えてやったり、今思えば他愛のないことばかりであったが、朕はそれでも充分幸せであった。だが――」

天井を仰ぎ見たまま、高倉天皇は苦い物を飲み下したように顔を顰めた。

「――まだ徳子との間に世継ぎが産まれていないうちに、他の女人、それも身分の低い娘を寵愛するのはもってのほかとの声が、宮中で囁かれるようになった。それよりも耐え難かったのは、出世を企む欲深な輩が、何も知らぬ葵前に群がってきたことじゃ。特に、葵前の主人である女房は、いずれ葵前が女御になると思い、葵前を主人のように扱い出した。このまま葵前を寵愛し続けては、徳子とその父の相国（太政大臣の別称。この場合は平清盛。すでに退任しているが、敬称として呼ばれ続けていた）に繋がる一派からは迫害され、出世を目論む欲深な輩に利用されるのは目に見えている。そう考えた朕は、断腸の思いで葵前を遠ざけた」

高倉天皇の目は天井ではなく、在りし日の思い出を見ているようであった。

「すると、当時関白であった松殿は、葵前を自分の養女にすれば女御の位に就けるから、また元のように寵愛すればよいと勧めてきた。朕は、退位した後ならともかく皇位にある今、そのような真似をすれば国の乱れに繋がると答えて退けた。その後、葵前に寵愛が薄れたと誤解されぬよう、緑色の鳥の子紙に、世に名高い平兼盛の『しのぶれど』の古歌をしたためたものを、当時少将だった隆房を使いにして葵前に与えた」

高倉天皇は天井を仰ぐのをやめ、静かな眼差しで頼盛を見つめた。

「その和歌を受け取った直後、葵前は隆房に気分がすぐれないとだけ言い、実家に宿下がりした。そしてそのまま寝つき、わずか四、五日後に息を引き取った。そこで、朕が信頼する僧侶を遣わし、葵前の葬儀を執り行なわせた。僧侶の話によれば、葵前の死に顔には毒茸や附子(トリカブト)を飲まされた形跡は見られなかった。しかし、『源氏物語』の夕顔のように屍を荼毘に付した後、下人達に遺骨を拾い集めさせたところ、どの遺骨も黒ずみ、軟らかくなっていたそうだ。僧侶は奇病で葵前は命を落としたのだと言い、朕もそれを信じた。ところが、ここ最近のことじゃ。彼女は病死ではなく、何者かによって毒殺されたとの噂が囁かれるようになった。そちはどう思う。僧侶が朕に言ったように、葵前は奇病で命を落としたと思うか」

ここで葵前の死の真相を解き明かせば、高倉天皇の歓心を確実に得られる。

毒殺とは言い切れないが、ここは話に乗っておこう。

頼盛は、さも同情しているように見せるため、慎重に神妙な声音を作った。

「いいえ。骨が黒ずんで軟らかくなっていたことと言い、四、五日後に亡くなったことと言い、葵前は気づかぬうちに、何者かによって宮中で石薬を飲まされ、毒殺されたとしか思えません。

葵前のように身分の低い者が、世を儚んで自害するのに、高価な石薬など使えませんからね。ところで、葵前の死を自害と考えず、某に下手人探しをお命じになられたことからして、主上は下手人に御心当たりがおありのようですな」

頼盛の問いに、高倉天皇は頷いた。

「そうでなければ、そちをここへは招かぬ」

「そうでしょうな。しかし、もし葵前の死に、これから主上を補佐してこの国の政を取り仕切る相国が関与していたとの真相が明らかになった場合、いかがされますか」

真実を告げても、望まない真実をよくも教えたと恨まれ、池殿流平家討伐の宣旨を出されては困る。頼盛は前もって、高倉天皇の出方を窺う。

「かまわぬよ。これから父に代わり、治天の君になる前に、葵前の死に決着をつけたいだけじゃ。下手人を裁きたいのではない。仮に相国が葵前の死に関与しているとの真相が明らかになろうが、相国の人となりがわかったのじゃ。いたずらに恐れる必要はなくなる。そして、相国が潔白ならば、朕は安心して彼に政を任せられる。いずれが真実であろうと、国の政に支障はない」

乳母達からはもちろん、父後白河院と母建春門院から、蝶よ花よと育てられてきたにも拘わらず、高倉天皇が気骨のある姿勢を見せたので、頼盛は思わず感じ入る。

「すなわち、どのような真相も、受け入れる心構えはできておられるということですね」

頼盛の問いに、高倉天皇は大きく頷く。

それから、眉尻を下げる。哀切な表情に変わると、幼さが際立った。

「うむ。……しかし、葵前ばかりか、幼い頃飼っていた猫達も、どうして朕の愛した者達は皆、早死にしてしまうのじゃろう……」

頼盛にも人の心はあるので、悲しい話ではあると思った。

だが、このまま延々と愛猫の話をされ続けては、本題から遠ざかり、いつまで経っても謎解きができない。

一刻でも早く朝廷に復帰したい頼盛は、高倉天皇の意識を自分へ向けるため、勢いよく檜扇を広げて閉じた。

「主上のお覚悟、この頼盛、しかと承りました。それでは、葵前を毒殺した者は誰か、考えてみましょう」

檜扇の音に驚き、我に返った高倉天皇は、真摯な面持ちで頼盛を見た。

「頼んだぞ、池中納言。この礼、必ずやする」

礼なら、朝廷復帰でよい。

頼盛は、口許を檜扇で隠すと、密かにほくそ笑んだ。

「まずは、清盛兄上と中宮が自分達の地位や立場を守るため、人を使って葵前を毒殺した見込みについて考えてみます。主上がお気づきの通り、二人とも高価な石薬を入手するのに充分な財力にも恵まれていますからね」

「相国はともかく、あの心優しい徳子が、人を使って葵前の毒殺を命じるとは到底思えぬ」

徳子の名前が挙がり、高倉天皇が動揺を見せながらも反発する。

「ええ。あくまで、もしもの話です。ちょうどいい。せっかくですから、まずは中宮について考えてみましょう。まず、中宮は葵前が寵愛され、嫉妬されていたかもしれません。しかし、怜悧（れいり）なお方なので、葵前の身分が低く、生まれてきた御子が親王や内親王にはならないとすぐに悟られたでしょう。主上の兄君である以仁王様が、生母の身分が低いため、いまだに親王ではなく王の身分でとどまっている前例がありますからね。ですから、中宮はたとえ財力に恵まれていようとも、高価な石薬を買い求めてまで葵前の命を奪う理由がありません。よって、中宮は、葵前毒殺に関わっていないと言えます」

頼盛としては事実を整理しただけだが、徳子を弁護した物言いが気に入ったらしい。高倉天皇は、今度は何も口をはさまなかった。

それをいいことに、頼盛は次の話に移る。

「次に考えるのは、毒殺の方法です。これは、葵前の朝夕の食事に石薬を混ぜて死に至らしめたと考えるのが妥当でしょう。これで、もしも葵前が亡くなったのが、宿下がりしてから七日後であれば、実家にて何者かの手の者によって石薬を盛られたことになりますが、四、五日後に亡くなっていることから、葵前が石薬を盛られたのは、宮中であると断定できます。何しろ、石薬を飲んでから数日後とは七日未満を意味すると、栄西から教わりましたのでね。さて、話は戻りますが、宮中で出される料理に石薬を混ぜれば、料理が石薬の味を紛らわしてくれるので、最も自然かつ気づかれにくいです。清盛兄上が後宮の頂点に立つ中宮の父親の権威に物を言わせ、後宮で働く者達への食事の采配をする女官に命じて、葵前の食事に石薬を混ぜるのは、容易（たやす）いことです」

　頼盛が言い終えると、高倉天皇は微かに眉を顰（ひそ）めた。

「相国に限らず、誰であろうと葵前の食事に石薬を混ぜて毒殺するのは無理じゃ、池中納言」

「どういうことですか」

「朕も、そちが言う事態を警戒し、葵前と食事をする時は、互いの膳ごと交換する日としない日を不規則に設けていた。そして、膳を交換する時は、必ず朕の目の届く所でやらせた。徳子から粉熟（ふずく）（米、麦、豆、栗、黍（きび）などの粉を碁石大の餅にして甘く味付けした唐菓子の一種）を贈られたことがあったが、その時は同じ粉熟を二つに分けて食べた。……喉が悪い葵前は、喉に通りやすくするため、さらに二つに分けて食べていて愛（う）いものだった」

高倉天皇は遠い日の思い出を見つめるように、表情を和ませる。しかし、すぐに顔を引き締めた。

「話は戻るが、池中納言よ。こうすれば、葵前ではなく、朕が毒で死ぬ危険があるから、彼女の毒殺を目論む者は手も足も出なくなるであろう。朕はこのしきたりを、葵前を遠ざけ、膳の交換をする時に御簾越しでしか会わなくなってからも続けていた。だから、食事に石薬を混ぜて葵前を毒殺するのはできぬのじゃ」

そんな用心をしていたなら、最初に言え。

頼盛は、よほどそう言いたかった。だが、高倉天皇の歓心を買って朝廷に復帰するため、強いてその言葉を腹の底にとどめた。

「……そうですね。膳ごと交換されたとなりますと、箸の先や椀の縁に石薬を塗って葵前に取らせる方法もできません。そして、食事から石薬を盛ったのではないとすると、清盛兄上に限らず、誰にも葵前を毒殺する手段がなくなります。もちろん、清盛兄上が権勢に物を言わせ、葵前に対して多くの者達を遣わし、力ずくで石薬を飲ませたとも考えられます。附子とは異なり、石薬は矢に付けて切り傷から体中に毒を回らせる方法を使えないですからね」

頼盛は、話すうちに調子が戻ってきたので、また語を継いだ。

「けれど、そのような目立つ方法を取れば、世間の噂となり、いずれ主上のお耳に届いてしまいます。だから、清盛兄上に限らず、誰もそのような手荒で愚かしい毒の盛り方は決してしなかったでしょう。とは言え、宮中にいる、平家に連なる大勢の者達全員が結託し、葵前毒殺を知る者達に圧力をかけ、口止めしたとも考えられます。しかし、いくら主上の周りに平家に連なる者達が多く仕えているとはいえ、宮中で働く者の中には平家の息がかかっていない者もまた、かなりの数で存在します。彼らは、平家の栄耀栄華を快く思っておりません。そんな彼らですから、葵前毒殺の事実を隠蔽する口裏合わせに参加せよと平家に連なる者達が命じても、従うどころか、先程も申し上げた通り、世間の噂にするか、これ幸いに主上に密告します。ゆえに、葵前の毒殺を口止めさせるのは無理だったでしょう」

「なるほど。それに、思い出してみても、相国が女人に手荒な真似をするにしても、せいぜい朕が葵前の次に寵愛した小督を無理矢理出家させて尼にしたくらい。それすら、周囲を口止めできず、朕を始めとして世間から非難囂々だった。まして、四年前に葵前に強引に石薬を飲ませたともなれば、世間の噂になり、なおさら口止めできなかったはずじゃ」

四年前。

その言葉に、頼盛は胸を衝かれた。

「……四年前と仰いましたか、主上。葵前が死んだのは、四年前の出来事なのですね」

「さようじゃ。それが大事なことなのか、池中納言」

「その通りです。四年前ですと、清盛兄上は今と変わらず、福原に暮らしていたからです。そうなると、遠く都の宮中の出来事を完全に把握することはできません。何しろ、清盛兄上は、定期的に私と甥の重盛を福原へ呼びつけ、都の動静の詳細を報告させていたほどですからね。清盛兄上の手の者が葵前について報告したとも考えられますが、某と重盛以上に都と福原を頻繁に行き来できる財力を持つ者はおりません。そして、某と重盛はいつもお互い報告した内容を話し合っていました。しかし、この話し合いの中で、ただの一度も葵前の話題は出なかったのです。よって、清盛兄上は葵前が生きていた頃、存在を知らなかったことになります」

これは高倉天皇にとっても見落としていたことだったのか、はたと膝を打つ。

「そうであった。相国の権威が宮中に満ちていたため、つい失念していた。相国はあの当時、福原にいて葵前の毒殺を命じられなかったか。そして、徳子には葵前を毒殺する理由はなし。よって、相国も徳子も、葵前毒殺の下手人ではないと考えた方が自然か」

一番疑っていた清盛と、恐らく一番下手人であってほしくないと願っていた徳子が、頼盛の話から、葵前殺しをする理由もなければ機会もないと早々にわかり、高倉天皇は安堵の息を吐く。

しかし、すぐにその顔を曇らせる。

「相国でも徳子でもないとすると、他に葵前を毒殺した者がいるということになる。それも、池中納言が先程考えたのとは違う方法で、葵前を巧妙に毒殺した者が――」

「――よいところにお気づきになられました、主上。我々は、清盛兄上と中宮が葵前を毒殺した下手人ではないとの事実を突き止めただけで、下手人そのものを突き止めてはおりません。さあ、この調子で他に葵前を毒殺しそうな者を考えてまいりましょう」

毒殺が起きた年月を確認せず、見当違いな真相に到達しかけたので、すかさず名誉挽回を図ろうと、頼盛は勢いよく言葉を引き継いだ。

「そうじゃな。狡猾な毒殺者が、いまだに野放しになっているのは、帝たる朕の恥じゃ。そのことを思い出させてくれて礼を言うぞ、池中納言。しかし、相国と徳子の他に葵前を毒殺する理由のある者が他にいるだろうか……」

「おりますとも。例えば、先程の主上のお話に出てきた、松殿。彼は、葵前を養女に迎えて主上の女御にできると進言されたとか。松殿の養女ともなれば、葵前は藤原氏の娘ということになり、主上との間に生まれた皇子も当然藤原氏となります。さらに、関白養女の皇子であれば、皇太子になる資格が充分にあります。すなわち、葵前を養女に迎えるとの申し出の裏には、代々后妃を出してきた藤原氏の威信をかけ、武士である平家の血を引く皇太子を出すのを阻止する意思が潜んでいたとしてもおかしくありません。すなわち彼は、何も知らない葵前を、反平家の駒に使おうと目論んでいたのです」

高倉天皇は、松殿の申し出をあたかも善意によるものとしか受け止めていないようだ。けれども、頼盛は話を聞いた時から、松殿の申し出の裏が読み取れていた。

「だが、朕は国の乱れとなると言って、松殿の申し出を断った。ならば、彼に葵前を毒殺する理由など存在しないのではないか」

高倉天皇は純粋そのものの眼差しで、頼盛を見返す。

頼盛は不興を買わない程度の控え目な身振りで、首を振った。

「主上がお断りになられたことは、松殿の藤原氏ではなく、平家の血統から皇太子を立てるとの意思表示にも解釈できます。こうなると、葵前を藤原氏の養女に迎え入れても、無意味です。

それどころか、葵前を養女に迎え入れようと申し出たことを、主上を通じて清盛兄上に知られては、平家一門への叛意(はんい)と見做され、身の破滅です。そうなれば、いつまでも反平家の駒である葵前に肩入れし続けるのは危険。保身のため、松殿が葵前に消えてもらおうと考えても不思議はありません」

「松殿の申し出に、そのような裏があったと解釈できるとは……。父君に忠実な松殿がそんな人間だったとは思いたくはないが、養女にしようとまで申し出ておきながら、葵前の葬儀を執り行なわなかったことを思えば、池中納言の言うことも一理ある」

「しかも、関白の身分にあらせられますから、高価な石薬を難なく買い求めることができます。ですから、葵前を石薬で毒殺するのは有り得ることです」

「しかし、仮に松殿が葵前を毒殺したとして、いったいどのようにやり遂げたと言うのじゃ。先程も言った通り、食事に混ぜて石薬を飲ませることは無理ぞ」

　高倉天皇は、小首を傾(かし)げる。

「食事の他にも、石薬を飲ませる方法は考えられます。松殿は、葵前を養女に迎えると主上に申し上げる前に、恐らく葵前に接近して親しくなっていたはず。では、葵前にとって、やんごとない身分の人間であり、将来の養父となる松殿から、具合が悪い時に薬を与えられたらどうなるでしょうか。疑うことなくその薬を飲んだに違いありません。そして、毒を盛られたと気づくことなく命を落としたのです」

　後白河院と結託し、平家一門に不利な人事をしたとの理由で、先月の騒動で解官された上、流刑の憂き目に遭った松殿には悪いが、清盛と徳子が下手人でなければ、葵前を石薬で殺害した下手人の見込みが高い。

これで、葵前の死の真相を解き明かせたから、高倉天皇の歓心を得て朝廷に復帰できる。

頼盛が希望に胸をはずませていると、高倉天皇が微かに眉間に皺(しわ)を寄せた。

「葵前に薬と偽り、石薬を飲ませるのは無理じゃ、池中納言よ」

「どういうことですか」

またも否定され、頼盛は思わず身を乗り出しそうになる。

「朕も、そちが言う事態を警戒し、葵前にはたとえ朕からの贈り物だと言われても、朕以外の者から薬等の口にする物を貰ってはならぬと、あらかじめ厳命しておいたのじゃ。だから、いくら松殿が葵前の信頼を勝ち得ていようとも、葵前は彼から与えられた薬は受け取らなかったであろう。ましてや、口になどしなかったろう」

だから、そんな用心をしていたなら、最初に言え。

未来の治天の君相手に無礼を承知で、頼盛は心の中で再度ぞんざいな口をきく。

だが、すぐに気を取り直すと、殊勝な態度を崩さず反論にかかる。

「確かに、そのように用心されていたならば、葵前が毒の入った物を口にする危険はありますまい。しかしながら、すでに葵前の曹司(ぞうし)(部屋)にあった食べかけの物や飲みかけの水に石薬を入れることもできます。曹司にすでにある物、それも食べかけや飲みかけの物に、よもや石薬を混ぜられているとは誰も思いません。それを見越して、松殿が来た時に石薬を入れたか、あるいは、松殿の息のかかった者に石薬を入れさせたとも考えられます」

この方法が真実だとすれば、松殿以外の人間にもできる。

だが、松殿には悪いが、下手人である前提で語らせてもらおう。

頼盛は、心の中で松殿に詫びる。

高倉天皇は、静かに首を振った。

「何人であろうと、食べかけの物に毒を入れられないよう、葵前が食事をする時は、食事をすべて食べ終えるまで途中退席はしないようにと、あらかじめ忠告しておいた。飲み水は、葵前を寵愛し始めた時から遠ざけた後も毎朝その日の分の水を、栓をして封もしてある竹筒数本に分けて入れ、朕が信頼している者達によって、葵前の曹司に運びこませておいた。葵前は、小分けされた竹筒の水を空になるまで肌身離さず持ち続け、空になれば新しい竹筒の水を飲んだ。この時、葵前には、必ず竹筒の封を確認し、封に針で突いたほどの穴であっても開いている物は飲まないよう、念入りに言い含めておいた。さらには、葵前の飲み水を入れる前に必ず朕が毒見をしておいた。竹筒の方に毒を仕込まれていることも考えられたので、竹筒に入れた後の水も朕がすべて毒見した。栓に毒が塗られていることを警戒し、必ず朕の見ている前で洗わせてから、栓をさせた。したがって、松殿も、食べかけの物や飲みかけの水に石薬を入れて、葵前を毒殺するのはできぬのじゃ」

このように、中宮を守る以上の配慮をしていたから、葵前が葵女御と陰で囁かれていたのだろう。

頼盛は、そう推し量りながら、深々と頭を下げた。

「……さようでありますか。主上がまことに聡明なお方だと、この頼盛、改めて実感いたしました」

葵前の毒殺を見越してこれほどまで用心していたとは、高倉天皇は想像していたほど甘い人柄ではなさそうだ。

ならば、二度までも真相を解き明かせなかった自分は、高倉天皇に見放されても仕方ない。ここはせめて、謙虚に振る舞っておこう。

頼盛が、己の不甲斐無さに打ち震えていると、高倉天皇が苦笑する声が聞こえた。

「まことに聡明であれば、葵前をあのような目に遭わせなかった。それに、葵前の死の真相に自分の力でたどり着けた。だが、朕はそうではない。これで、相国と徳子、松殿が葵前を毒殺したのではないとわかったが、まだ誰が下手人かわからぬ。頼む、池中納言。愚かな朕のために、まだそちの知恵を貸してくれ」

高倉天皇が思っていたよりも辛抱(しんぼう)強く、また懐(ふところ)も深いことに、頼盛は感謝した。

「寛大なお言葉、恐れ入ります、主上。ところで、他に葵前に石薬を飲ませそうな者の御心当たりはございますか」

「そうだな。強いて挙げれば、葵前を召し使っていた女房じゃ。あの者は、葵前が朕の寵愛を受けたと知るや、葵前を主人のように扱い、立身出世に利用しようと欲深なところを見せた。しかし、欲深であるからと言って、葵前を毒殺するであろうか」

「考えられない話ではありません、主上。その女房は葵前が自分に利すると思えば、臆面もなく主人のように扱い、おもねる人間です。ならば、主上の寵愛を一身に集めていた葵前が、主上から遠ざけられたと知れば、今度は保身のために、本来の自分の主人である中宮への忠義にかこつけ、邪魔になった葵前を始末したとしてもおかしくありません。さらに、宮中で働いているのですから、宮中の侍医や薬師に、中宮の使いと偽って石薬を調合させ、入手できます」

まだ怪しい人間がいてよかった。頼盛は、密かに胸を撫で下ろす。

「しかし、石薬を入手できたとして、どうやって葵前に飲ませるのじゃ。食事や水に混ぜる方法も、薬と偽って与える方法も無理ぞ」

「石薬を水に溶いて、筆に染みこませるのです。そうすれば、葵前が筆を使い始める前に穂先を舐めた時、石薬を口にすることになり、結果死に至ります」

筆を舐める癖を持つ者は、数多くいる。葵前にも、その癖があってもおかしくない。

ただ、この毒殺方法が真実であれば、誰もが葵前毒殺ができるため、誰が下手人であるのか、話が振り出しに戻ってしまう難点がある。

だが、幸いにも、高倉天皇はまだそのことに気づいていない。しかも、高倉天皇が求めているのは、あくまでも葵前の死の真相のみで、下手人を裁くことではない。

葵前の主人の女房が下手人という説を、真相としても大丈夫だろう。

すると、高倉天皇が俄かに眉を顰めた。

もしや、腹黒い心の内を見抜かれたか。

頼盛が冷汗をかいていると、高倉天皇は不快そうに口許に閉じた扇を当てた。

「池中納言よ。筆の穂先を舐めるような悪癖を持つ娘と恋をする趣味など、朕にはない」

「つまり、葵前に筆の穂先を舐める癖はないと仰るのですか」

頼盛の問いに、高倉天皇は力強く頷いた。

「葵前は、とてもきれい好きで、書物を読む時も指に唾をつけてめくることはせず、裁縫をする時も、針に通す糸を舐めずに糸の先を小皿の水に浸していたほどじゃ。まして筆の穂先を舐めるようなはしたない真似は、決してしなかった」

汚らわしいと言わんばかりだ。

この態度からして、葵前には本当にそのような癖はなかったのだろう。

頼盛は、しばし黙考したのち、新たな毒の盛り方を思いついた。

「では、葵前の鉄漿に、石薬を混ぜておいたとは考えられないでしょうか。かつての主人という間柄ですから、葵前にとって宮中において主上に次いで近しい人間です。そんな彼女が葵前の許へ挨拶と称して顔を出した時、隙をついて鉄漿に石薬を入れるか、または石薬を混入済みの鉄漿を贈り物として渡します。鉄漿は薬や飲食物ではないですから、葵前は受け取ります。後は、葵前が鉄漿をつけ直す時を待てばよいだけ。彼女の目的は成就されることになります」

鉄漿もまた、筆の穂先以上に、飲食以外で口に入れる物だ。

しかも、鉄漿をする道具は化粧道具の一つだから、普段は人目につかない場所にしまわれている。よって、鉄漿に石薬を入れられるのは曹司を熟知している者か、または鉄漿を贈った者しかいない。葵前の主人は、その両方に該当する。

これならば、他に下手人と考えられる者はいないから、彼女が下手人だと断定できる。

すると、高倉天皇は静かに息を吐いた。

「それは考えられぬ」

「なぜですか、主上」

自信があっただけに、にべもない返事に、頼盛は思わず膝で立ちかける。

「葵前は、まだ裳着（女子の成人式）も迎えぬ少女であったし、身分も低かったから、鉄漿どころか、白粉すらつけてはいなかったのだ」

頼盛は、居住まいを正すと、苛立ちを抑えて高倉天皇を見据えた。

「……主上。葵前について、他に言い漏らしていることはございませぬか」

せっかく下手人と毒殺の方法を考えても、高倉天皇に小出しで後から葵前に関する事実を知らされ、再び一から考え直さねばならないので、頼盛の徒労感は桁違いだった。

高倉天皇は、考えこむように少し俯いてから、顔を上げた。

「言い漏らしていることか。例えば、どのようなことだ」

「そうですね。葵前が、実は主上の御忠告を聞かずに、他の者から与えられた物を隠れて口にしていたことを匂わせる、お噂を耳にされておりませんか」

屈託なく訊ねる高倉天皇に、本心を押し隠して頼盛は訊ねた。

「いいや。葵前を貶め、朕から引き離そうとする者達が、葵前の悪口を幾度となく忠義面で朕に報告したが、隠れて物を口にする話は一度もなかった。もし仮に、葵前が飢えや渇きから、朕以外の者が与えた物を隠れて口にしたところを見れば、あやつらは嬉々として『葵前が主上の言いつけに背(そむ)きました』と朕に報告したであろう」

「まったくそのお噂がなかったとなると、葵前が主上以外の人間が与えた物を隠れて口にしたのを主上に秘密にしておくよう、何者かが意図していたと考えられませんか」

「葵前を毒殺するために、さような企みがあったと考えているようだが、有り得ぬのじゃ」

「何故(なにゆえ)断言できるのですか、主上」

「葵前を朕から引き離そうとする者達の報告を、ただの悪口だとどうして朕が見抜けたと思う。それは宮中に朕にまことに忠義な者がいて、葵前を陰ながら見守り、本当の素行を常に朕に報告してくれていたからじゃ」

「その者が、嘘をついたとは考えられませんか」

「考えられぬ。なぜなら、その者は朕が信頼する、宮中に出入りする高僧じゃ。ほれ、先程、葵前の葬儀のために遣わした僧侶がいると言ったであろう。彼は、宮中の勢力関係には常に一歩引き、誰に対しても公平に接する。さらに、高潔な人柄で、嘘をつくのが苦痛ゆえ、嘘をつく時に必ず顔を歪める癖がある。そんな彼が、もしも葵前を見守っている際に、葵前が朕の言いつけに背き、朕以外の人間が与えた物を隠れて口にしたともなれば、必ずや朕に報告する。だが、そのような報告は一度としてなかった。よって、朕から葵前を引き離したがっていた者達が、葵前が朕の言いつけに背いたことをわざと報告しに来なくとも、答えは同じ。葵前は朕の言いつけに従い、朕以外の者が与えた物を、隠れて口にしなかったことになる」

嘘をつく時に顔が歪む僧侶なら、頼盛も知っている。宮中の名物僧侶だ。

非常に浮世離れしており、権威権力になびくこともなければ、自分に有利になる場合さえ嘘をつかない正直者のため、権謀術数（けんぼうじゅっすう）渦巻く宮中においては稀有（けう）な存在だ。

彼が、「葵前は言いつけに従い、高倉天皇から与えられた物以外は口にしなかった」と言ったなら、紛れもない真実だ。

恐らく、大勢で無理矢理葵前に毒を飲ませたのを隠し通すことなどできないと、頼盛が先程言った時、高倉天皇がすぐにその説を首肯した背景には、この僧侶の存在があったのだろう。

僧侶からそのような報告を受けていないから、なかったという理屈だ。

あの正直者の僧侶と懇意にしていたなら、もっと早く言え。

腹立ち紛れに頼盛が天井を見上げると、太い梁（はり）が見えた。

頼盛に、新たな考えが閃（ひらめ）いた。

「主上。葵前の曹司の天井から怪しい気配や物音がしたという、お噂は耳にされておりませんか」

「なぜじゃ」

「あらかじめ、誰かの息がかかった者が、天井の梁によじ登り、糸を使って葵前の曹司に運びこまれた食事に水で溶いた石薬をしたたらせて毒を盛ったのではないかと考えたからです。こうすれば、人目につかず石薬を盛ることができます」

「うむ。宮中の梁によじ登って移動すれば、見つかりにくいかもしれぬ。しかし、葵前の曹司へは、必ず朕のいる曹司を通らねば、たどり着けぬ。たとえ朕の目を盗み、彼女の曹司にたどり着こうとしても、いずれにせよ人目についたはずじゃ。そうなれば、宮中で奇行を繰り広げた者がいると、宮中はおろか、都中の評判となり、朕だけではなく、そちの耳にも届いていた。百歩譲って、梁によじ登った者が、朕にも誰にも気づかれずに葵前の曹司の梁にたどり着けたとしても、食事へ糸を垂らす前に、埃や蜘蛛の巣が落ちてきて、葵前が異変に気づくじゃろう」

葵前の曹司の位置を事前に確認していないばかりか、梁の上の汚れについて完全に失念していたので、頼盛は高倉天皇の指摘に赤面するしかなかった。

このままではいい加減、知恵者との噂は評判倒れだと失望されてしまう。

内心頭を抱えていると、高倉天皇が目を見開いた。

「そう言えば、ふと思い出したのじゃ。僧侶の話によると、朕が隆房に届けさせた、平兼盛の和歌が書かれた緑色の鳥の子紙を、葵前は最期まで肌身離さず持っていてくれたそうじゃ。しかし、この時は朕の恋の使いを務めてくれた隆房を、のちに小督を巡り、苦しませてしまうとは、夢にも思わなかった」

「確か、主上が葵前の次に寵愛されていた小督は、元は隆房の恋人でしたか」

身分の低い上童の葵前とは異なり、小督は公卿の娘で、れっきとした女房だった。

そのため、小督が徳子よりも先に高倉天皇の御子を産めば、葵前が御子を産んだ場合とは異なり、皇太子になる見込みが高い。

これだけでも清盛の逆鱗に触れることだが、小督の恋人である隆房は、清盛の娘の一人と結婚している。

小督一人に、娘二人が夫を奪われ、さらには平家一門から天皇を出す大望を妨げられかけ、清盛の怒りは甚大だった。

こうして清盛の怒りを一身に集めた小督は、尼にさせられ宮中から追放された。

その時の高倉天皇の嘆きは世間の語り草となっていた。だが、隆房の失恋は噂にもなっていなかったので、頼盛は今の今まで隆房が小督の元恋人であったことを失念していた。

「そうじゃ。知らなかったとは言え、隆房にはすまないことをしたと、今でも悔いている」

「いいえ、主上。事と次第によっては、隆房への仕打ちを悔いる必要はないかと思います」

頼盛は、高倉天皇の話を聞いて、ある考えにたどり着いていた。

「どういう意味じゃ、池中納言よ」

「考えようによっては、隆房にも葵前を毒殺する理由があるからです」

「あの隆房にか。到底信じられぬ。いったい、どんな理由が考えられると言うのじゃ」

今までになく、高倉天皇は狼狽える。

「その前に、確認したいことがあります。小督を紹介したのは、中宮とのお噂、まことでしょうか」

「まことじゃ。葵前を亡くして落胆する朕を慰めようと、徳子は宮中一の美女である小督を紹介してくれたのじゃ。徳子は、昔から変わらず優しき女人よ」

徳子を思い出し、高倉天皇は落ち着きを取り戻す。

頼盛は、これから言う内容が、またも高倉天皇を狼狽えさせることがわかっていたので、不興を買わないか気がかりであった。

だが、葵前の死の真相を明らかにしなければ、高倉天皇の歓心を得られない。

そうなれば、解官取り消しの好機を逸し、池殿流平家は二度と浮かび上がれない。

家長である自分が池殿流平家の家の子郎党を救わねば、誰が救えると言うのだ。

頼盛は、慎重に語り出した。

「ええ。中宮のそのお優しい人柄を利用し、隆房が小督を主上に近づけさせた恐れがあるのです」

「まさかであろう。隆房がどうして徳子を利用できる」

「主上も御存知の通り、隆房の正妻は中宮の異母姉妹。その縁で、隆房は宿下がり（后妃が後宮から実家に帰ること）した中宮の許へ、中宮の兄弟達と共に、しばしば御機嫌伺いをしております。その機会を利用し、人づてに主上をお慰めする方法があると、中宮にお伝えしたのでしょう。お優しい中宮は、迷わず隆房の進言を受け入れたに違いありません。いかがですか。こうすれば、中宮を利用できますでしょう」

「しかし、そこまでして恋人であった小督を朕に近づけて、隆房に何の得があるのじゃ」

高倉天皇は、困惑する。

「小督を通じ、主上へ昇進の口利きをさせる得があります。もしくは、主上が先程お見せになられた引け目に付け入り、昇進を匂わせる策であったかもしれません。いずれにせよ、小督を主上に近づけるには、主上の寵愛深い葵前に生きていられては邪魔です」

頼盛が答えると、高倉天皇は小さく息を飲みこんでから、声を低めた。

「だから、葵前を毒殺したのか。しかし、どうやってだ」

「まず、隆房は裕福な公卿ですから、高価な石薬を難なく買うことができます。そして、主上から葵前への和歌を届けるよう命じられたのを好機と見て、葵前に届ける前に、石薬を溶いた水に緑色の鳥の子紙を浸し、一晩かけてよく乾かします」

「いったい、何のためにじゃ」

「その説明は、これからいたします。こうして、石薬を溶いた水に浸されていた紙が乾いたところで、隆房は葵前へようやく和歌を届けます。御存知の通り、墨で書いた文字は乾くと水に浸けられても滲(にじ)みません。しかも、鳥の子紙は緑色だったのですから、石薬を溶いた水に浸されていた跡も目立ちません。何よりも、和歌は食事や薬ではないですから、主上以外の者から受け取ってもよい物。葵前は石薬が染みこんでいるとも知らず、和歌を受け取りました。そして、主上恋しさから肌身離さず持ち続けます。これこそ、隆房の思うつぼでした」

「どういう意味じゃ、池中納言」

「肌身離さず持ち続けることで、鳥の子紙に染みこんでいる石薬が少しずつ肌を通して体の中へ染みこんでいき、死に至ることを狙っていたという意味です」

高倉天皇は、目を大きく見開いた。

「そのような毒の盛り方が、本当にできると言うのか」

「はい。先程某は、石薬は附子のように傷口から入って毒が回ることはないと申し上げましたが、一つだけ例外がありました。栄西から聞いた話ですが、宋よりも遙か西の国には、信石(三酸化砒素)なる石薬がございます。これは五石散の原料である丹砂と雄黄と同じく硫黄を含んでいて、薬としては、肌を色白にして頬を赤く美しくする効能と、強壮の効能を持っており、毒としては、奇妙な毒殺方法が存在しているのです。まずは、信石を大量に溶いた水を衣に染みこませ、よく乾かしたその衣を人に着せて肌から毒を染みこませます。附子のように傷口から毒を盛ることのできない石薬ですが、信石をこのような形に利用すれば、体に石薬の毒を盛ることができるのです」

「しかし、薬の臭いで、布に信石を染みこませたことに気づかれるのではないか」

「信石は無味無臭なので、臭いで悟られる心配はございません。ただし、信石が染みこんだ衣は、布が不自然にこわばるので、一目でわかるそうです。ところで、葵前の衣にそうした異変が見られたとのお話はないようです。ですから、鳥の子紙に石薬を染みこませたと考えてよいでしょう」

高倉天皇は、さらに困惑した表情になった。

「信じられぬ……」

「信じられないお気持ちは、よくわかります。しかし、葵前が宮中において口にする物から石薬を取れなかった以上、肌から石薬を染みこませて毒殺する方法しか考えられません。そして、そのような細工ができるのは、和歌を届けた隆房しかおりません」

今度こそ、葵前の死の真相を解き明かすことができた。

頼盛が確信した直後、高倉天皇が懐から紙を取り出した。

緑色の鳥の子紙だった。

高倉天皇はその紙を片手に、困惑したように頼盛を見た。

「葬儀のために遣わした僧侶が形見として、葵前に与えた古歌をしたためた鳥の子紙を渡してくれて、かれこれ四年。その間、朕は肌身離さずこの和歌を持ち続けているが、石薬の毒で死んでおらぬぞ」

頼盛は、愕然(がくぜん)とした。

この方法も違うのであれば、下手人はどうやって宮中にて葵前に石薬を盛ったのか。

下手人の条件は、至って簡単だ。

石薬の入手と、葵前への接近と、毒を盛れる。この三つができることだ。

しかし、前二つに当てはまる者は幾人もいるのに、毒を入れた方法がわからないせいで、毒を盛れた者だけが、どうしても見つからない。

まだ、見落としていることがあるはずだ。

頼盛が頭を抱えていると、老侍医が先程と変わらない顔つきと口調で、顔を出した。

「主上、御服薬の時間です」

その声に、頼盛は自分が見落としていたことが何か、ようやくわかった。

今度こそ、間違いない。これぞ、葵前の死の真相だ。

だが、ようやく到達した葵前の死の真相は、同時に高倉天皇が池殿流平家討伐を命じかねないほど、恨みを買うものであるとも気づいた。

いくら、前もって高倉天皇からどんな真実も受け入れる覚悟があると聞いてはいても、この真相を知っては、その覚悟も雲散霧消（うんさんむしょう）するのは確実だ。

そうなっては、池殿流平家は破滅だ。

かと言って、このまま沈黙していれば、謎解きを放棄したと高倉天皇に見做され、歓心を得られず、池殿流平家を守れない。

しかも、この真実を伝えねば、高倉天皇の命に関わる。

沈黙など論外だ。

いかにして、高倉天皇に恨まれず、真実を伝えればよいか。

悩む頼盛の前で、高倉天皇が老侍医に差し出された盆へ手をのばし、丸薬をつまんだ。

「池中納言よ。すまぬが、持薬を飲む時間になっ――」

悩んでいる暇はない。

頼盛は、とっさに檜扇を広げると、勢いよく音を立てて閉じた。

「――恐れながら、主上。侍医殿に訊ねたいことがあります。御服薬あそばされるのは、そののちということで」

檜扇の音に驚き、高倉天皇も侍医も、動きを止めた。

老侍医は判断を仰ぐように高倉天皇を見る。高倉天皇は頷き、許可を与えた。

「池中納言様、どのような御用件でございましょうか」

老侍医は、くぐもった声で応じる。

高倉天皇に恨まれず、葵前の死の真相を伝えるには、この方法しかない。

一か八かの賭けなど、性に合わないが、やむを得ない。

頼盛は、檜扇を持つ手が汗ばむのを感じつつ、息を軽く整えてから、老侍医へ訊ねた。

「侍医殿。主上がお飲みになられている持薬は、何でできておる」

頼盛の問いに、老侍医は微笑(ほほえ)んだ。

「秘伝の薬草、それから、信石でございます、池中納言様」

急

「気分がすぐれなかった葵前は、朕が以前愛の証として与えていた持薬を宮中から退出する際に飲み、それに信石が含まれていたため、命を落とした。これが真相か……」

頼盛が用事を言いつけて侍医を退出させた後、高倉天皇は蒼白の顔でうなだれていた。

もしも、頼盛の口からこの真相を告げていたら、恐らくこうはならなかっただろう。

頼盛は、高倉天皇を黙って見守りながら思った。

葵前の死の真相に到達した時、頼盛はあまりにも残酷な真相に迷った。

望まない真実を告げられると、たいていの人間は、それを告げた人間を恨む。

高倉天皇が、そのような料簡の狭い人柄とは思えない。

だが、頼盛は、これまで高倉天皇とは縁が薄く、正確に人柄を把握していない。

そこで、高倉天皇も同様の人柄と見做し、いかにしてこの残酷な真相を伝えるか頭を捻った。

そして、たいていの人間は他人に押しつけられた答えよりも、自分が導き出した答えを受け入れるものだということに思い至った。

頼盛は、そうした人間の心に、一か八か賭けた——老侍医に持薬の原料を訊ねる形で、高倉天皇に葵前の死の真相を悟らせたのだ。

その甲斐あって、高倉天皇は今、残酷な真相を気づかせた頼盛ではなく、真実に気づいた自分を恨まんばかりに嘆いていた。

「ところで、池中納言よ。あの問いは、朕が葵前に持薬を与えていたことに気づかねば出てこないものだ。なぜ、そちはわかったのじゃ」

俯いたまま、高倉天皇は沈んだ声で訊ねてきた。

頼盛は、沈黙を破った。

「それは先程、主上が『葵前は、主上以外の者から与えられた物は決して口にしない』と仰せになられたことを思い出したからです。これは、言い換えれば、葵前は主上がお与えになられた薬なら口にすることを意味しますから……」

松殿が葵前に薬を与えたのではないかと考えた時点で、気づいてしかるべきだった。

しかし、葵前を殺害する理由を持つ者にばかり注意を向けていたため、今の今まで思い至れなかった。

毒殺が過失と考えれば、葵前を毒殺した下手人の条件に当てはまるのは、ただ一人。

持薬の形で石薬を入手でき、寵愛の形で葵前に接近でき、なおかつ誰に憚(はばか)ることなく薬を与えられる高倉天皇しかいない。

「他の毒殺方法が無理であるのは、すでに主上が確認済みです。ならば、残る答えはただ一つ。主上が先程お気づきになられた理由で、葵前は命を落としたのです」

頼盛は、高倉天皇の恨みを買うまいと、あえて肝心な内容は口にしなかった。

「葵前は、朕以外の者から与えられた薬を受け取らない。ならば、朕が葵前に与えた薬に何か間違いがあったのではないかと考え、そちは侍医に朕の持薬の原料を訊ねたのじゃな」

「……確信はございませんでした。某も、信石と聞き、たいへん驚いているところです」

我ながらそらぞらしいと思いながら、頼盛は答える。

実のところ、老侍医に持薬の原料を訊ねる前から、原料が信石だと見当がついていた。

頼盛は、持薬が載っている銀の小皿が黒ずんでいたことを思い出した。

銀には、硫黄に反応して黒ずむ特性がある。

したがって、持薬には硫黄を含む丹砂や雄黄、信石といった石薬のうち、いずれかが用いられていることになる。

高倉天皇は、持薬に五石散のような禁忌はないと話していた。

ならば、持薬の原料は信石となる。

だが、すぐにそうと説明すれば、高倉天皇の恨みを買いそうだったので、問われるまで言わずにいることに決めていたのだった。

「しかし、わからぬ。先程そちから聞いた話では、信石は石薬の一種で毒だったではないか。なぜそのような毒を、侍医は朕の幼い頃から持薬として飲ませていたのじゃ」

もっともな疑問だ。

頼盛は、答えた。

「先程も申し上げました通り、信石は毒としても使われますが、肌を白くして頰を赤く美しくする効能と、強壮の効能を持つ石薬でもあるからでしょう」

頼盛は、高倉天皇の白皙の美貌を、これまでとは違う目で見た。

色白の肌は、幼い頃より飲んでいる持薬の信石によってもたらされた見込みが高い。

持薬が信石とわかれば、いかにして高倉天皇は死なず、葵前は死んだのか、その謎を解き明かすのは容易かった。

「だから、侍医は悪びれずに、朕の持薬が信石だと答えたのじゃな。ところで、信石が薬でもあるのはわかった。だが、それならば、幼少より信石を持薬として飲み続けていた朕は生きているのに、どうしてたった一度きり信石を飲んだ葵前は命を落としたのじゃ」

やはり、高倉天皇も同じ疑問にたどり着いたか。

あくまでも高倉天皇と共にこの悲劇を分かち合っていると言わんばかりに、頼盛は慈しみに満ちた表情を作って見せる。

「これは想像となりますが、服用方法の違いが原因ではないかと思われます」

「なに、服用方法の違いとな」

高倉天皇は、訝しげに顔を上げる。

「はい。主上も御承知の通り、持薬の丸薬は親指の先ほどの大きさです。ところで、主上からお聞きした話によりますと、葵前は喉が悪いため、碁石大の大きさしかない粉熟を半分にした物すら、さらに半分にして食べたそうですね。そうやって口にする物を細かく分ける習慣が、葵前にあったとすると、丸薬をそのまま飲みこまず、喉に通りやすくするために、丸薬も細かく分けて飲んだのではないでしょうか」

「その服用方法が、どう生死を分けることになるのじゃ」

高倉天皇は、頼盛の方へ身を乗り出してきた。

頼盛の話に半信半疑の様子だが、残酷な真実を受け入れようとする悲壮な覚悟が垣間見えた。この様子なら、率直に真相を語っても不興を買う心配はあるまい。

頼盛は、姿勢を正す。

「百聞は一見に如かず。ここは、服用方法の違いが何をもたらすか、試してみましょう。実は、先程侍医殿に用事を言いつけたのは、遠ざけるためであったのが一つ。もう一つは、これから持薬を試すのに必要な物を用意させるためだったのです」

話し終えたところで、老侍医が、頼盛が頼んだ物を盆の上にすべてそろえて持ってきた。

まず頼盛と高倉天皇の間に置かれたのは、生きた小魚が入った、二つの漆(うるし)塗りの椀だった。

頼んでおいた通り、一つは赤い椀で、もう一つは黒い椀だ。

次に、高倉天皇の持薬の丸薬が二粒載っている銀の小皿が置かれる。

「冬の寒い中、池の魚を取りに行かせ、すまなかった、侍医殿。これはほんの礼だ。なに、某は予備の扇を持っている。遠慮は無用だ」

頼盛は、手際よく老侍医へ自分の檜扇を握らせる。檜扇は、彼のような下級貴族には贅沢品(ぜいたくひん)だ。仕事を頼んだことに対する礼と、頼盛と高倉天皇とのやりとりに対する口止め料として、ちょうどよい。

老侍医は微笑を浮かべて会釈(えしゃく)すると、来た時と同じように静かに退室した。

「池中納言よ。小魚を何に使うのじゃ」

高倉天皇は、頼盛が目の前に並べた小魚の入った二つの椀を、途惑いがちに見つめる。

「まず、こちらの赤い椀に、主上の薬を丸ごと入れます」

赤い椀の小魚は、突如入ってきた丸薬から逃げたものの泳ぎ回っていた。

底に沈んだ丸薬は、依然として丸薬のまま、いっこうに溶ける気配は見受けられない。

「それから、黒い椀に、主上の薬を細かく分けて入れます」

頼盛は、軽く爪を立てて丸薬を細かく分けると、黒い椀に入れた。

丸薬の欠片(かけら)がいくつも入ってきたので、黒い椀の小魚は逃げ回るように泳ぐ。

そして、欠片がすべて底に沈むと、何事もなかったように悠然と水の中を泳ぎ続けた。

だが、欠片が溶け始めると、黒椀の小魚に変化が現れた。

痙攣(けいれん)し始めたのだ。

たちまち、小さな黒椀の中にさざ波が立つ。

頼盛の耳に、高倉天皇が息を飲む音が届いた。

小魚は、一際激しく痙攣した後、突如動きを止める。

それから、白い腹を出して水面に浮かび上がってきた。

頼盛は、黒い椀の小魚が息絶えたのを見届けると、赤い椀の丸薬を水からつまみ上げ、銀の小皿へ戻す。

小魚は、今までと変わらず、赤い椀の中を泳ぎ続けていた。

「おぉ、何ということじゃ……」

高倉天皇は青ざめ、目を大きく見開くと、扇で口許を隠す。

頼盛は、高倉天皇の顔を正視するに堪(た)えず、目を伏せた。

「おわかりいただけたでしょうか。ご覧いただいたように、丸薬のままでは、薬はすぐに溶けませんが、細かく分ければすぐに溶けてしまいます。すなわち、持薬を本来の丸薬のまま飲めば、赤い椀に入れられた丸薬と同様、大半は体の中で完全に溶けきらず、ほぼ丸い形のまま、毒になる前に排泄(はいせつ)されたと思われます。だから、信石は主上の御命を奪うことはなく、強壮薬となりました。しかし、葵前が粉熟を食べた時のように、丸薬を喉に通りやすいように細かく欠片に分ければ、体の中に溶けこみやすくなります。こうして、本来ならば強壮薬になるはずの信石が、毒になるほど大量に体内に取りこまれ、葵前は命を落としたのです」

葵前はおそらく、何とかして宮中で倒れまいと、高倉天皇から賜った持薬を飲んだ。

最期の瞬間まで、葵前は自分が毒を飲んだとは思いもしなかっただろう。

まして、愛する者から与えられた薬が毒とは、夢にも思わなかったに違いない。

頼盛は、一度も会ったことのない葵前を哀れんだ。

それから、目の前にいる、さらに哀れむべき者を見つめた。

「『白氏文集』に『君が一日の恩のために、妾が百年の身をあやまつ』（「主君の一時の寵愛を受けたばかりに女の生涯が不幸なものになった」の意）とあるように、葵前も、猫達も、朕が愛し、彼らによかれと思って与えた薬によって命を落としたのじゃな……」

高倉天皇は、嘆息を漏らしつつ、悲痛と沈鬱を絵に描いたような顔をする。

猫の死の原因も、持薬が信石ではないかと考えた際、頼盛は見当がついていた。

第五十九代宇多天皇が、愛猫への愛情から、人間の滋養強壮薬である乳粥を与えていたように、高倉天皇も愛情から、自らの持薬を愛猫に与えたのだ。

猫は、丸薬を飲まないから、高倉天皇は丸薬を細かく分けて水に溶くか、あるいは宇多天皇の愛猫が飲んでいたような乳粥に溶いて飲ませたはずだ。

信石は無味無臭だから、猫は気づかずに丸薬入りの食事を口にしてしまう。

そして、葵前と同様、信石が体内に取りこまれすぎて毒となり、猫は死んだ。

だが、猫の死の謎も解けたと告げても、高倉天皇が救われないのは目に見えている。

それよりは、頼盛を朝廷に復帰させるとの言葉をもらえないまま、世を儚んで退位されないよう、高倉天皇を慰める方が大事だ。

「主上。お嘆きはごもっともです。しかしながら、このようにお考えになられてはいかがでしょう。葵前も、猫も、命を賭して主上が危険な御薬を飲まれていることを伝えてくれた、と……。彼らの死を無駄にしないためにも、今後はこの持薬の御服用をおやめになられるべきです」

半分は、本心からの忠告だった。

頼盛は、葵前の死の真相を知った後の高倉天皇の態度に、少なからず心を動かされていた。

高倉天皇は、悲痛な微笑を浮かべた。

「そうじゃな。『竹取物語』の帝と同じ『逢うことも涙にうかぶ我が身には死なぬ薬も何にかはせむ』じゃ。かぐや姫に二度と逢えないなら不死になる意味がないように、朕も葵前と二度と逢うことが叶わぬのじゃ。持薬などいらぬ」

高倉天皇はいったん言葉を切ってから、こう続けた。

「池中納言よ。よくぞ、葵前の死の真相を解き明かしてくれた。おかげで、相国や徳子に対する疑惑は晴れた。これで、朕は心置きなく、相国に政を任せることができる。そちが朕に尽くしてくれたこと、決して忘れぬ。次は、朝廷で会おうぞ」

朝廷で会おうとは、これから始まる高倉天皇親政において、頼盛を朝廷に復帰させると約束したのと等しい。たとえ望ましくない答えでも、受け入れる度量が高倉天皇にはあるとわかり、頼盛は胸を撫で下ろした。

　このような人柄であれば、清盛や故建春門院がしたようには、頼盛を排除しないだろうから、親政の中枢に食いこめる。

　そうなれば、池殿流平家の家の子郎党も、妻子も、安泰だ。

　安堵すると同時に、頼盛は善良かつ純粋な高倉天皇に対し、自分がかなり卑劣な態度を取っていたことが恥ずかしくなった。

　しかし、それは、これから忠実に仕えることで償おう。

　頼盛は、高倉天皇へひれ伏した。

　黒真珠の色をした雲が流れる寒暁（かんぎょう）の闇の中、屋敷を後にした頼盛は、牛車に揺られて家路に就いていた。

　葵前の死の真相を解き明かすため、夜を徹して考え続けたせいで、一睡もできなかったが、池殿流平家を守れた満足感から、頼盛は心地よい疲れに浸っていた。

　弥平兵衛を始めとする護衛の武士達も、牛飼童と車副達も、頼盛から朝廷復帰の目途が立ったと聞かされ、寝ずに冬空の下、待ち続けていた甲斐があったと、活気に満ち溢れていた。

　一時はどうなるかと思ったが、よい新年を迎えられそうだ。

　頼盛が己の仕事ぶりに満足していると、牛車が止まった。

「どうした。何かあったのか」

頼盛は牛飼童に訊ねる。

しかし、答えたのは、ちょうど馬から下りた弥平兵衛だった。

「頼盛卿、前方に牛車が――」

車副達が持つ松明の赤々とした炎に照らされているものの、弥平兵衛の顔はひどく青ざめて見えた。

驚き喘ぐ弥平兵衛の声は、それきり途絶えた。

前方から来る牛車へ敬意を表そうと、その場に跪いたためだ。

弥平兵衛だけではない。護衛の武士達も、全員馬を下りて跪く。牛飼童も車副達も、牛車を道の端に寄せて止めてから、同様に跪く。

牛車が道を譲るのは、相手の牛車に乗っている者の身分が、自分よりも上の場合だけだ。

いったい、誰であろうか。

頼盛が目を凝らすと、暁闇の彼方に、橙色の松明の炎がいくつも見えた。

その後ろから、松明に照らされ、濡れ光る毛並みが美しい黄牛が、牛車を引いて現れた。

弓を伏せたような唐破風の廂を持つ、高級な牛車だった。

車体には、蝶の紋がちりばめられている。

牛車の後方の傍らにいる牛飼童は、金色の金具が輝く榻（牛車の乗り降りに使う踏み台）を持っている。金色の金具が付いた榻を使えるのは、親王か大臣だけだ。

屋根の形状と言い、金色の金具の榻と言い、車体にちりばめられた平家のしるしである蝶の紋と言い、乗っているのは、都の最高権力者に昇りつめた、平家一門の棟梁にして、頼盛の異母兄である、清盛しかいない。

だが、清盛は十一月の騒動の後、福原に引き上げていた。

それがなぜ、都にいるのか――。

驚愕(きょうがく)しながらも、頼盛は清盛が都に来た意図を読み取ろうと、考えを巡らせる。

清盛の牛車は、頼盛の牛車の脇を少し進んでから止まった。

頼盛は、一息吐いて胸の鼓動を鎮(しず)めてから、牛車の前の簾(すだれ)を上げ、清盛の牛車の方へ顔を出す。

そして、動揺を押し隠し、目礼する。

「お久しゅうございます、兄上。福原に御滞在だとばかり思っておりました」

「なに、明日から行なわれる、東宮のための儀式に参加しようと上洛したまでよ」

牛車の中から、少し割れた低い声が返ってくる――清盛だ。

「しかし、解官を申しつけられ、自邸にて身を慎んでいるべきおまえと、まさかこうして会うとはのう、頼盛」

全身から氷のように冷たい汗が滲み出るのを、頼盛は感じた。

「先月、おまえがこの儂(わし)に対して兵を挙げたとの噂があった時、事実無根だと主張するおまえを信じた。だが、本来ならば謹慎してしかるべき者が、人目を忍んで夜に出かけていたとなると、おまえに対する考えを改めねばならんな」

清盛のことだ。ここで、たとえ高倉天皇に招かれて方違え先に出かけていたと正直に打ち明けても、鹿ケ谷の宴を陰謀に仕立て上げたように、頼盛が高倉天皇を唆して清盛追討の宣旨を賜ろうとしていたことにするのは、目に見えている。

せっかく、葵前の死の真相を解き明かし、高倉天皇の歓心を得て、朝廷復帰の目途が立ったのだ。

池殿流平家を守るためにも、清盛に付け入る隙は与えない。

「そうですか。しかしながら、兄上に会えたこと、僥倖でございます」

「僥倖だと。それは、誰にとってだ」

嘲弄するような清盛の口ぶりに気づかないふりをして、頼盛は何食わぬ顔で答えた。

「もちろん、兄上と某、双方にとってでございます。先月、世間が某に立てた心無い噂に、兄上も某も、たいへん迷惑させられましたでしょう。だから、次に兄上にお会いした時には、某、このように申し上げたいと思っていたのであります。『これより先、弓箭の道を捨てる』とね」

そばで控えていた弥平兵衛がやおら立ち上がりそうになったので、頼盛は予備の扇で牛車の床を叩き、動くなと合図を送る。松明の灯りのため、はっきり見えないが、頼盛は弥平兵衛が渋面になっていることが容易に想像できた。

なぜなら、弓箭の道を捨てるとは、武士として生きるのをやめると宣言したのと同義だ。

武士である平家一門の分家にあたる池殿流平家でありながら、武士をやめるのは、無念極まりない。

しかし、己の体面を守るために武士として生きる道にこだわり続けるより、清盛の脅威にはならないと、今のうちに旗幟鮮明にしておく方が、池殿流平家を守ることができる。

「弓箭の道を捨てるとは、思い切った決断をしたものだのう。それはつまり、有事の際は、儂に手を貸さぬという意味か」

武士をやめると宣言しても、清盛は依然として頼盛への警戒を解く様子が見られない。

高倉天皇の歓心を得られて喜んだのも束の間、今度は清盛の意に適った申し出をしなければならない。一難去ってまた一難とはこのことだ。

頼盛は、先程高倉天皇が嘆きつつも見せた、親政開始に向けた気概を思い出した。

清盛は、孫で東宮でもある高倉天皇第一皇子言仁親王即位を前提にして、高倉天皇親政を開始させる魂胆だ。

ならば、清盛の意に適う申し出は、高倉天皇に関するものに限る。

言仁親王が即位すれば、当然のことながら、高倉天皇は退位する。

退位後、天皇は、必ず石清水八幡宮か賀茂大社、春日大社のいずれかに御幸（天皇・上皇の外出。この場合は参拝）する慣例がある。

だが、最高権力者に昇りつめた清盛は、恐らく、退位後の高倉天皇をどの神社でもなく、平家一門が信仰している厳島神社へ御幸させることを望んでいるはずだ。

厳島神社があるのは、安芸国だ。都から行くには、船で海を渡る必要がある。

その船旅を少しでも快適にするために、清盛は骨身も金も惜しまないに違いない。

頼盛の中で、考えがまとまった。

「うがちすぎです、兄上。某はもちろん、池殿流平家一同、叛意などございません。その証に、厳島神社へ安芸国安摩荘の得分（荘園からの収益）を寄進しましょう」

弥平兵衛が肩を小さく震わせたものの、立ち上がるのを堪えたのが見て取れた。

全所領没収の憂き目に遭ってなお、得分すら寄進する頼盛を案じているものの、頼盛の決断を信じたことがわかり、頼盛は心の中で弥平兵衛に感謝する。

「そう言えば、全所領を没収はしていたが、得分までは没収しておらなんだか。しかし、厳島神社へ得分を寄進するとは、何を考えておる」

清盛が簾の奥から、面白がるような口ぶりで問いただす。

ここからが、正念場だ。

頼盛は、背筋をのばした。

「安摩荘は、江田島、倉橋島などの島々から呉浦など安芸国沿岸にまたがる、言うなれば海の荘園。しかも、安芸国から瀬戸内の東西に抜ける重要な海路にありますから、主上が退位された暁に、厳島神社へ御幸いただく折には、必ずや要所となりましょう。ですから、今のうちからその得分を厳島神社へ寄進し、主上の厳島神社御参拝の支度金にさせたい。そのように考えただけのことです」

「ほう、それは殊勝な申し出だ。褒めてつかわす。しかし、まさか主上の退位後に厳島神社へ御幸していただこうとの儂の肚を、おまえに見抜かれていたとはのう」

清盛は、低い声で笑う。

「平家一門は、先月の兄上の御英断により、これからますます繁栄の道を歩むことは、すでに明白。某も、平家一門のはしくれでありますから、その繁栄の礎になろうと決意を固めました。ゆえに、自ずと兄上のお望みに見当がついたのです。何なら、今日のうちに厳島神社に安摩荘の得分を寄進する文書をしたためておきましょう」

頼盛は、臆面もなく心にもない答えを述べる。

「そうか。おまえの心がけ、しかと受け止めたぞ」

清盛から、警戒した気配が消えたので、頼盛は窮地を脱したことを察した。

安堵の息を密かに漏らしていると、清盛が呼びかけてきた。

「時に、頼盛。主上との謁見はどうであったか」

頼盛は、総毛立つ。

「よく御存知で……」

否定する理由もなく、頼盛はかすれがちな声で認める。

「なに、侍医を通じて、主上に葵前の死は毒殺であるとの噂と、おまえが平家一門きっての知恵者であるとの噂を吹きこんでおいたのでな。だから、儂が福原にいるうちに、主上がおまえを招いたのではないかと思ったまでよ」

どうして、頼盛と縁が薄い間柄の高倉天皇が、頼盛が平家一門きっての知恵者だと知っていたことに、今の今まで疑問を抱かなかったのか。

愕然とする頼盛に、清盛が畳み掛ける。

「主上は、かつて寵愛していた上童の死を、儂や徳子の仕業だとお疑いだったのでな。だが、儂には、主上の寵愛が過ぎて、信石を原料にした持薬をその上童にお与えになられたのが死の原因であることは、上童の死を聞いた直後に見当がついていた」

「直後ですか。随分と早くから見当がつかれていたものですね」

声が震えないよう、頼盛は苦心しながら相槌を打つ。

「御幼少の頃の主上は、愛猫達の健康がすぐれないと、持薬をお与えになる心優しいお方だと、今は亡き主上の母君から聞いたことがあってな。だが、奇妙なもので、必ずや、主上のお心遣いむなしく愛猫は死ぬ結末を迎える。一度だけならまだしも、主上がお飼いになられたすべての愛猫達が同様の最期を迎えたとなれば、自ずと主上に疑惑の目が向くものだ。猫が丸薬を口にすることはないから、薬を過剰に摂取する形となって愛猫が毒死するとは夢にも思わず、主上が丸薬を細かく分け、餌に混ぜて与えたのだと想像がついた。これを踏まえ、上童が怪死した一件を考えれば、主上が上童にも愛猫達にしたのと同じく、愛ゆえにその者を死に至らしめたのだと即座に見当がつく」

頼盛が苦心惨憺してたどり着いた葵前の死の真相を、清盛は高倉天皇の愛猫の死を糸口に、看破していた。頼盛は、声を失う。

「しかし、疑われている身が、いくら真実を述べても、聞く耳を持ってもらえぬのは火を見るより明らかだ。今まではそれでよかったが、いずれ主上は治天の君となられるお方だ。いつまでも儂が疑われているままでは不都合だ。そこで、儂の息がかかっていない者からの意見ならば、主上も聞く耳をお持ち下さるに違いない。そう思うて、事前に手を打っておいたのが功を奏したようだ」

老侍医があの時、頼盛に見せた憐憫は、解官されていることに対してではない。頼盛が、清盛の手のひらの上で踊らされていることへの憐憫だったのだ。

「いやはや、儂と徳子の無実が明らかになり、まこと愉快。それに、もう一つ愉快なのは、頼盛。おまえが、主上に招かれたのが縁で親しくなったことだ。かつてのおまえは、主上の即位の儀の直前に、大宰府に現地赴任をして参加せず、主上の即位に不服であると無言の意思表示をしたほど、主上と親しもうとせなんだからな。たとえ、おまえが後見している八条院様との御縁で、以仁王様に親しみを覚えているとは言え、我ら平家一門の繁栄に繋がる主上を蔑ろにする仕打ちを許せず、あの時は解官してやったものよ」

高倉天皇と親しむことすら、清盛の計略の内だった。頼盛は唖然とするほかなかった。

「だが、おまえも知っての通り、これからは主上の時代だ。今まで以上に我々は結束せねばならぬ。その最初の一歩として、我が平家一門の信仰する厳島神社への海路に所領を持ち、福原に別荘も持つおまえが、主上と親しくなってくれたこと、まことに喜ばしい。何しろ、主上の厳島御幸の折には協力を得やすいし、主上が厳島神社へ御幸あそばす折には、おまえの福原の別荘を宿所に提供してもらえるのでな。福原にある我が一門の別荘の中で、おまえの別荘が最も壮麗に造られている。それゆえ、御幸に同行する公卿どもを圧倒し、平家に逆らう気力を奪う一助となる。さすれば、主上が治天の君となられた際に、横槍を入れようとする不遜な輩を、芽のうちに摘めよう」

清盛が、頼盛に葵前の死の真相を解かせたのは、無実を証明させるためだけではない。頼盛を高倉天皇と親しくさせ、平家一門の威信をかけた厳島御幸を、成功させるためでもあったのだ。

鹿ケ谷の陰謀の時と同じ、一挙両得の妙手を、清盛はここでも繰り出していた。出し抜いたつもりが、それすら予想の内だった——。かなわない。

崩れ落ちそうになるのを、頼盛は必死に堪えた。

「頼盛よ。今後も、我が平家一門の繁栄の礎となるように。さすれば、新年には謹慎が解け、全所領も返ってこよう」

「これは、ありがたきお言葉。おかげで、今年の暮れは明るく過ごすことができそうです」

頼盛は、表向きこそ殊勝に清盛へひれ伏した。

だが、内心ではひどく打ちのめされていた。

最高権力者である清盛からも、謹慎を解除する形で朝廷復帰を認められたし、全所領が戻る保証をされたものの、頼盛の心情は甚だ暗かった。

弥平兵衛を含む護衛の武士達も、牛飼童も車副達も、跪いてはいたが、頼盛と同様に打ちのめされていることが、手に取るように感じ取れた。

まだ蛹のまま耐えねばならないのか。

蝶になる前に、清盛の手の内で、蛹のままで果ててしまうのではないか。

清盛の牛車が動き出す音が聞こえ、頼盛は敗北感を噛みしめながら、清盛を見送ろうと、後ろの簾を上げた。

清盛もまた、頼盛と同様に牛車の後ろの簾をめくり上げていた。

清盛は、頼盛の姿を認めると、今にも哄笑（こうしょう）せんばかりの顔を見せた。

勝利を誇示（こじ）する顔だった。

しかし、頼盛は我が目を疑った。

夜が明け始め、白く照らし出された清盛が、真冬でありながら、裏のない単衣一枚しか身に着けていなかったからだ。

それと同時に、高倉天皇にした石薬の話を思い出した。

――最も代表的な禁忌は、五石散を飲んでいることを人に教えてはならない、衣服は今のような真冬であろうとも薄着で過ごさねばならない、酒以外のすべての飲食物は冷たい物を摂取せねばならない――

間違いなく、清盛は五石散を飲んでいる。

遠からず、いにしえの異国の皇帝達のように、命を落とす。

それも、安らかな死ではない。

物の怪の幻を見たと怯える、あるいは体が燃えるように熱くなる等、苦悶に満ちた死を迎えることになる。

頼盛は、清盛を呼び止めようと、口を開いた。

「頼盛卿、どうなさいましたか」

立ち上がりかけていた弥平兵衛が、怪訝そうに声をかける。

弥平兵衛を見れば、いたわりに溢れていた。

弥平兵衛だけではない。

護衛の武士達も、牛飼と車副達も皆、頼盛へいたわりの眼差しを向けていた。

彼らには、武士として生きる道を捨ててまで生き延びようとしている頼盛に対する侮蔑が、一切見当たらなかった。それどころか、非難する気配すら見当たらない。

頼盛は、いったん口を閉じる。

それから、扇で口許を隠すと、改めて口を開いた。

「いいや、何でもない」

頼盛は、扇の裏で口の両端を上げる。

そして、遠ざかっていく清盛から目をそらした。

「それよりも、大事なことを思い出した。この寒い中、よくぞ一晩中供を務めてくれた。六波羅の池殿に着いたら、すぐさま温かな朝餉と酒を出すぞ。某が朝廷復帰の目途が立った祝いだ。弥平兵衛には、特別に薬酒を振る舞おう。池殿流平家の筆頭家人であるおまえには、いつまでも達者で長生きしてもらわねば困るからな」

頼盛の陽気にあてられたのか、弥平兵衛からも、護衛の武士達からも、そして牛飼と車副達からも、不安の影が消え去り、喜びに満ちていく。

「では、某からの話は以上だ。牛車を出せ」

頼盛の命令が下り、弥平兵衛たちは意気揚々(いきようよう)と出立する。

頼盛は簾を下ろしながら、去りゆく清盛の牛車を見据えた。

すでに遠ざかり、清盛の姿は見えなかったが、かまわなかった。

――ここは、兄と弟、どちらの運が強いか、天に見定めてもらうまでだ――。

光と闇が交錯する夜明けの空の下、清盛の牛車は、まだ明けきらず暗い空の底へ吸いこまれていく。

頼盛の牛車は、金色(こんじき)に輝く日の出を目指し、進んでいった。

屍実盛(かばねさねもり)

「今の斎藤別当は、其名を北国の巷にあぐとかや。朽ちもせぬむなしき名のみとどめおきて、かばねは越路の末の塵となるこそかなしけれ」

――『平家物語　巻第七　実盛』――

寿永二年（一一八三年）六月。加賀国篠原。

越中国倶利伽羅峠の戦いに敗走した平家軍が、対する木曾義仲軍に追いつかれて始まった戦いは、最初から平家軍に不利な戦いであった。

そんな敗色濃厚の中、連銭葦毛の駿馬に跨り、赤地の錦の鎧直垂に、萌黄縅の鎧を着て、鍬形の飾りをつけた兜の緒を締め、金作りの太刀を帯びた堂々たる武将がただ一人、平家軍の殿軍をつとめていた。

義仲の家人である、信濃の荒武者手塚太郎金刺光盛は、負け戦にも拘わらず引き返して防戦するその敵を、さぞや名のある武将と見込み、戦いを挑んだ。

ところが、奇妙なことに、手塚が大音声で名乗りを上げても、相手は決して名乗らなかった。

仕方なく、手塚は名も明かさない武将と戦いを始めた。

矢を放ち合い、矢が尽きれば刀を抜き、白刃を交える。

蹄の音を轟かせ、馬と馬がぶつかり合う。

両者互角の戦いの形勢が変わったのは、遅れて駆けつけて来た手塚の家来が、二人の間に割って入った時であった。武将は、家来を鞍の前輪に押しつけ、首を掻き切った。

手塚は、そのわずかな隙を突き、左にまわりこんだ。

そして、家来の命と引き換えに得た好機を逃さず、武将の鎧の草摺（下腹部や大腿部を守るために鎧から垂れ下げている裾）を引き上げ、刀で二突きした。それから、間髪を容れずに組みつき、武将もろとも落馬した。

そこへ、ようやく追いついた二人目の家来が、すでに虫の息となっていた武将の首を斬り落とした。

主従三人がかりの死闘の末に得たその首を、手塚は本陣にいる主君義仲の許へ持参した。

しかし、武将の素姓が明らかになった時、義仲は悲嘆の底に突き落とされた。

序

寿永二年、炎暑と騒乱に侵された夏の名残りが色濃き、九月。

今は亡き以仁王が出した、「平家追討」の令旨を受けて挙兵した木曾義仲の軍勢が入京し、早くも一月半が過ぎていた。

都は、未曾有の大飢饉（養和の飢饉）から、いまだ立ち直れずにいた。通りには、餓死者の屍の山と、飢饉で物乞いに零落した民が溢れている。

しかし、木曾軍は飢饉にある都の民から、備蓄されていた最後の命の綱である食糧を、容赦なく徴発、あるいは略奪した。

だが、都の荒廃を物語るものは、これだけではない。

平清盛の死後、平家一門は木曾軍から逃れるため、都を捨てて西国に落ち延びる際、一門とその家人達の屋敷を焼き払っていった。

そのため、都で最も華やいだ地である六波羅と西八条にあった、かつては「玉が磨き上げられて金銀がちりばめられた御殿」と謳われた平家一門の邸宅は、すべて灰燼に帰している。辺りをにぎわしていた、物売りと牛車の影も今はもうない。

屍臭を孕んだ土埃が風に舞い、焼け野原と化した六波羅を吹き抜けていく。

その風の中、頼盛は六波羅の広大な池の畔に佇んでいた。

赤地に金の蝶の文様が入った唐綾の直垂に、立烏帽子を被った頼盛は、焼け焦げて枯れた蓮に覆われた池を、見るともなしに見ている。袴の裾は、土埃で少々汚れていた。

頼盛の佇む池の畔は、平家一門の邸宅の敷地内だ。誰であろうとも、踏み入れば、平家ゆかりの者として、世間からあらぬ疑いをかけられる。しかも、頼盛は、今では都の厄介者である木曾軍の士卒ら十人ばかりに、遠巻きに見張られている。

道行く物乞い達は、関わり合いにならないよう、見て見ぬふりをして通り過ぎていった。

おかげで、頼盛は誰にも妨げられることなく、そのままでいられた。

「まだ消えもせぬ池の破れ蓮、か」

頼盛が詠うように独り言を漏らしたところへ、侍烏帽子に、色褪せた蘇芳地の直垂姿の老いた武士が近づいてきた。

「頼盛卿、今日もまたこちらにおられましたか」

「おお、弥平兵衛か」

頼盛の名が聞こえた途端、物乞い達の目がいっせいに頼盛に向く。

「あのお方が、池殿流平家の家長池大納言様か。だから、生まれ育った屋敷の焼け跡を偲ぶように、畔に佇んでおられたのか。おいたわしや」

「平家一門の重鎮ながら、都落ちには加わらず、平家を皆殺しにすると息巻いておられる、木曾殿の支配下に収まった都にとどまられたとの噂は、まことであったか」

「ああして、都を歩きまわる自由こそ認められてはいるが、ここから脱出する気配を露ほどでも見せれば、木曾殿の士卒達に捕らえられ、斬られるとの話だぞ。逃げたくとも逃げられぬとは、お気の毒と言うほかない」

「たとえ、平家一門から決別しても、平家に変わりはなし。木曾殿にいつ討たれてもおかしくはない。せっかく決別したのに哀れなことよ……」

哀れみに満ちた囁きが聞こえ、頼盛は苦笑した。白髪交じりではあるが、その顔は齢五十を迎えたにしては若々しい。

頼盛は、源頼朝の助命嘆願をした池禅尼の実子だ。清盛から見ると異母弟に当たる。こうした血縁から、分家の池殿流平家を確立し、独自の行動を取ることもあった。

それにより、清盛からは長年の間、抑圧され続けていた。さらに、清盛亡き後、平家一門の棟梁の座を継いだ甥の宗盛とも折り合いが悪く、一線を引いていた。

そこで、このたびの平家一門都落ちを好機に、決別したのだった。

頼盛の返答を待つ老いた武士は、頼盛が右腕とも恃む池殿流平家筆頭家人の、平弥平兵衛宗清だ。六十を迎えた侍だが、髪は白く、頬はこけ、猫背気味のため、実際の年よりも十は老けて見える。

「今の噂話、聞いたか弥平兵衛。某をまだ大納言と呼んでおる。すでにこの身は三度目の解官の憂き目に遭い、前大納言だというのにな。しかも、所領はすべて没収された。おまけに、屋敷まで焼き払われたせいで、いつも外出する時に乗っていた馬もなければ牛車もなし。ゆえに、弥平兵衛よ。官職を失ったのに公卿扱いされてもむなしいだけ。律儀に『卿』をつけずともよいぞ。だが、今に見ていよ。某はいつか必ず蛹から蝶になるがごとく、生きてみせる。とはいえ、この有様では、負け惜しみにしか聞こえぬか」

「お話の腰を折るようで、申し訳ございません、頼盛卿。実は急の知らせがあって、お迎えに参った次第でございます」

頼盛は、老いた忠臣の目に、ただならぬものを感じ、自嘲をやめた。

「申してみよ。もしや、米の蓄えがついに尽きたか」

「いいえ、そうではございませぬ、頼盛卿」

弥平兵衛は、道行く物乞い達に聞かれないよう、声を潜めた。

「木曾殿が、頼盛卿と話をしたいとのこと。ただちに、八条院御所へお戻り下さい」

頼盛は、口を真一文字に結んだ。

八条院御所は、八条三坊十三町にある。

後白河院の異母妹であり、当代随一の大荘園領主と名高い、八条院暲子内親王の御所だ。

この高貴なる女人の御所内にある仁和寺常盤殿が、今の頼盛の寓居であった。

頼盛の所有する二つの邸宅、六波羅の池殿も、西八条の八条室町邸も、平家一門の都落ち時に焼き払われたためである。

飢饉の只中、頼盛と妻子ばかりか、池殿流平家の家人達をも八条院が受け入れてくれたのには理由がある。

彼女が裕福で食糧の備蓄に余裕があることと、頼盛が八条院の後見を務め、なおかつ八条院の乳母の娘を娶っているという、多年にわたる深い縁があるからだ。

食糧がいつまでもつのか不安な居候暮らしではある。だが、頼盛は毎日池を眺めに行くことに慰めを見出していたので、さほど先行きを悲観してはいなかった。

弥平兵衛から義仲の来訪を告げられるまでは――。

「いかなる伝手にて、木曾殿は八条院御所に来られたのでしょうな」

普段は都の至る所にいる木曾軍のうち、三十人ばかりが義仲訪問に伴い、御所内の庭にも入り、頼盛を監視しているため、弥平兵衛は小声で訊ねる。

「おそらく、八条院女房である伯耆尼の伝手であろうよ。木曾殿が宿舎に使っておられる六条堀河の屋敷は、元は彼女の住まいなのでな」

頼盛は答えつつも、目まぐるしく考えを巡らせていた。

義仲が対面を求めてきたとなると、用件は宣戦布告か死罪通告のどちらかだろう。

そうなると、自身や、池殿流平家の抱える家の子郎党の命も風前の灯火だ。

どうしたものかと頼盛が頭を捻っていると、弥平兵衛が息巻く。

「随分と心許無い伝手でございますな。しかも、公卿であり、目上にあたる頼盛卿へ何の贈り物も無しに訪問とは、木曾の山猿は礼儀知らずでございます」

「口を慎め、弥平兵衛。今の我らの命運は、他ならぬその山猿に握られているのだぞ」

「御意。しかし、頼盛卿がこのようにぞんざいな訪問を受ける筋合いはございません。それがまかり通るようになったのは、諸国の源氏が平家打倒を目指して一斉蜂起をしたため。そして、その一人は、鎌倉の前右兵衛佐源頼朝殿。平治の乱後に拙者が捕らえて身柄を預かったところ、まだ年端もいかぬのに一人前の武士として振る舞おうとするさまが大変いじらしく、世話をするうちに、つい情が移ってしまいました。そこで、頼盛卿を通じて池禅尼様へ助命嘆願を申し上げたところ、二十数年の歳月を経た今、頼盛卿と御一門をこのような苦境に陥らせることに……。一時の情に流され、助命嘆願などしなければよかったと、思わずにはいられませぬ」

息巻いていたかと思えば、今度は一転して沈痛な面持ちで弥平兵衛は愚痴を漏らす。しかし、すべては主人たる自分を思うがゆえなので、頼盛は怒る気になれなかった。

「弥平兵衛、おまえだけが助命嘆願に動いたわけではないのだ。責任を感じることはない。結局、どう転ぼうと、平家一門はこうなったであろうよ」

「しかし、やはり拙者は心苦しゅうございます。このたびの木曾殿の礼儀知らずの訪問もさることながら、中原清業の一件もございます」

清業の名に、頼盛は思わず口を噤む。弥平兵衛は、慨嘆に顔を歪める。

「奴は、頼盛卿に取り立てられましたのに、都落ちの日、御一門によって火を放たれた池殿の蔵に駆けこむや、米を持ち出して行方をくらましました。これで、米を携えて御一門の許へ馳せ参じたのであればまだしも、そうした噂はいっこうに聞こえてこず。頼盛卿や御一門を捨てて遁走した恩知らずな仕打ちをするとは、口惜しい限りでございます。しかし、奴の無礼の遠因も、拙者の助命嘆願にあると思うと、忸怩たる思いでございます」

「もうよい、弥平兵衛。おまえは疲れておるのだ。家に帰って休んでおれ」

頼盛は老臣を帰すと、仁和寺常盤殿へ向かう。

すでに頼盛の妻子らは、頼盛がもしもの事態に備え、常日頃申し付けておいたように、八条院御所の寝殿に避難している。おかげで、頼盛は案ずることなく、待ち構えている義仲と対面することができた。

戦場では鬼神と謳われるも、都では「木曾の山猿」と蔑まれ、民の嘲笑の的になっている義仲を、頼盛は漠然と綽名通りの人物と想像していた。

だが、今向かい合って座っている男は違った。

年の頃は三十前後。色白く、髪と瞳は黒々としている。眉は太くて目は大きく、意志堅固な面構えだ。当世の美男の基準からはずれてはいるが、活気に満ち溢れたその風貌は、美男以上に人を惹きつける。鬼神ではないし、ましてや山猿でもなかった。

ただ、武士らしく鍛え上げられた体に、束帯姿はひどく不釣合いで、滑稽でさえあった。

しかし、ここは義仲さえ疎かにはできない高貴なる女人の住居の一角だ。たとえ解官されて今は無官の頼盛に会うにしても、皇女への礼儀として正装しなければならないのだ。

「木曾左馬頭源義仲だ。前大納言平頼盛卿とお見受けする。さすが、大納言であったお方は、座り方一つを取っても所作が優雅だ……むむっ」

木曾訛りの太く荒々しい声で挨拶すると、義仲は大きな目で頼盛を凝視し、眉を顰めた。

「頼盛卿は、今年五十を迎えられたと聞いていたが、随分とお若いな。きらびやかな衣を着ておられるし、公達（高貴な家の子弟）のように鉄漿や白粉を塗っておられるから、もしや御子息か。そうであれば、人違いして申し訳ない」

お世辞ならば、随分と垢抜けない言い方をすると思いつつ、頼盛は義仲に応じた。

「いいや、某は確かに平頼盛だ。亡き母譲りの童顔でな。見てくれは若いが、髪にはご覧の通り、白いものがちらほらと交じっておるし、十歳になる孫娘がおる」

「なるほど。失礼であった」

弥平兵衛の話とは違い、贈り物こそないものの、義仲が礼儀を尽くそうとしているのが伝わり、頼盛は内心首を傾げる。

宣戦布告か死罪通告に来たとばかり思い、妻子と家の子郎党に累が及ばないようにするにはどうすればよいか考えを巡らせていただけに、義仲の態度は意外であった。

「それにしても、頼盛卿は見事な衣を着ておられる。己も蝶の文様の衣を一着新調してみようかな」

「めでたき蝶は平家のしるしでもあるから、木曾殿が用いると誤解を招くことになるので、やめた方がよいと思うぞ。それよりも、木曾殿。本日は、どのような御用件で参られたか。某の衣を褒めに来られたわけではあるまい」

頼盛は、慇懃無礼にならないよう気をつけつつ、いつまで経っても本題に入らない義仲に探るように訊ねる。

「これは、ごもっともだ。己は朝廷から『帰降した敵を討つものではない』というお達しがなければ、家来達に見張りなどさせず、ただちにおぬしの首を討ち落としていた。公家どものやることは、まどろっこしくて性に合わぬ。しかし、おぬしが平家一門きっての知恵者との噂を聞いてな。公家どもの言うことをきいて、討たずにいてよかったと今は思う。そういうわけで、今日はおぬしの知恵を拝借しに来た。見張り達の報告によれば、おぬしは毎日六波羅に赴いては、昔を懐かしむように池の畔に佇むくらいで、暇を持て余しておられるようだから、引き受けてくれるだろう」

長年、朝廷や平家一門の間で権謀術数を巡らせ、肚の探り合いを繰り広げ、生き延びてきた頼盛にとって、義仲の腹を割った物言いは新鮮だった。

「某が知恵者だとは、いったいどこの誰が申したやら……」

頼盛は謙遜して見せながら、義仲が訪問した真意を探りにかかる。

「己に屋敷を貸してくれている、伯耆尼殿だ。おぬし、平治の乱後に、自身は都にいながらも、誰にも見つけられなかった前右兵衛佐源頼朝を、家人に命じて見つけ出させて捕らえたばかりか、その兄の朝長（頼朝の次兄）の屍も見つけ出させたと聞いている。知っての通り、平治の乱にて深手を負った朝長は、足手纏いになるのを恐れ、父の義朝に請うて首を落としてもらい、果てた。しかし、その後、密かに埋葬されていたその屍を、頼盛卿が見つけ出させたというのだから、期待できる話だ」

「期待できるとは、木曾殿は某に何を期待しておられるのか」

本題に入らないまま話を進めていく義仲に、頼盛は急いで釘を刺した。

「ああ、すまん。肝心要のことを言い忘れていた。己が頼みたいのは、朝長の屍を見つけ出した時のように、斎藤別当の屍を見つけ出して欲しいのだ」

頼盛は、返事に窮した。

もしや、自分を討つ大義名分を得るため、無理難題を仕掛けてきたか。

頼盛は、義仲の出方を窺うために、返事はすぐにせず、実盛を思い出すふりをした。

「斎藤別当……武蔵国の住人、長井斎藤別当実盛のことか。よい武士であった。齢七十を超えてなお、馬に跨り戦場を駆け抜けた老武者は、我が平家一門に長年仕えた、名の知れた者だった。去る六月一日の加賀国篠原の戦いにおいて、木曾殿の軍と戦い、討ち死にしたと聞いた時は、俄かには信じられなかった。惜しい者を亡くしたものだ」

義仲は、頼盛の話を聞き終えると、実盛がただ一人平家軍の殿軍を務め、年若き手塚太郎金刺光盛とその家来二人を向こうにまわして戦い、討ち死にした様子を語った。

それは、朝廷の権力争いによって起きた保元平治の二つの大乱や、延暦寺の強訴鎮圧に参戦した、歴戦の勇士である頼盛が聞いても、思わず息を飲む死闘であった。

実盛の最期を語り終えると、義仲の大きな目から堰を切ったように、滂沱の涙が溢れ出す。

「己が一歳の時に、今は亡き従兄の悪源太義平（頼朝の長兄）によって、我が父義賢が討たれた。その時、危うく、巻き添えで殺されそうになった己を救い出し、木曾へ送り届けてくれたのが、他ならぬ斎藤別当だったのだ。それが、世の流れで敵対することになり、戦わねばならなくなったとは、無惨の一言に尽きる」

「同感だ。ところで、木曾殿の話に拠ると、手塚は木曾殿と同じ年齢らしいな。それなのに、齢七十を超えた実盛を討つとは、あまり感心しない武士だ」

「手塚を悪く言わんでくれ。手塚とて、討ち取った武士が斎藤別当と知った時には嘆き悲しんだのだから」

大粒の涙を溜めたまま、義仲は頼盛を睨む。だが、その表情には邪気がない。

どうやら、義仲は戦上手だが、権謀術数には不向きな、質朴な人柄のようだ。

ならば、無理難題を大義名分に、自分を討とうと企んではいないだろう。ようやく頼盛は安堵できた。だが、ふと、ある疑問が脳裏をよぎった。

「手塚は、実盛と知らずに討ったのか。あの年で戦場を馬で駆け回れる武者は、日本広しと言えども実盛ただ一人だ。何より、戦う前には名乗りを上げるから、正体がわかるであろう」

戦場で相対する相手に名乗るのは、武士の作法である。

手塚が、相手の名乗りを聞かずに討ち取ったのは、無作法もよいところだ。

頼盛が首を傾げると、義仲は涙を拭ってから言った。

「斎藤別当は、老武者と侮られまいと、髪と髭を墨で黒く染め、若く装って出陣されていた。その上、決して名乗らなかったため、手塚は正体がわからなかったのだ。だが、己は斎藤別当の顔に見覚えがあった。もしやと思い、手塚が討ち取ってきた首を池で洗わせたところ、白髪頭で年老いた斎藤別当の顔が現れたのだ」

「さようであったか。敵に老武者と情けをかけられるのを厭い、若く見せてまで戦に臨んだ者など、前例がない。さすが、実盛。武士の鑑だ」

手塚が実盛に気づけなかった理由も、義仲が平家である自分の前でも涙を堪えきれなかった理由も、頼盛は理解できた。義仲は、嘆息混じりで再び語り出す。

「まことに斎藤別当こそ、日本一の剛の者だ。しかし、己は都へ急ぐあまり、篠原に首塚だけを築き、出立してしまったのだ。あの時は、斎藤別当の胴体が獣に食い散らかされんように深く穴に埋めさせ、その上に目印となる石を載せたから、入京後に落ち着いてから掘り返し、首と胴を一つにして丁重に弔えばよいと思っていたのでな」

　家族や主人などの大切な者の首と胴を一つにして弔うことは、よくあることだ。

討ち死にした夫や主人の首を、戦が終わってから妻や家来が引き取りに行き、胴と一つにして弔う光景を、頼盛はこれまで何度も見てきた。

　だから、恩人である実盛の首と胴を一つにして弔いたい義仲の気持ちは、よくわかった。

「最近、どうにか都の暮らしにも慣れたので、胴体を掘り返すために手塚を篠原へやったのだが、何と目印の石がなくなっていたのだ。そこで、目印のあったはずの所を掘ると、斎藤別当と背格好がよく似た五体の屍が見つかった。だが、すでにあの戦いより三月が過ぎているので、どの屍が斎藤別当だか、とんと見当がつかない。それでも、手塚は先日塩漬けにして都に持ち帰って来てくれたのだ。そういうわけで、頼む。頼盛卿。どうか、五体の屍の中から、斎藤別当の屍を見つけ出してくれぬか。何としてでも、首と胴を一つにして弔いたいのだ」

　義仲は、真剣な眼差しを頼盛に向けた。

「木曾殿。某を知恵者と見込んでくれたお気持ちは嬉しい。しかしながら、五体の屍の中に実盛の屍が本当にあるのかどうか、疑わしいものだ。もし仮にあったとしても、死んでから三月も過ぎて変わり果てた首無き屍の中から見つけ出すのは、至難の業だ」

　朝長の屍探しと、実盛の屍探しでは、あまりにも条件が違いすぎる。

　朝長の屍は、頼朝を生け捕りにした時、偶然見つかったにすぎないのだ。

　それを教え諭そうとすると、やにわに義仲は殺気立つ。

「斎藤別当の屍探しに手を貸す気はない。そう申すのか。すがれる者は知恵者の頼盛卿しかいないので頼みに参ったが、頼盛卿には武士の心意気がないことがわかった。このまま、大恩ある斎藤別当を弔えぬのは、恥だ。生きていても仕方がない。かくなる上は、頼盛卿を討ち、返す刃で己も自害するのみ」

義仲の真剣な目を見て、頼盛は相手の本気を悟った。

自分を討つための無理難題ではないのはよいが、命に代えても惜しくない頼みをされるのも、厄介なものだ。

このまま、頼盛と義仲が死ねば、頼盛の郎党と、義仲の郎党との間に禍根を残す。そのせいで、双方の軍勢が干戈を交えることになれば、ただでさえ飢饉の只中にある都の荒廃に、拍車を掛ける。

そのような最悪の事態を避けるためには、義仲の興奮を鎮めて、実盛の屍探しを引き受けねばならない。

この手の血気盛んな輩は、命乞いをするなど気弱な物腰を見せれば、ますます激昂するだろう。

そこで、頼盛は落ち着き払った素振りで、すでに刀の柄に手をかけている義仲を見据えた。

「早まるな、木曾殿。某は、あくまで至難の業と言っただけだ。断るとは一言も言ってはおらぬぞ」

「では、斎藤別当の屍を見つけ出してくれるのか」

片膝で立っていた義仲は顔を綻ばせると、刀の柄から手を放して座り直す。

「日本一の剛の者を供養するためだ。引き受けよう」

「ならば、善は急げだ。明日にでも、斎藤別当と思われる五体の屍を、この近くの焼け跡に仮屋を築いて安置する。だから、どれが斎藤別当の屍か、見つけ出してくれ」

この近くの焼け跡とは、頼盛の邸宅である八条室町邸跡に他ならない。

我が邸宅跡を勝手に使ってくれるなと、頼盛は喉元まで言葉が出かかった。だが、そこは堪えて、今言うべき言葉を捻り出した。

「承知した」

頼盛は幼少の頃、骨の主の生前の姿や身分、生業を当てる罰当たりな遊びをしていた。

元服してからも、平家一門お抱えの医師から、屍や骨について色々と教わり、罰当たりな知識に磨きをかけた。

そして、戦場に残された多くの屍の中から、家の子郎党の屍を見つけ出し、彼らの親や妻子の許へ返してやったのだった。

そのおかげで、屍を見極める目には、幾分か自信はある。

それでも、これまで頼盛が見てきた屍には、すべて首が残っていた。

顔がわかれば、生前の面影を思い出せる。歯のつき方や頭の形が一致すれば、白骨になろうとも、誰の屍であるのか、かろうじて見当がつけられた。

しかし、実盛の屍には首がない。

これでは、たとえ頼盛が実盛の在りし日の姿を鮮明に覚えていても、実盛の屍を見つけ出す役には立たない。

それを正直に打ち明ければ、義仲がまた刀の柄に手をかけるのは目に見えている。

頼盛は、上機嫌の義仲と彼が率いてきた木曾軍を送り出したのち、人知れず溜息を吐いた。

破

翌日、頼盛はいつものように池の畔で朝を迎えた。

相変わらず、池の水面は焼け焦げて枯れた蓮に覆われている。

頼盛は溜息一つ吐くと、重い足取りで八条室町邸跡へと向かった。

八条室町邸は、八条三坊五町にある。東は室町小路、西は町尻小路、南は八条大路、北は梅小路に面している。

頼盛が趣向を凝らして造らせた、広壮で瀟洒な邸宅は、今はただの焼け野原となっている。

自邸の現状を思い出し、頼盛が二度目の溜息を吐くと、弥平兵衛が駆けつけてきた。

「頼盛卿、木曾殿に会いに行かれますなら、拙者もお供いたします」

弥平兵衛は、甲冑こそ身に纏ってはいないが、弓と矢を携えていた。

「かまわぬ。しかし、某は木曾殿に戦いを挑みに行くのではない。恩を売りに行くのだ。そのような重い物は置いてゆけ」

「御意」

口では従順だが、弥平兵衛は通りかかった八条院御所に勤める顔なじみの武士に、渋面で弓と矢を預ける。それから、頼盛に付き従い、八条室町邸跡に向かった。

八条室町邸跡には、昨日義仲が言った通り、幕を張った三間四方ほどの仮屋が設けられていた。仮屋の外には、角ごとに木曾軍の士卒が一人ずつ立っている。

その仮屋の前に、義仲は待ち構えていた。昨日とは異なり、侍烏帽子で白地に紺の笹竜胆の文様が入った直垂姿だ。この飾らない格好の方が、義仲本来の良さが引き出されている。

「木曾殿、こちらは池殿流平家筆頭家人の平弥平兵衛宗清だ。実盛の最期を詳しく知りたいと言うので、一緒に連れて入ってもよいか」

まさか、頼盛を義仲から守る覚悟でついて来たとは言えず、頼盛は弥平兵衛と会った時から考えていた口実を使う。

「日本一の剛の者である、斎藤別当の天晴な最期を知りたい者がいて当然だ。入った入った」

平家一門を都から追い出した憎き源氏の大将が、威厳の欠片もなく、気安く仮屋に招き入れたので、弥平兵衛は拍子抜けした顔になる。そんな弥平兵衛を笑わないようにしつつ、頼盛が仮屋に入ると、腐臭が鼻を突き、吐き気を感じた。

仮屋の中央には蓆が敷かれ、その上には、衣一つ纏っていない、同じ背格好をした五体の屍が並べられていた。奥には、塩が入った五つの長櫃が置かれている。

篠原の戦いより、すでに三月が過ぎている。だが、どの屍も深く穴を掘って埋葬したためか、獣に食い荒らされた形跡はなかった。

それに、塩漬けにしたので、腐乱も白骨化もそこまで進んでいない。水気が失われて少々干からびているが、幾分か皮と肉、手足の爪まで残っている。

ただ、戦場の屍の常で、衣は褌まで戦場荒らしに奪われていた。衣から身元を割り出す手立ても考えていたが、このように奪われているのは予想の内だったので、頼盛は動じなかった。

「弥平兵衛よ。すまぬが、某がこれから言う屍の特徴を、これに書き記してくれぬか」

懐から小さな帳面と筆を出して弥平兵衛に渡すと、頼盛はすぐに五体の屍に両手を合わせた。

平家一門が、もっと入念に策を練って戦に臨めば、実盛はもちろんのこと、屍となったこの者達の命は散らずにすんだ。頼盛は、両手を合わせながら、無念で仕方がなかった。せめて、今生き残っている池殿流平家の家の子郎党には、このような最期を遂げさせまい。心密かに誓いつつ、頼盛は袖で鼻を覆うと、屍の傍らに片膝をついた。

平家一門の隆盛に伴い、官位を得て貴族になってはいたが、頼盛は穢れを忌むことのない武士としての意識がいまだに強い。だから、屍に近づくことや触れることに躊躇いはなかった。

「右端から、一の屍、二の屍と名づけて、これからその特徴を述べていく。よいな」

「御意」

弥平兵衛が書く準備が整ったのを見計らい、頼盛は持っていた懐紙で五体の屍についた塩や土を払い落とし、埋もれていた傷跡などを確認しながら、特徴を述べていく。

特徴は、次の通りとなった。

一の屍　左右の脛(すね)の小指側の骨に深い窪(くぼ)みあり。太腿(ふともも)の骨の付け根に白い帯状の筋無し。骨盤と太腿の骨の左側に、合わせて二つの刀傷あり。背骨とあばら骨の所々にひびあり。
二の屍　左右の脛の小指側の骨に深い窪み無し。太腿の骨の付け根に白い帯状の筋あり。右の二の腕の骨がやや曲がっている。左のあばら骨の上二本が折れている。
三の屍　左右の脛の小指側の骨に深い窪みあり。太腿の骨の付け根に白い帯状の筋無し。太腿の骨の左側に二つの刀傷。肩の骨と両方の二の腕の骨にひびあり。
四の屍　左右の脛の小指側の骨に深い窪みあり。太腿の骨の付け根に白い帯状の筋無し。骨盤の左側に二つの刀傷。胛(かいがね)(肩甲骨)とあばら骨の所々にひびあり。
五の屍　左右の脛の小指側の骨に深い窪みあり。太腿の骨の付け根に白い帯状の筋無し。背骨が折れている。左肩の骨と鎖骨に刀傷あり。

「これで、屍の覚え書きはよし。それでは、木曾殿。実盛はどのような最期を遂げたか、もう一度詳しく聞かせてもらえるか。手がかりとしたい」

頼盛は立ち上がり、振り向きざまに義仲へ声をかける。

義仲は、改めて実盛の最期を切々と語り始めた。負け戦で総崩れとなった平家軍の殿軍を務めた実盛の勇姿が、鮮(あざ)やかに蘇(よみがえ)る。

　前日に聞いた時よりも、実盛と思われる屍を目の前にして話を聞いたので、頼盛はなおいっそう克明に実盛の最期を想像できた。

　こうして、頼盛が実盛の最期の一部始終を聞き終えたところで、啜(すす)り泣く声が聞こえてきた。見れば、傍らの弥平兵衛が、頬を伝う涙をしきりに袖で拭っている。

　頼盛は、弥平兵衛を気にかけつつも、屍を一体一体念入りに目視したのち、大きく頷(うなず)いた。

「あいわかった。木曾殿の話によれば、実盛は馬上で鎧の草摺をめくられ、その下の部分を刀で二突きされている。つまり、実盛の屍の特徴は、二つの刀傷があること。だから、刀傷がない二の屍は実盛ではない。恐らくは、骨折したことのある童(わらわ)（年少の下級従者。戦場では主に替えの武器を持ち運ぶ任に当たる）であろう」

「まことか。どうして、屍の生前の素姓までわかるのだ、頼盛卿」

　義仲は、目を大きく見開く。

「屍を見る時に、ちょっとした目安があるのだ。例えば、太腿の骨の付け根にあった白い帯状の筋。あれは、まだ成長中の若者にしかできないものだ。次に左右の脛の小指側の骨にある深い窪みの有無。あれは、よく体を鍛錬していたか否(いな)かを知る目安となる。何しろ、この部分の骨に深い窪みをつけるには、太い筋肉を持っておらねばならぬからな。よって、左右の脛の小指側の骨に深い窪みがない二の屍は、日頃より鍛錬している武士ではなく、童だとわかる。さらに、二の屍は、右の二の腕の骨がやや曲がっていた。これは生前腕を骨折して治った跡だ。

だから、二の屍の生前の素姓が、骨折したことのある童とわかったのだ」

　頼盛は、再び屍を見た。

「次に、刀の傷の位置から、どれが実盛の屍なのか、考えてみよう。手塚は、実盛の鎧の草摺をめくり上げて、刀で二突きしている。馬上の相手の草摺をめくり上げて刀で刺すと、騎馬戦の常で、馬上の相手は必ず右手に刀、左手に手綱を掴んでいるから、手で防御できない。だから、傷つく見込みのある骨は、太腿の骨か、骨盤の骨だけとなる。しかし、五の屍の骨に残る刀傷は、左肩の骨と鎖骨にある。おまけに、背骨が折れている。恐らく五の屍の生前の素姓は、戦の途中に勢いよく落馬し、背骨を折って動けなくなった武士だろう。なぜ、勢いよく落馬したと言えるのか。それは、戦場（いくさば）で背骨が折れるほどの深手を負うのは、そのような場合が多いからだ。こうして五の屍が落馬したところへ、敵がすかさず接近。鎧の隙間から、肩や鎖骨に刀を突き刺してとどめを刺し、首をはねた。実盛とは似ても似つかぬ最期だ。したがって、五の屍も実盛ではない」

　義仲は感心したように大きく頷いた。

「ならば、残るは左側の骨盤や太腿に刀傷がある、一と三と四の屍が、斎藤別当の屍の見込みが強い。どれも、傷の数と位置が一致する」

「あと、その三体の屍には、手塚に組みつかれて落馬した時にできたと思われる傷跡がある。一の屍には、背骨とあばら骨の所々にあるひび。三の屍には、肩の骨と両方の二の腕の骨にあるひび。そして、四の屍には、胛とあばら骨の所々にあるひびだ」

義仲は、感心した様子で話を聞いていたが、おもむろに屍から頼盛へ顔を向けた。

「それで、頼盛卿。一と三と四の屍のうち、どれが斎藤別当の屍なんだ」

正直なところ、そこまで見当もつかないので、実盛の屍探しはここまでで切り上げたい。

何とか、義仲の怒りを買わず、それを伝えられないものか。

頼盛が返事に窮していると、仮屋の幕をくぐり、木曾軍の士卒が現れた。士卒は、頼盛の直垂のあまりの豪奢(ごうしゃ)さに、一瞬目を奪われていた。しかし、すぐに気を取り直し、義仲の前に片膝をついた。

「義仲様、法皇様(後白河院)より、お話があるとの御伝言を賜(たまわ)りました。大至急、法皇様の御許へお向かい下さい」

平家一門が都落ちした今、都の最高権力者は、後白河院だ。もし、命令を受けた義仲が忙しくなれば、実盛の屍探しを中断するかもしれない。

頼盛は、淡い期待を胸に義仲の出方を見守った。

「わかった。ただちに向かうので、馬を用意せよ」

義仲は、駆け出す様子を見せたが、すぐに立ち止まり、頼盛を振り返った。

「今日のところはやむを得ぬ大事な用が入ったため、これにて失礼させていただく。だが、頼盛卿には引き続き、斎藤別当の屍探しを頼む。では、失礼」

何があろうと、決して実盛の屍探しを諦(あきら)めはしない。

言葉の奥にある義仲の強い意志が伝わり、頼盛の期待は脆(もろ)くも砕け散った。

数日後。後白河院に呼び出された義仲が、飢饉によって乱れた都の治安を回復せよ等、様々な命令を下されたことを風の噂で、頼盛は聞き知った。そして、義仲が実盛の屍探しに当分戻れなくなったことにより、頼盛は束の間の猶予を与えられる形となった。

頼盛はこの猶予を利用し、仮屋の見張りをしている木曾軍の士卒に話をつけ、実盛ではないと確定した二の屍と五の屍を引き取り、懇ろに弔った。

義仲には実盛以外の屍は無価値だろうが、頼盛にとってはかつての家来の屍なので、蔑ろにはできなかったからだ。

それから、頼盛は弔いを終えたその足で、いつもの池へと向かう。そして、畔に佇むと、いつか必ず、義仲が実盛の屍を残りから見つけ出せと要求してくる日に備え、いかにして実盛の屍を見つけ出そうかと、思案に暮れた。

このように日々を過ごして迎えた、九月十九日。

池の水面は、相も変わらず焼け焦げて枯れた蓮に覆われていた。ただし、頼盛が見つめているのは、枯れた蓮ではなく、手にしている屍の覚え書きだ。

弥平兵衛が、屍の特徴を聞き漏らさず書き留めていたおかげで、たとえ塩漬けの屍が日に日に傷んできていても、頼盛は克明に三体の屍の特徴を思い出すことができた。

だが、残りの屍のうち、どれが実盛の屍であるか見極める決め手を、いまだに見出せずにいた。

「これは、逃げ口上を考えておいた方がよいかもしれん……」

息抜きを兼ねて、頼盛は独り言を呟く。

「逃げ口上より、都からお逃げになることをお考えになられてはいかがですか、頼盛卿」

思いがけず、独り言に返事が来たので、頼盛は慌てて振り返る。

「弥平兵衛か。驚かせるな」

頼盛は、胸を撫で下ろす。

弥平兵衛は、眉間に皺を寄せる。

「拙者がこれからお伝えすることをお聞きになれば、今の驚きなど物の数にも入らなくなりましょう」

「随分と物々しいことを言う。何があった」

頼盛は、胸騒ぎを覚えた。弥平兵衛は、さらに眉間に深く皺を寄せた。

「法皇様より木曾の山猿に、平家追討の院宣が下りたのでございます。そのため、明日の九月二十日に木曾の山猿は軍を率いて、西国にいらっしゃる御一門を討ちに遠征することになりました。ですが、その前に、どうしても斎藤別当の屍を見極めてもらいたいので、これからすぐ頼盛卿に、仮屋にお越しいただきたいとの伝言を承ったのでございます。されど、頼盛卿はいまだに屍を見極める方法を、突き止めておられぬご様子。ならば、木曾の山猿の怒りを買わぬうちに、都からお逃げになった方が得策かと思い、脱出をお勧めした次第でございます」

頼盛は、横目で池を見やる。池の枯れた蓮は風に吹かれ、乾いた音を立てて揺れていた。それから、頼盛はゆっくりと首を振った。

「今逃げても、すぐに木曾軍に見つかるのは、火を見るよりも明らかだ。それよりも、木曾殿に実盛の屍探しはとても難しいとほのめかして手心を加えてもらい、某がこれから先も実盛の屍探しに悩まされぬようにしてみる」

「それにより、頼盛卿が木曾の山猿に斬り捨てられることになりましたら、拙者も後を追います。平家の家人として死ねるなら、本望でございます」

笑顔一つ見せず、弥平兵衛が断言したので、頼盛は苦笑せずにはいられなかった。

「やれやれ、それではうかつに某は命を落とせぬではないか。なに、案ずるな、弥平兵衛。某は木曾殿を怒らせるような下手な真似(まね)はせぬよ」

頼盛は弥平兵衛を引き連れ、逃げ口上を考えつつ、八条室町邸跡の仮屋へと向かった。

仮屋に入るとすぐに、義仲が仁王立ちで待ち構えていた。

長櫃に塩漬けにされていた三体の屍は出され、再び薦の上に並べられている。

「御足労かけて申し訳ない、頼盛卿。しかし、どうしても斎藤別当の屍がどれか、知りたいのだ」

義仲は平家追討の遠征を明日に控えているためか、以前に会った時よりも全身から張りつめた空気を漂(ただよ)わせている。屍をはさんで対峙(たいじ)しているというのに、頼盛は義仲に気圧(けお)されそうだった。

それでも、頼盛は一息吐いてから、義仲に逃げ口上を告げることにした。

「木曾殿。これから某がする『日本書紀』にある話を聞いてもらえぬか」

「『日本書紀』にある話……」

「第二十三代の帝（みかど）である顕宗（けんぞう）天皇が、横死された亡き父皇子（みこ）を弔うために、御屍（みかばね）を臣下に命じて探させた。すると、父皇子と共に殺（あや）められて埋められた臣下の屍も、同じ場所で見つかった。この時、ある賢い老婆の機転で、髑髏（どくろ）に残っていた歯の並びから、どちらが父皇子か臣下の者か、見分けることができた。だが、あいにくと、体の骨は二人分混ざりあって埋められていたため、老婆の知恵をもってしても、どちらの骨か見分けがつかなかった。そこで、顕宗天皇は、父皇子とその臣下のために、同じ立派な陵（みささぎ）を二つ築き、屍を埋葬したそうだ。まこと、器の大きいお方よ」

頼盛は、義仲に実盛の屍探しを諦めるよう、ほのめかした。

首のある屍でさえ、見極めが難しい。まして、首のない屍から実盛の屍を見極めるのは、なおさら難しい。ここは、顕宗天皇の故事に倣（なら）って、判別できない屍をまとめて実盛として埋葬したらどうか。

だが、次の瞬間、義仲の手が刀の柄にのびるところが目に入った。

仮屋の外に控える士卒達が刀を抜く音と、後ろの弥平兵衛が息を飲む音が聞こえてきた。

頼盛は、すぐさま何食わぬ顔で、屍の前の地面に手をついて屈みこむ。

「しかし、それもいにしえの話。今の世で、そのように悠長な真似は許されぬだろう」

頼盛は、義仲の憤激を鎮めるため、改めて屍を調べ直した。

何としてでも、実盛の屍を見つけなければ、命がない。

動揺して打つ手を間違えては、解決できるものも解決できなくなる。

頼盛が、焦る気持ちを懸命に鎮めていると、ふと地面についた自分の手が目に入った。

よく実際の年齢よりも若く見られるが、老いは確実に訪れている。

改めて見ると、手には細かな皺が無数に刻まれ、爪には深い縦筋が入り、年相応の年齢であることを無言のうちに訴えかけている。それに、ここ数年来、肩や腰が急に痛むようになり、疲れも取れにくく、昔ほど無理が利かなくなっていた。

だが、五十歳にして、念願の平家一門との決別に成功したのは、天に見放されていない証ではないか。

ならば、何としてでも池殿流平家を守り抜くのが家長の務めだ。焦っている暇はない。

頼盛は、気力が満ちてくると同時に、冷静さも取り戻し、あることに気づいた。

すぐさま、一と三と四の屍の手の爪をつぶさに見る。

屍の爪には、どれも土塊や乾いた血、それに塩がこびりついていた。

頼盛は、三体の屍の右手の親指の爪についた、これらの汚れを自分の爪でこそげ落とす。

それから、袖で鼻を覆い、腐臭を避けながら、顔を近づけて目を凝らす。

すると、三の屍と四の屍の指先に、縦筋の入った爪が見えた。

ところが、一の屍の指先には、滑らかな爪が見えた。

「木曾殿、一の屍も実盛ではない」

頼盛のこの一言の効果は、たちまち現れた。

義仲は刀の柄から手を放すと、一の屍の前に這い蹲っていた頼盛の許に近づいて来た。

「本当か。しかし、屍の傷は、どれも同じなのに、どうしてわかった」

義仲から憤激が去ったのを見て取り、頼盛は密かに胸を撫で下ろしてから立ち上がる。

「それは、これから説明しよう。だが、その前に木曾殿。爪を見せてもらえるか」

「こうか」

頼盛に言われるがまま、義仲は素直に手を出す。

鬼のように武骨な手指に似合わず、爪は光沢があり、滑らかだ。

「木曾殿は、まだ三十よりも上の年になられておいでではない。そうだな」

「そうだ。己は二十九だ。どうしてわかった」

義仲が話に引き込まれたのを見て取り、頼盛はすかさず種明かしをする。

「爪だ。爪には人の年齢が現れるものでな。某の爪を見よ。縦筋が出ているであろう。いかに某のように若く見える人間でも、三十を超えると爪に縦筋が出てくるものでな。それは、屍にも当てはまるのを思い出した。そこで、爪をよくよく注意して見てみれば、一の屍だけ爪に縦筋がない。すなわち、三十よりも若いことになる。よって、一の屍は、七十を超えている実盛の屍ではない」

義仲は、驚嘆の眼差しを頼盛に向けてから、屍を見下ろした。

「残るは、三の屍と四の屍の二体となったな。どちらが斎藤別当なのだ」

頼盛は、義仲が失望と同時に激昂しないよう、慎重に言葉を選ぶ。

「まだわからぬ。爪の縦筋の有無でわかるのは、三十よりも年が上か下かという、大雑把(おおざつぱ)な年齢の違いのみだ。だが、気を落とす必要はないぞ。五体の屍のうち、二体にまで絞れたのだ。木曾殿が遠征から帰還するまで、どちらが実盛の屍なのか、必ずや某が見極めてしんぜよう」

「そうか。急(せ)かしたために、斎藤別当ではない屍を選ばれても困るからな。確実に見極めてもらう方が、己としても助かる。だから、今日のところは待とう。だが、絶対に、見極めてくれ」

義仲から完全に怒りが去ったことはわかったが、同時に実盛の屍探しを断念する気がないこともまた、わかった。

頼盛は、懇ろに弔うために一の屍を引き取ると、表向きは義仲の戦勝を祈って別れた。

しかし、まだ続く実盛の屍探しに、内心では途方に暮れざるを得なかった。


九月二十日。

義仲は、家人の樋口兼光(ひぐちかねみつ)が率いる軍を都と頼盛の監視のために残すと、主力を率いて、落ち延びた西国にて勢力を挽回してきた平家一門の追討へと向かった。

屋敷から、甲冑の擦れ合う音や馬の蹄の音が遠ざかっていく。

頼盛は、六波羅の池殿跡の池の畔から、木曾軍の行軍を眺めていた。池の枯れた蓮だけが、胸中を察するように、風に揺れた。

十月十四日。

後白河院が宣旨（せんじ）（寿永二年十月宣旨）を出す。鎌倉にいる源頼朝の東国（とうごく）支配権を朝廷が認めた最初の宣旨だ。頼朝にとっては有利な宣旨だが、義仲にとっても、平家一門にとっても、敵の勢力が増したことを意味する、不利な宣旨であった。

そして、この宣旨によって、頼盛の境遇はますます悪化した。

義仲が平家軍に勝利を収めれば、勝ちに乗じて都へ帰還するや否や、頼朝への見せしめとして、頼朝の恩人である頼盛を討ちかねない。

逆に平家軍が義仲に勝利を収めれば、勝ちに乗じて都へ帰還するや否や、宣旨の撤回を後白河院に要請した後、一門と決別した裏切り者の頼盛を討ちかねない。

すなわち、どちらが勝利を収めたとしても、頼盛の命運は尽きようとしていた。

とは言え、実盛の屍を見極めていれば、義仲から命だけは助けられる見込みはあった。

ところが、頼盛はいまだに実盛の屍を見極める方法を見つけ出せずにいる。

たまりかねた弥平兵衛が、仁和寺常盤殿にいる頼盛の許へ赴いてきた。

「頼盛卿、このままでは危のうございます。一刻も早く、都から脱出されるべきです」

「案ずるな。その前に実盛の屍を見極める方法を見つける。今逃げるのは得策ではないぞ」

「しかし、頼盛卿……おおっ。何事だ」

弥平兵衛の諫言（かんげん）は、突如仁和寺常盤殿に走った激震のため、中断された。

奇（く）しくも、頼盛の境遇を悪化させた宣旨が出された、同十四日。

都は大地震に襲われた。

飢饉に加え、大地震が畳(たた)み掛けるように起こったので、地獄絵図と化した。

そんな中、幸運にも、八条院御所は地震の被害は軽微だった。

それをよいことに、頼盛は政情の悪化と、大地震に見舞われた都の惨状から目を背(そむ)けるように、相も変わらず六波羅の池殿跡に通い続けた。そして、池の畔に佇み、枯れた蓮を眺めていた。

十月十八日。早朝。

頼盛は、朝日影の下、池の畔に佇んでいた。

皮肉なもので、六波羅の一帯は焼け野原であり、崩れる家屋がないため、大地震による損害はなかった。池は、大地震などなかったかのように、水面の隅々まで好天を映し出している。

頼盛は、目を細めて池を一瞥(いちべつ)してから、手にしている覚え書きに目を落とした。

三の屍も、四の屍も、傷の数と位置が一致するばかりか、爪に縦筋があって三十以上の年齢である点も一致する。

しかし、この世に瓜二つの人間がいたとしても、死に様まで酷似した人間などいるはずがない。

だから、どこかに必ずや実盛の屍と断定できる決め手があるはずだ。

何か、見落としているものがあるのではないか。

頼盛が屍の覚え書きと睨み合っていると、背後に気配を感じた。

物乞いか、見張りの木曾軍の士卒か。どちらであれ、今は考える邪魔をされたくはない。頼盛が追い払おうと振り返ると、見覚えのある中年の武士が立っていた。すぐに誰であるのか思い出せないのは、年のせいか。

頼盛が、心の中で舌打ちをすると、中年の武士はさらに近づいてきた。

「頼盛卿。またこちらにおられましたか」

「その声、弥平兵衛か。髪も髭も黒いから、見違えたぞ」

どうりで、どこかで見知った顔だと、頼盛は合点がいく。

弥平兵衛の髪と髭が黒かったのは、もう二十年近くも昔の話なので、頼盛は若かりし頃の弥平兵衛の顔をすっかり失念していた。

「その髪と髭は、どうしたのだ」

頼盛が訊ねると、弥平兵衛は誇らしく黒髪を撫でた。

「木曾殿より、斎藤別当の最期を聞いた時、これぞ武士の生き様だと、弥平兵衛、いたく敬服いたしました。そこで、せめて形なりとも斎藤別当にあやかろうと、髪と髭を墨で黒く染めたのでございます。それと申しますのも、木曾の山猿の使者が本日十八日に、頼盛卿に会いに来られるとの知らせを、昨夜遅く、頼盛卿がお眠りになられた後に、脚力（かくりき）（飛脚）が届けて来たからです。用事はもちろん、斎藤別当の屍を見極められたか否かを確認するためでございます。しかしながら、頼盛卿はいまだに斎藤別当の屍を見極めておられません。木曾の山猿の使者ですから、怒りにまかせて頼盛卿を斬り捨てることくらいやりかねません。ですから、拙者が見張りの木曾軍と斬り結んで足止めをしますゆえ、頼盛卿はその隙に御子息達と共に都からお逃げ下さいませ。女とは違い、男は幼子であっても近頃では命を奪われるのが常でございますからな」

「何だ何だ、弥平兵衛。実盛の魂にあてられたか」

弥平兵衛は実盛よりも十歳以上若いが、どちらも世間からは老武者と呼ばれる年齢だ。老武者と侮られまいと黒く髪と髭を染めた実盛に、憧れを抱いてもおかしくはない。

「おどけている場合ではありませぬぞ、頼盛卿」

今日の弥平兵衛は、ここ最近の愚痴が目立っていた弥平兵衛とは別人のようだ。心なしか猫背気味だった背筋ものびていると、頼盛は思った。

「頼盛卿がこのような苦境に陥りました遠因も、本を正せば拙者が平治の乱後、頼朝殿の助命嘆願を申し上げたことにございます。頼盛卿をこの苦境からお救いするためならば、この老骨の命、まったく惜しくありません」

頼盛は、軽く首を振る。

「某が平家一門と決別したのは、長年平家一門が池殿流平家を抑圧し続けてきたからだ。決して、おまえが原因ではない。それから、おまえの策だが、所詮は多勢に無勢。都脱出を木曾軍に知られるや否や、斬り捨てられて終わるだけだ。そうなれば、おまえはただの犬死に。そのような愚策、某は決して許さぬぞ」

「頼盛卿。木曾殿に押し切られて頼みを引き受けられたことと言い、いつから臆病風に吹かれましたか。いつぞや貴方様は拙者に、蛹から蝶になって生きてみせると仰られたではありませんか。それにも拘わらず、家人一人の命を惜しみ、蝶となる好機を逃すとは。まだ蛹として生き続けるおつもりですか。そのようなお心がけでは、池殿流平家をお守りになれませんぞ。このまま都にとどまり続けても、待つのは飢え死にか討ち死にでございます。さあ、早くお逃げ下さいませ」

弥平兵衛は、身振り手振りを交えて熱く言い募る。

髪と髭を黒く染めたせいか、弥平兵衛はいささか意気軒昂になりすぎた感がある。

頼盛が、どうしたものかと考えていたその時だ。

身振り手振り激しく語る弥平兵衛の手指に、目が釘付けになった。

その刹那、頼盛の脳裏に、実盛の屍を見極める方法が、稲妻のように閃き渡った。

「やれやれ。最初にこのことに気づいていれば、一回で屍を見極められたものを……」

「頼盛卿、いかがされましたか」

訝しげに見つめる弥平兵衛に、頼盛は満面の笑みを浮かべた。

「すでにこの身は蝶だぞ、弥平兵衛。おまえのおかげで、ついに実盛の屍を見極める方法がわかったのでな。これで、某は池殿流平家を守り抜くことができる。今こそ羽ばたこうではないか。この蒼穹に舞う我らが池殿流平家の蝶の群れ、さぞや美しかろう」

頼盛は、芝居がかった仕草で袖を翻し、舞う素振りをした。そして、弥平兵衛の肩に手をかけると、耳打ちをする。

弥平兵衛の顔に驚愕が浮かんだのは、それからしばらくのことだった。

急

十月十八日。正午前。

手塚太郎金刺光盛は、腹巻という簡素な鎧を纏い、背中に使者の証の木曾軍の旗印を付けたいでたちで帰京を果たした。そして、馬上から見える都の変貌ぶりに啞然とした。

貴族の邸宅も寺社仏閣も、大地震によって押しなべて瓦礫の山と化し、屍も物乞いも、手塚が義仲と入京した時よりも、その数を増やしている。

一大事と悟った手塚は、まだ西国にいる義仲の許へ帰った時に、今の都の惨状を報告しようと、都中を馬で駆けまわった。

路傍にひしめく屍には鴉が群がっている。埃まみれのみすぼらしい姿の物乞い達が、馬で駆けて行く手塚に生気のない目を向ける。

都の光景は、さらに酸鼻を極めた。

崩れた土塀の下敷きになった我が子をやっと救い出すも、変わり果てた姿——子どもの体は潰れ、顔から両目が飛び出していた——で息絶えているのを見て泣き崩れる夫婦。

今日の糧を求めるためだろう。おぼつかない足取りで、彷徨う親子連れの物乞い——衰弱したせいか、倒れそうになった父親を、即座に息子達が支える。

どれも、猛々しい武人である手塚すら胸を締めつけられる光景だ。

そのような惨状が広がる中、瓦礫の隙間からわずかに見える草だけが、日の光を浴びて生気を放っていた。

六波羅の池殿跡の池は、鏡のように青天を映し出し、澄み渡っている。

それらの光景にかろうじて慰められ、気を奮い立たせた手塚は、都の視察をやめた。

そして、義仲から与えられていた本来の使命を果たすことに、意識を集中させた。

たとえ帰降しているとは言え、平家一門の重鎮である頼盛をいつまでも放置していては、平家追討を進める義仲について来た他の武士たちが黙ってはいない。

けれども、頼盛には、実盛の屍を見極めてもらわねばならない。

討つなど、義仲にとっては論外だ。

そこで義仲は手塚に、頼盛が実盛の屍を突き止められたのか確認せよとの命令のほか、頼盛に出家して一線を退くように伝えよという、密命を下していたのだった。

出家してしまえば、義仲はおろか、平家一門並びに朝廷などの世俗とは、今後一切関わらないとの意思表明となる。つまり、敵にまわることはないと、世間に知らしめることになる。そうなれば、義仲は頼盛を討たずにすみ、他の武士達への言いわけが成り立つ。

だが手塚には、こうした義仲の苦慮を頼盛が受け入れないのでは、という懸念があった。

手塚は、頼盛と一面識もない。しかし、噂によれば、頼盛は解官された上に所領を没収されても、豪奢な衣に身を包み、過去の栄耀栄華の証であった自邸の跡地に毎日通うほど、気位の高い男だという。

世間はそんな頼盛を哀れんでいるが、手塚は違った。

その気位の高さゆえ、義仲の情けを侮辱と受け止め、出家を拒絶する見込みが高いと危惧していた。もしも、頼盛が出家を拒絶すれば、義仲の面目を潰すことになる。よって、頼盛が出家を拒んだら、義仲の面目を守るため、自分の一存で討ち取る決心を固めていた。

そんな覚悟を胸に秘めながら手塚は馬を走らせ、正午過ぎに八条院御所にたどり着いた。

八条院に仕える武士は、手塚の旗印から、すぐに義仲の家人と気づいてくれた。そして、頼盛は仁和寺常盤殿を出て、八条室町邸跡の仮屋にいるので、そちらへ行くよう告げられた。

頼盛が実盛の屍探しを、投げ出さずにいることに安堵を覚えつつ、手塚はすぐさま仮屋へと向かった。

仮屋に着くと、義仲から聞いていた話とは異なり、見張りの士卒達が見当たらない。

手塚が訝しんでいると、仮屋の中から赤地に金の蝶の文様が入った、唐綾の直垂を着た男が出迎えた。

聞きしに勝る絢爛豪華ないでたち。仮屋の幕をめくり上げるだけでも、保元平治二つの大乱を戦った歴戦の勇士らしさが伝わってくる、武張った所作。

手塚は思わず気後れし、出家を促す決心が揺らいでしまった。

「木曾左馬頭義仲様の家人で、信濃国の住人、手塚太郎金刺光盛と申します。御辺が、池大納言平頼盛卿であらせられますか」

義仲の家人として、平家の人間に気後れしていると悟られるのは恥だ。手塚はつとめて堂々たる口ぶりで挨拶をする。

手塚はそれと同時に、相手を改めてよく見た。

義仲が教えてくれた外見によると、齢五十よりも若く見える人物とのことだったが、それは髪が黒々としているからだろう。

「ちょうどよい所へ参られた、手塚殿。先程、斎藤別当の屍を見極める方法を突き止めたところだ。それで、見張り達に命じて斎藤別当の棺の調達や弔いの支度をするよう、全員出払わせてしまった。手塚殿の出迎えをさせられず、申しわけない」

男は名乗るより先に、手塚に詫びながらも、衣の袖を襷掛けにする。それから、すでに用意してあった水と柄杓の入った桶を持ち上げた。そして、蓆の上に置かれた二体の屍の方へ行く。

「出迎えがないのはかまいません。それよりも、斎藤別当の屍を見極める方法を突き止められたとは、本当ですか、頼盛卿。それと、いったい何をなさるおつもりです」

これから何が始まるのか、見当がつかず、手塚は慌てて訊ねる。

「せっ……せっかくだから、某が斎藤別当の屍を見定めるところを、手塚殿に見ていただこうと思ってな」

男は、屍のそばに、水が入った桶を重そうに置くとこう続けた。

「向かって右の屍に三の屍、左の屍に四の屍と名づけてある」

二体の屍に目を向けるや、手塚の中で、篠原の地から五体の屍を掘り出した時のことが、哀傷と共に蘇ってきた。

その間、相手は三の屍と四の屍の前に膝をつくと、懐から使い古した筆を取り出す。それから、乾いた穂先を使い、丁寧に屍の指先についた土塊と血痕と塩を払い落とし始めた。

こうしてあらかた汚れを払い落とすと、桶の水を柄杓で掬い、屍から爪がはずれないよう、慎重に屍の指先に水をかけた。

払い落とせずに残っていた爪の汚れが、見る見るうちに流れ落ちていく。

三の屍の爪からは、黄ばみが現れた。

四の屍の爪からは、黒ずみが現れた。

固唾を飲んで見守る手塚を尻目に、男はゆっくりと立ち上がる。

「頼盛卿。どちらが斎藤別当の屍か、おわかりになられましたか」

手塚は三の屍と四の屍を交互に見ながら、訊ねる。

「むろんだ。斎藤別当の屍は、この四の屍だ」

迷いのない答えが返ってきたが、手塚は不安だった。

「間違いないですか。どちらの屍もこの手塚めが与えたのと同じ数の刀傷を負い、さらには爪に縦筋が入っているので三十よりも年上であると、義仲様より伺っております。なぜ屍の爪の汚れを洗い落としただけで、四の屍が斎藤別当の屍だと断言できたのですか」

手塚は、勢いこんで訊ねた。男は、落ち着き払った口ぶりで答える。

「それはだな、斎藤別当は髪と髭を墨で染めて戦いに臨んだと聞いたからだ。髪と髭を墨で染めたのは、恐らく陣中だ。出陣に間に合うよう、急いで染めたに違いない。すると、斎藤別当の身に、何が起きると思う」

訊かれたものの、手塚はどう知恵を絞っても、答えが浮かばなかった。

「わかりませぬ。斎藤別当の身に何が起きたと言うのですか」

相手は、手塚の返事に失望した様子をまったく見せず、淡々と話を続けた。

「手指も墨で黒く染まってしまったのだ。髪や髭を墨で染めるのに、たとえ筆を使えども、墨が手指にまったくつかぬはずがない。まして、陣中では湯を使って墨を洗い落とす余裕はない。それに、篠原の戦いは倶利伽羅峠の戦いにおいて敗走中だった平家軍が、木曾殿の軍に追いつかれたために起きた戦い。そのように緊迫して時間がないと、髪と髭を染めるだけで精いっぱいだろう。つまり、手指を湯で洗ってきれいに墨を洗い落とすのは無理な話だ。ただでさえ洗い落としにくい墨をろくに洗えなかったら、どうなるか。その答えは、これだ」

男は、四の屍の爪へ目を向ける。

「見よ。あたかも、百年も昔の木簡（もっかん）に書かれた墨の字のように、爪と指の間についた特に洗い落としにくい墨が、落ちることなく残っている。墨のついた爪を発見できたのは、木曾殿が斎藤別当への恩義に報いようと、屍を獣に掘り起こされて食い荒らされないよう地中深く埋めてくれたおかげだ。そして、すでに承知の通り、篠原の戦いで、墨で髪と髭を染めて出陣した武士は、老武者の斎藤別当だけだ。よって、見分けがつかない二つの屍のうち、草摺をめくった位置に二回刺された刀傷があり、爪に縦筋が入って齢三十を超えているばかりか、爪に墨が黒く残っている、この四の屍こそ、斎藤別当だ」

手塚は半信半疑で四の屍のそばに両膝をついて屈みこむと、爪の先を食い入るように見つめた。

そして、爪の先に、微かに黒い物を認めた。

「本当だ。この右手の人差し指の爪の先など、特に墨が色濃く残り、黒くなっています。しかし、本当に髪を染めると、このように墨が爪に残るものなのですか」

「もちろんだとも。その証拠に、髪を染めた某の爪もこの通り、墨が残っておる」

男は、手塚の前に自分の両手を掲げた。

どの手指にも墨が残って黒ずみ、特に爪の間の墨は、四の屍と同様に色濃く残っていた。

「なんたることだ……。御辺も斎藤別当のように、髪を染めておられたのですか。それとも、斎藤別当の屍を見つける手がかりを得ようと、自ら髪を染められたのですか」

手塚は、素早く彼の髪に目を凝らす。そして、その黒髪に、筆の穂先のように墨で固まった箇所を見つけ、髪を染めているのは真実だとわかった。

ようやく屍がわかり、手塚の脳裏に実盛の鮮烈な最期が駆け巡る。

これで、首と胴を一つにして弔うことができる。

実盛を手厚く供養することは、主君義仲の悲願であり、手塚の悲願でもあった。

戦の惨さと、実盛ほどの武士と戦えた誉れを強く感じ、目頭が熱くなった。

だが、今は感涙に咽ぶよりも先にすることがある。

手塚は、すかさず旗印をはずし、屍にかけ、両手を合わせた。

それから、しばしの黙禱ののち、男へ深々と頭を下げた。

「よくぞ、我が主君義仲様の恩人であられる斎藤別当の屍を見つけ出して下さいました。これで、加賀国にある斎藤別当の塚に眠る首とこの屍を、一つにして弔うことができます。ありがとうございます、頼盛卿。もう一体の屍も、のちほどこちらで懇ろに弔います」

相手は、黒い髪を撫でながら、笑みを浮かべる。

「これは、かたじけない。ところで、申し遅れました、手塚殿。拙者は、池殿流平家筆頭家人の平弥平兵衛宗清と申します。このたびは我が主人頼盛卿が拙者に、斎藤別当の屍の見極め方を教え、屍を突き止め次第、木曾殿の使者である手塚殿へ引き渡すように言い残して出かけられました。それゆえ、代わりに応対をさせていただきました」

手塚は、目を大きく見開いた。

「平弥平兵衛宗清……では、御辺は頼盛卿ではないのですか」

「さよう。本物の頼盛卿は、拙者とは違って髪は白髪交じりですし、大納言らしく優雅な所作をされております。それに、斎藤別当や手塚殿のことは御身分が頼盛卿よりもずっと低いので、別当といった官職名をつけることなく、呼び捨てで呼ばれたでしょう。何よりも、拙者と頼盛卿の最大の違いは、頼盛卿が知恵者であることにございます。何しろ、拙者の黒く染まった手指を見た刹那に、先程手塚殿に披露した屍を見極める方法を考えつかれたのでございますからな」

男——弥平兵衛は、口調を変えて話し始める。恐らく、こちらが彼本来の口調なのであろう。そう言えば、先程不自然に「せっ……」と言葉を詰まらせていた。あれは頼盛のふりをしているのに、「某」ではなく弥平兵衛本来の「拙者」と言いかけたのをごまかしたためだろう。

手塚は、合点がいくと、弥平兵衛に再び訊ねた。

「頼盛卿が留守となりますと、どちらへ出かけられたのですか」

「都から御出立された、としかお答えできないのでございます」

弥平兵衛があまりにも静かな口調で語るので、手塚は一瞬意味を飲みこめなかった。

しかし、ようやく意味を汲み取ると、俄かに信じがたい気持ちに襲われた。

「都から御出立ということは、頼盛卿は都から逃げ出されたと仰られるのですか。我ら木曾軍に監視されているのに、どうやって逃げ出せたのですか」

手塚は驚きのあまり、弥平兵衛に訊ねた。

義仲が入京した日から、そして、義仲が平家追討のために都から離れている今も、都の押さえとして残った樋口兼光が士卒達に命じ、頼盛の監視を継続させている。

にも拘わらず、弥平兵衛は、頼盛は都から脱出したと言う。

手塚の困惑を察したように、弥平兵衛は口を開いた。

「手塚殿。少々長いお話になりますが、お付き合いいただけるのであれば、拙者が頼盛卿に代わって、脱出の計略の種明かしをいたしましょう」

「是非ともお頼み申し上げます、弥平兵衛殿。このまま頼盛卿に逃げられたとだけ、樋口殿に伝えるわけにはいきませぬ。それに、なぜ我ら木曾軍が頼盛卿ただお一人に欺(あざむ)かれたのかわからないままでは、悔しくて夜も眠れませぬ」

　手塚は、体裁を取り繕(つくろ)うことなく答える。

「承知しました。ならば、種明かしをいたしましょう。その前に、手塚殿は、頼盛卿に仕える中原清業という下級貴族を御存知でございますか」

「頼盛卿に目をかけられて出世したものの、平家一門都落ちで頼盛卿が決別された際に、行方をくらましたと、噂で聞いておりますが……」

　手塚が答えると、弥平兵衛は満足そうに頷いた。

「それだけ御存知であれば、充分でございます。頼盛卿は、その清業に蔵の米が奪われたと見せかけて密命を下し、御自身と御子息達の都脱出の手筈(てはず)を整えさせておられたのですよ。だから、このたびの大地震の混乱に乗じ、清業の手引きで都を脱出なさることができたのでございます」

「では、頼盛卿は、平家一門都落ちより決別された直後から、すでに都脱出の計略を練られていたのですか。何というお方だ……」

　手塚は、驚嘆する。弥平兵衛は、長々と息を吐く。

「まったくでございます。拙者も今朝、頼盛卿に打ち明けられるまで、清業に密命を下して都脱出を企てておられたとは、思いもしませんでした」

弥平兵衛は、感慨深げな面持ちで空を仰ぐ。

「今朝、知ったのですか。いったい、どうやって頼盛卿は我ら木曾軍に気づかれず、清業殿の報告を受けられたのですか。たとえ清業殿に密命を下していても、都脱出の手筈を整え終えたと頼盛卿に知らせようと動きを見せれば、必ずや我ら木曾軍の目に留まります。そうすれば、たちどころのうちに我ら木曾軍は、頼盛卿も清業殿も捕らえたでしょう」

弥平兵衛に釣られる形で、手塚も空を見上げる。だが、雲一つない空が広がるばかりで、何も見当たらなかった。

「手塚殿。ここへ参られる前に、六波羅にある池殿跡の池は見られましたかな」

「はい。こちらへ伺う前に都中を馬で駆けまわっている折に見かけました」

「池の様子は、どうでしたか」

「池は、きれいに澄んで、鏡のように空をくまなく映し――」

手塚は答えている途中で、弥平兵衛の唐突な問いかけに潜む、含みに気がついた。

「――さては、都脱出の手筈が整ったら池の蓮を片づけて合図するよう、あらかじめ頼盛卿は清業殿に言い含めておかれたのですね。そうすれば、頼盛卿は清業殿と連絡をこまめに取り合って木曾軍に目をつけられる危険を冒さず、池を見に行くだけですみます」

だから、頼盛は、世間の憐憫(れんびん)の的となっても、毎日欠かさず池の畔に佇んでいたのだ。

手塚の記憶では、六波羅の池殿跡の池は、枯れた蓮が水面を覆っていた。

しかし、先程、手塚が見た時、池は蓮に遮られることなく、好天を映し出していた。

「さよう。頼盛卿は、清業に、脱出の手筈が整い次第、預けた米で何も知らぬ物乞い達を雇い、一気に池の蓮を片づけさせるよう命じていたとのことでございます。たとえ、物乞い達を木曾軍に目撃されても、池の蓮を片づけるという、大がかりで手間がかかる上に目立つ行動を、怪しみはすれども何かの合図と見做しはしない。せいぜい、平家ゆかりの者と疑われるのも厭わず、飢えた民が屋敷の敷地内の池に入り、一縷の望みをかけて、あるかどうかもわからない蓮の根を取ろうとしている程度にしか考えない。と、このようなことを胸算用された上での御命令だったのですな」

愕然とする手塚へ、弥平兵衛はまた語を継いだ。

「ところで、貴殿は、今拙者がしている、頼盛卿の服装を見た時、どう思われましたか」

またも唐突な問いかけだが、恐らくこれも何かしらの答えに繋がっていると考え、手塚は答えた。

「まさに、絢爛豪華の一語に尽きます」

それと同時に、解官され、全所領を没収されて没落している身でありながら、着飾り続けていたとは、本物の頼盛は気位が高いとも思った。だが、頼盛の家人である弥平兵衛の前で言うのは憚られたので、手塚は言わずに胸の内にとどめておいた。

「その通り。しかしながら、この頼盛卿の服装、妙だとは思いませんか」

「妙だとは、どこがですか。優美にして端正。まさに栄耀栄華を極めし平家一門の重鎮らしく、素晴らしい服装ではありませんか」

「ええ。しかし、それは平常時なら素晴らしいという話。たとえ矜持を保つためとは言え、解官されて全所領没収の憂き目に遭い、しかも飢饉の只中にあるのです。ならば、高価な衣は売り払って糊口を凌ぎ、質素な衣に換えるのが自然な行動ではございませんか」

「それをせずにいたのは……まさか我ら木曾軍に、その豪奢な直垂姿をわざと印象づけるため、頼盛卿は、どのような時にも、この服装でおられたのですか」

手塚は、答えている途中から、驚きのあまり声がかすれていた。

そうなると、入京した時からすでに、木曾軍は頼盛の術中に嵌まっていたことになる。

「よいところに気づかれました。それこそ、まさに頼盛卿の狙いだったのでございます。木曾軍は、誰もがこのたびの入京で、初めて頼盛卿の御姿を知りました。しかしながら、それは、この直垂を着た人物として、知っただけのことでございます。その証拠に、拙者が頼盛卿の衣を拝借して、この仮屋へ来るまでの道のり、拙者を頼盛卿と思って声をかける者がいたほどでございました。木曾軍にとって、頼盛卿は、あくまで、この赤地に金の蝶の文様の唐綾の直垂を着た人物。化粧もしていない、みすぼらしい服装の物乞いなどではありえなかったのでございましょうな」

「物乞い……」

手塚は、仁和寺常盤殿に向かう途中にすれ違った、親子の物乞いを思い出した。

おぼつかない足取りだったのは、飢えで衰弱していたからではなく、木曾軍の旗印を付けた手塚に気づいて、進むのを逡巡したからではないか。

そして、倒れそうになった父親を息子達が即座に支えたと見えたのは、息子達が手塚の目から頼盛を隠す仕草だったのではないか。

俄然、あの親子の物乞いが、頼盛とその息子達に思えてならなかった。

今なら、追えば間に合うかもしれない。遅ればせながら、手塚は気がついた。

手塚が仮屋を出て行こうとすると、弥平兵衛が察したように首を振る。

「頼盛卿をお探しになろうとお思いなら、諦めるべきですな。今、この都にどれだけの数の物乞いがいるか、御存知でございますか。ただでさえ都中に溢れんばかりにいた物乞い達は、四日前の大地震のせいで、今やその数が倍以上に膨らんでおります。浜に落とした一粒の砂を見つけるのと同じくらい、至難の業でございましょう」

弥平兵衛は一息吐いてから、こう付け足した。

「このたびのことを頼盛卿は、孫子の兵法で言うところの『凡そ戦いは、正を以て合い、奇を以て勝つ』だと仰っておりました。すなわち、頼盛卿が生き残りをかけた戦いの、正攻法が斎藤別当の屍探しならば、奇策は都脱出だったのでございます」

手塚は、目を大きく見開いた。

「何てことだ。世間は頼盛卿を哀れんでいたが、あのお方に哀れみなど無用だった。そして、頼盛卿に出家を促そうとなさった義仲様の武士の情けも、無用だった」

手塚は、頼盛にしてやられた腹立たしさと同じくらい、感嘆せずにはいられなかった。

「頼盛卿は、我ら木曾軍と刀も弓も使わない戦いを、ずっと繰り広げられていたのですね。そして、ここにただ一人とどまり、あたかも頼盛卿がまだ都にいるかのように振る舞われていた弥平兵衛殿は、さながら、この静かなる戦いの殿軍でしょうか」

手塚の言葉に、まんざらでもなさそうに、弥平兵衛は髭を撫でる。

「それでは、頼盛卿が脱出されたことを、これから樋口殿に伝えてまいります」

手塚は、そう言ってから、少々迷った末に、こう言いたした。

「その間に、弥平兵衛殿は頼盛卿の許へお行きなさいませ」

本来なら、弥平兵衛を捕らえて、樋口に突き出すのが筋だ。

だが、木曾軍を向こうに回し、主人の都脱出を成功させるべく、ただ一人都に残った弥平兵衛に、敬意を払いたい。

実盛の屍が四の屍と判明した今、義仲にとっては、実盛の屍を見つけ出した恩人の頼盛が都から脱出してくれた方が、討たずにすむ口実になるだろう。それに、弥平兵衛一人を見逃したところで、義仲が不利になることはない。

何よりも、手柄と武士としての心意気を秤にかけるなら、今の自分は後者を選ぶ。

義仲もそう思うだろう。

手塚は、実盛に思いを馳せた。

すると、弥平兵衛は口を固く結んでから、おもむろに答えた。

「手塚殿の御厚意はありがたく頂戴いたします。しかしながら、実のところ、拙者がここで頼盛卿になりすまして手塚殿を出迎えたのは、頼盛卿の御命令などではございません。拙者自身の意志でございます。頼盛卿は、八条院の武士に、斎藤別当の屍を、手塚殿に引き渡す役目を命じられるおつもりでした。しかし、頼盛卿に暇乞い(いとまごい)をした拙者が、最後の働きとして、その役目を買って出たのでございます」

　思いがけない返事に、手塚は目を丸くした。

「それでは、頼盛卿と袂(たもと)を分かったと言うのですか。御辺は、頼盛卿が苦境に陥ろうとも付き従っていた忠臣の鑑。それがどうして、今になって袂を分かつのですか」

　弥平兵衛は背筋をのばすと、泰然と答えた。

「頼盛卿が、苦境を脱せられたからこそでございます」

　どういう意味か飲みこめずにいる手塚をよそに、弥平兵衛はまたも空を見上げた。

「拙者がこれまで都落ちした御一門に同行せず、頼盛卿に付き従っておりましたのには、わけがございます。拙者が一時の情に流され、頼朝殿の助命嘆願を申し上げたせいで、頼盛卿を苦境に陥らせてしまったことに、責任を感じておりましたがゆえでございます。しかしながら、このたびの都脱出の計略の種明かしを打ち明けられた時、頼盛卿は苦境から脱せられるだろうと悟りました。ならば、もう付き従い、お守りする理由はございません。ですから、拙者も斎藤別当のように、身の振り方をおのれで決めることにいたしました。そういうわけで、長年仕えてきた恩顧(おんこ)と、共に死線を乗り越えてきた朋輩(ほうばい)達との紐帯(ちゅうたい)を重んじ、これから西国にある御一門の許へ馳せ参じる心積もりでございます」

実盛もまた、弥平兵衛同様、手塚の主人である義仲を助けた過去がある。

助けた子どもが長じて敵将となり、主家と朋輩を苦境に追いやる結果となった点が、弥平兵衛も実盛も、酷似している。

ここまで実盛と酷似した立場にある弥平兵衛が、実盛の最期を聞いたら、何を感じるか。

憧れだけで済むはずがない。

ついに、罪滅ぼしの方法を見つけられたと思ったに違いない。

そして、頼盛が苦境から脱するのを機に、罪滅ぼしをしようと心に誓ったのだ。

手塚は、思わず破顔した。

「皮肉なものですね。池殿流平家の家の子郎党を守らんがための頼盛卿の都脱出の計略が、かえって家の子郎党である御辺を去らせる結果となってしまったのですから」

頼盛にとっての最大の誤算は、忠臣が実盛に深く感銘を受けたことだ。

弥平兵衛が実盛の最期を聞いてさえいなければ、このような決断は下さなかっただろう。

木曾軍を出し抜いて都脱出に成功した頼盛も、屍となった実盛には敗北したのだ。

たちまち、手塚の中にあった頼盛への溜飲が下がる。

弥平兵衛は、静かに首を振ると、空を見上げた。

「いいえ。拙者も蝶になりたくなったのでございます。斎藤別当にあやかり、髪を黒く染めた時、拙者の心は若武者に戻りました。御一門に仕え、朋輩らと共に戦場を駆け巡った輝かしい日々が、いくつも脳裏に去来したのです。ですから、都を脱出すると頼盛卿が仰せになられた時、拙者は迷わずに同行をお断りしたのでございます」

手塚は、頼盛が都を脱出した後に頼る相手は、かつて恩を施(ほどこ)した鎌倉の頼朝しかいないので、行き先がどこであるか、簡単に想像することができた。

しかし、袂を分かってもなお、頼盛が確実に逃げられるよう、あえて行き先を口にせず語る弥平兵衛の心情を察し、何も言わずにおいた。

「頼盛卿は、拙者の決断に猛反対され、熱心にかき口説(くど)き、翻意(ほんい)を促されました。それでも、拙者の生きる場所は、今も昔も変わらず平家だ。都落ちし、凋落(ちょうらく)の一途をたどる御一門だが、拙者の生きる場所は他には考えられない。老境の今、平家の家人として、人生を全うしたい。蛹のように生きたくはない。蝶として生きたい。そう申し上げたところ、見たこともないほどたくさんの涙を流しながらも、拙者の決断をお認め下さいました」

「蝶として……ですか」

手塚は、弥平兵衛が空に何を思い描いて眺めているのか、ようやくわかってきた。

頼盛だ。

それも、馬に跨り、鎌倉を目指して都から颯爽(さっそう)と去って行く頼盛の姿だ——手塚は、赤地に金の蝶の文様の唐綾の直垂を着ている頼盛の姿しか、思い浮かべることができなかった。

弥平兵衛というかけがえのない忠臣と決別してでも。

見苦しいほど頼朝の恩を当てにして都を脱出してでも。

そのことで、世間の嘲笑と侮蔑(ぶべつ)を浴びることになろうとも。

池殿流平家の家の子郎党を守る。
その一心で、頼盛は懸命に馬を走らせる。
風に翻る衣の袖の金糸が、日を浴びて煌めく。
あたかも、星のごとき鱗粉を撒いて宙を舞う蝶のようだ。
そんな頼盛の姿を、弥平兵衛もあの空に幻視しているのだろう。
二人の武士は何も言わず、空を眺め続けた。

弔千手（とむらいせんじゅ）

「千手前はなかなかに物思のたねとやなりにけん。されば中将南都へ渡されて、斬られ給ひぬと聞えしかば、やがて様をかへ、こき墨染にやつれはて、信濃国善光寺におこなひすまして、彼後世菩提をとぶらひ、わが身もつひに往生の素懐をとげけるとぞきこえし」

──『平家物語　巻第十　千手前』──


元暦元年（一一八四年）、四月二十日。

雨夜に沈み物寂しい鎌倉の御所中に、妙なる楽の音が響き渡った。

御所の一角にある、平重衡（平清盛の五男）を幽閉した建物からだ。

源氏と平家との争いが激化した二月。一ノ谷の合戦にて敗北し、源氏方の虜囚となった重衡は、都に連行された。次いで、源頼朝の要求により、伊豆で対面したのち、この地に囚われの身となっている。

平家の人間で唯一の虜囚となった重衡は、頼朝との対面時に敗将でありながら毅然とした態度を貫いたことが、鎌倉中の評判となっていた。

こうしたいきさつから、御所の護衛番達は、重衡が捕らわれている建物から流れてくるその音を耳にするや、ある情景が脳裏に浮かんだ。

頼朝が、敵ながら天晴と、重衡のために慰撫の宴を開いている。

こうした想像を是認するように、美しい女人の歌声が聞こえてきた——千手前だ。

遊女だが、その才覚により、鎌倉の御所で官女として働く彼女が、重衡を慰めるために歌っているのだ。

重衡は、平家一門であるばかりか、南都（奈良）興福寺勢力との戦いにて東大寺の大仏を焼亡させ、大仏殿に避難していた多くの女や子ども、老人を死に追いやったので、死罪を免れない。さらには、仏罰により、堕地獄必定だ。死後の安楽も、来世の幸いもないだろう。

そのような重衡を慰撫するのは、仏の教えを説いた歌を唄い、神仏の化身とも見做される遊女をおいて、他に誰がいようか。

まして、千手前は鎌倉にいる遊女達の中で、ひときわ歌舞音曲の芸に優れている。

彼女の美しい歌声や楽の音により、重衡の後生は救われるだろう。

虜囚にこのような配慮をするとは、頼朝は武家の棟梁であるだけに、何と器が大きいことか。

護衛番達は、深い感銘を受ける。

やがて、琵琶の音色と共に、男の歌声も千手前の歌声に重なり合うように聞こえてきた。

彼らは、驚嘆した。

雄々しくも気品に満ちた重衡の歌声だったのだ。

平家一門は、武士でありながら、こんなにも優雅なのか。

武士としての格の違いを痛感させられる一方で、惹かれずにはいられない。

それから、簀子（寝殿造りの建物の外廊下）に佇む頼朝に気づいた。

室内から漏れる灯りに照らし出された頼朝の横顔は、心ここにあらずといった風情だ。

自分達と同様、千手前と重衡の歌声に聞き惚れているに違いない。

護衛番達は、主君と一体となった心地に酔いしれながら、宴を見守った。

序

同年。青嵐吹き抜け、新樹光日映き夏。

五月晴れの下、一艘の船が紺碧の海をかき分け、船尾に白く長い水脈を引いて、鎌倉の由比浦（現在の神奈川県鎌倉市由比ヶ浜）に到着した。

照りつける日差しの中、船から下りてきたのは、立烏帽子を被り、白粉と鉄漿で薄化粧を施した男の貴人であった。

貴人は、百合重ね（表・赤、裏・朽葉色）と呼ばれる色の組み合わせの狩衣を着ていた。狩衣は、表の赤は透けた地合いに蝶の平紋が織りだされた顕紋紗で、裏の朽葉色を背景に無数の赤い蝶が舞い踊る模様となっている。

手にしている扇には、雲母が引かれて金銀砂子を散らした白地に、花と蝶が艶やかに描かれていた。

「あんな美しい衣、生まれて初めて見るわ」

「あのお方は、佐殿（頼朝の呼称）の許に帝が遣わされた使者であろうか」

「何と華やかな。話に聞く都の貴公子とは、あのようなお方を言うのだろう」

由比浦の近くにいた鎌倉の民は、貴人の登場に一瞬にして心を奪われる。

よく見れば、貴人の髪には白髪が幾筋も交じり、貴公子と呼ぶには薹が立っている。

しかし、豪奢な服装と優雅な立ち姿が、彼らにそれを気づかせなかった。

民が、口々に囁き合う中、輿がやって来た。輿に付き添っていた武士は、馬から下りると、
貴人へ恭しく頭を下げた。

「正二位　池前大納言　平　頼盛卿。佐殿の使いとして、ただ今御所よりお迎えに上がりました。

どうぞ、輿へお乗り下さい」

「うむ、ご苦労」

貴人——頼盛は、短く答えると、優雅な所作で輿に乗った。

頼盛は、今は亡き平清盛の異母弟にして、平家の分家の一つ、池殿流平家の家長だ。

年は、五十一歳。当世の常識からすれば、老人だ。

しかしながら、自他共に認める童顔のため、鎌倉の民からは貴公子だと誤認されるほど若々しかった。

前年の寿永二年（一一八三年）、木曾義仲の進軍によって平家一門が都落ちした際、これを好機と見た頼盛は、池殿流平家を長きにわたって冷遇してきた一族と袂を分かった。

これにより、一時、孤立無援となったが、そんな逆境で挫ける頼盛ではない。平家にとっては敵であり、頼盛にとっては過去に恩を施した相手である、源頼朝を頼り、息子達全員を引き連れて都から脱出した。

この報を受けて迎えに来た頼朝は、彼を歓迎したのち、相模国府（相模国守の館）を提供。以来、頼盛は息子達共々、そこに寓居している。

今年に入ってから、頼朝の異母弟義経の率いる源氏軍は、一月に宇治川の戦い、粟津の戦いで木曾義仲軍を討ち滅ぼした後、平家一門との全面対決に突入。二月の一ノ谷の合戦で、平敦盛や清盛末弟平忠度といった平家の中心人物や、侍大将を務めた有力家人らを多数討ち取り、さらには、清盛五男の重衡を捕らえた。

このように、血で血を洗う戦が繰り広げられていたが、頼朝の庇護下にある頼盛とその息子達は、相模国府でのどかな日々を過ごしていた。

そして、今日。頼盛は、頼朝の招きにより、相模国府から鎌倉を訪れたのだった。

頼盛が乗った輿は、頼朝の住まう鎌倉の御所へと向かう。

鎌倉は、谷戸と呼ばれる谷地が多く、入り組んだ地形である上、湿地が多い。

そのため、都とは違い、高貴な者達が移動をする時は、車輪が湿地に取られる危険が多い牛車ではなく、輿が使われる。

頼盛を乗せた輿は由比浦を北上し、民の好奇に満ちた眼差しに晒されながら、白木が眩しい新築の家々が連なる街なかや、緑陰に縁取られた鎌倉鶴岡八幡宮の前を通り過ぎる。

どこからともなく漂ってくる新しい木材と青葉の香りを、頼盛は輿の中から楽しんだ。

八幡宮を横目に橋を渡ると、御家人達の宿所に囲まれた、屋根ばかりが大きく目立つ鎌倉の御所が現れた。

御家人達の宿所は、地方に暮らす大抵の武士の家と同様、周囲に板塀をめぐらせているが、鎌倉の御所は都の貴族の邸宅に倣って築地塀をめぐらせ、威容を誇っている。

頼盛が輿に乗ったまま門をくぐると、御所の中はまだ、問注所や公文所等の政務機関を増築中で、指揮をする武士達や人足達が行き交い、おおいににぎわっていた。

こうした活気は、ここ数年飢饉に喘ぎ苦しむ都では見られなかった。

頼盛は、輿の中から武士や人足達を眺め、微笑を浮かべる。

だが、彼らは、輿に乗った頼盛に気づくと、仕事の手を止めて、先程の民に負けず劣らず好奇に満ちた眼差しを向けてきた。喧騒は途絶え、無遠慮な眼差しだけとなり、頼盛は興醒めした。

やがて、輿は御所の寝殿の西にある、西侍と呼ばれる建物の前に止まった。

西侍は、柱間数が十八にも及ぶ長大な建物だ。相模国府から頼盛が鎌倉を訪れる時は、常にここで歓迎の宴が開かれる。頼盛にとって、鎌倉で数少ない馴染み深い場所だ。

頼盛が輿から簀子に下り立つと、小綺麗な格好をした数人の官女達が現れた。

官女達は、南面の見晴らしのよい広廂（寝殿造りの母屋の周囲に増設された空間である廂と簀子の間に設けられた、外に突き出た吹き放ちの空間。饗宴や管絃の場に使われた）にて待ち構える、鎌倉の主人にして源氏の棟梁である頼朝の許へと案内を始める。

広廂へ向かいながら、頼盛はいつ大姫が愛らしい顔を見せに来るか、心待ちにしていた。

大姫は、頼朝の長女で、今年で六歳になる。

相模国府へ移る前、頼盛がまだ鎌倉の御所に逗留していた時に知り合った。

平生、大姫は小御所と呼ばれる、鎌倉の御所に渡殿（屋根つきの渡り廊下）で繋がった建物に暮らしている。

しかし、大姫は、都の高貴な姫君達とは異なっていた。曹司でおとなしく過ごすのではなく、自由闊達に御所中を歩き回っては、会う者すべてに愛嬌を振りまき、心を和ませる、よい意味で型破りな姫君だった。

そんな大姫が、ある時、頼盛の滞在している曹司に現れた。

突然の訪問に面食らう頼盛へ、大姫は開口一番に「兜に鉄の熊手が刺さったまま、馬に乗って戦場を駆け抜けたのって本当なの」と無邪気に訊ねてきた。

後で知った話だが、今年十二歳になる頼盛の嫡男光盛と、大姫の婿という形で人質となっている木曾義仲の嫡男義高が、鎌倉逗留中に親しくなっていた。

二人は年が近く、義仲の家人と光盛が同名であること、さらには共に鎌倉ではよそ者同士であったことが、親しくなったきっかけのようだ。この二人に、義高に仕えるために信濃国から従って来た近習（側近）の同い年の少年が加わり、それぞれの父親自慢をした。その際、光盛は、頼盛が平治の乱にて、からくも難を逃れることができたとの武勇伝を披露した。

それを、義高が相当面白おかしく妻の大姫に伝えたらしい。

その話で、頼盛に興味を抱いた大姫は、直接確かめに来たのだった。

大姫はとても人懐こく、気がつけば頼盛は、彼女を膝の上に乗せ、せがまれるままにその武勇伝を話していた。大姫は、お返しとばかりに夫の話をした。

政略結婚ではあるが、大姫が幼いながらも義高を真剣に慕っていることが、彼女の眼差しや口ぶりで手に取るようにわかり、微笑ましかった。

こうして打ち解け、大姫が帰る頃には「熊手兜の小父様」と、この上なく滑稽な綽名を頼盛はつけられてしまった。だが、悪い気はしなかった。

以来、これが縁となり、頼盛が鎌倉を訪れるたびに、大姫は頼盛の許に遊びに来ては、何度も武勇伝をせがむようになった。

都から脱出する際、頼盛は息子達全員を引き連れて来た。しかし、戦乱と飢饉の中を女が旅する危険を考慮し、一族の妻女等を、頼盛が後見している八条院暲子内親王に託し、すべて都に残してきた。その後も依然として政局も治安も不安定であるため、頼盛は都へ帰れず、彼女らに会えない孤独を抱えていた。そんな中、幼い頃の娘達や頑是ない年頃の孫娘達と面影が重なる大姫は、おおいに慰めとなっていたのだ。

また、会いに来てくれないだろうか。

頼盛が、いつ大姫が顔を出すかと心待ちにするうちに、広廂に着いてしまった。

物足りなさを覚えて広廂に入ると、大姫の父親が出迎えた。

頼朝は、頼盛よりも十四歳年下で、三十七歳。四年前に以仁王から、政治を我が物にしている平家を追討せよとの令旨を受けて、平家打倒の挙兵をした。

その初戦である石橋山の合戦にて、嵐の中夜襲をかけられて敗戦するも挽回し、ついには東国武士達をまとめ上げ、平家打倒の最大勢力に成長。今では、朝廷から武家の棟梁として、東国の支配権を認められるほどの実力者に昇りつめていた。

東国武士達からは、武士の情けを知る高潔な人物として、尊敬の念を集めている。

背が低くて顔が大きいので、均整に欠ける立ち姿であるものの、色白で優美な立ち居振る舞いがすべてを補っていた。

今日は、侍烏帽子を被り、源氏のしるしである笹竜胆の紋様が入った薄紫の水干を着ている。

この衣は、都から鎌倉へ落ち延びてきた頼朝の妹婿からの贈り物で、東国ではめったに見られない繊細な色合いで染められ、頼朝へ優美さと共に威厳を与えていた。

「池殿、ようこそおいでになられました。さあ、どうぞ。こちらへ腰をお下ろし下さい。夜の宴の前に、まずは二人だけで気楽に一献いかがですか。船旅でお疲れでしょう」

武士達には権高な頼朝だが、頼盛の前では常に腰が低い。

これは、頼盛が命の恩人であるのはもちろん、頼盛の位階が正二位で、頼朝どころか、鎌倉にいる誰よりも高位であることも大きい。

さらには頼盛が、都が大飢饉に襲われている実状を伝えて食糧を届けるように助言したことや、後白河院や右大臣九条兼実との橋渡しを務めること等の力添えを頼朝にしていることにもよる。

それにより、頼朝は従兄弟の木曾義仲のように、都に大軍で乗りこみ、飢饉に拍車を掛けて人心を失う過ちを犯すことも、政治的にうまく立ち回れず朝廷で孤立することも、免れることができた。

「疲れたなど、滅相もない。頼朝殿が迎えによこして下さった船は快適そのもの。それよりも、先日の四月六日、朝廷に没収され、頼朝殿に授けられていた我が所領を己の所領にはせず、すべて某に返してくれた。しかも、信濃国諏訪社の所領を、平家恩顧の者が多く治めやすい伊賀国六ヶ山に交換してくれた心遣い、感謝する」

一人残った官女が、座に興を添えるためか、琴を静かに奏で始める。

傍らには、琵琶が置かれている。彼女が、主人や客人の求めに応じ、琴も琵琶も弾くことを無言のうちに告げていた。

琴の音を背景に、頼盛は頼朝と同じ畳に腰を下ろし、深々と頭を下げる。すると、頼朝は大仰に驚いた。

「何を仰いますか、池殿。貴方は、大恩ある池禅尼様の御子息。さらには、平治の乱で敗れて捕らえられ、死罪を待つ身だった私を助けようとした御母堂様の意思を伝えるため、何度も平相国と御母堂様との間を奔走して下さったではありませんか。その御恩を返しただけのことです。どうか、顔をお上げ下さい」

頼朝に言われるがまま、顔を上げる。

そろそろ、大姫が声をはずませながら、つぶらな瞳を輝かせ、顔を出してもよい頃だ。

頼盛が大姫の来訪を待ち望んでいると、頼朝が思い出したように口を開いた。

「そうそう、池殿。今回の鎌倉御滞在の際には、船遊びをしていただこうと、家人達に準備を進めさせているのですよ」

「素晴らしい。これは楽しみが増えた。後は、その日に雨が降らぬことを祈るばかりだ」

やや上の空ながらも、頼盛が愛想よく応じると、相手もまた同じように応じた。

「ご安心下さい、池殿。この鎌倉の地には、明日の天気を知る方法があるのですよ」

「ほう、それは興味深い」

純粋に興味を惹かれ、頼盛は大姫の姿を探し求めるのをひとまずやめた。

頼朝は、庭の木を見やった。

「ここに居を構えた時、地元の今は亡き古老から教わったのですが、蛇が木に登ると、次の日は必ず一日中雨になるのです。ですから、船遊びを予定している前日に蛇のその様子を確認したら、取りやめ。登っていなかったら、船遊びを決行すればよいのです。晴天の下、美々しく飾り立てた船で由比浦より船出しますから、鎌倉どころか浜辺にいる者すべての注目を集めることになりましょうな」

「注目……」

「いかがされましたか、池殿」

頼朝が、怪訝そうに訊ねる。頼盛は、扇を横に振りながら、慌てて説明した。

「いや、なに。ここへ来るまでの道中、鎌倉中の民の注目の的となり、いささか辟易させられていたのでな。船遊びは楽しそうだが、耳目を集めるのは、少々勘弁して欲しいと思っただけだ」

平家一門の重鎮であった頼盛が、東国にて悠々自適に暮らすことができるのは、武士達が心服している頼朝の命の恩人であるという一点に尽きる。

こうした不安定な立場をよく心得ているので、頼盛は鎌倉に滞在する間は、武士達に目をつけられないよう、目立つまいと用心していた。

頼盛が苦笑していると、頼朝が申し訳なさそうに眉を下げる。

「彼らには、どうしても平家の人間が珍しいのですよ。三位中将平重衡殿が、虜囚として都から鎌倉に下って来た時も大変でした。何しろ、重衡殿は虜囚でありながらも常に毅然としておられる武士の鑑のような人物ですし、牡丹中将とも謳われるほどの美貌でしたから、鎌倉中の者達が一目見ようと殺到したほどです。そう……あれは、雨が一日中降っていた四月二十日の夜のこと。重衡殿の無聊を慰める宴を官女らに催させた時も、大変でした。御所中に重衡殿の見事な歌声や琵琶の音が響き渡ったので、護衛番達が夜を徹して聞き入ったほどです。いやはや、かく言う私もその一人でしてね。明け方まで彼がいる建物の簀子に立ち、聞き惚れておりましたよ」

頼朝は、いったん言葉を切ると、これまで琴を奏でていた官女へ顔を向ける。

「あそこにいる遊女が、官女として、重衡殿を慰めるために今様（流行歌）を唄い、舞も披露したのですよ。それが縁で、世間では二人が色めいた仲になったとの噂が囁かれるようになりました。何はともあれ、あれは風雅なひと時でしたな」

遊女が、官女や女房として朝廷や屋敷に仕えるのは、珍しいことではない。朝廷や法皇の御所でも、何人かの遊女が女房として勤めている。

それは、彼女達が売色をするだけの卑賤な存在ではなく、歌舞音曲の芸に優れた一流の風流人でもあり、仏の教えを説いた歌を唄う、神仏の化身と見做される一面もあるためだ。

頼盛は、その官女を、初めてまともに見た。

年の頃は、二十歳前後。どの季節にも通用する淡い紅色の小袿を着て、緋色の袴をはいている。鎌倉では艶やかに見えるだろうが、都ではおとなしい範疇に入る着こなしだ。

当世の美人の条件通り、色白ではあるが、美男美女揃いの平家の中で人生の大半を過ごしてきた頼盛には、彼女の容貌は十人並みにしか見えなかった。

しかし、目が合った瞬間、すぐにそれは誤りだと思い直した。

星空を凝縮したような輝きを宿す黒い瞳は、息を飲むほど美しい。

それも、人を欲望に駆り立てる苛烈な美ではない。安らぎを与える柔和な美だ。

「敵味方と分かれた身だが、仏敵に堕ちた甥を慰めたことに礼を言おう。名を何と申す」

頼盛が訊ねると、官女は琴を爪弾く手を止める。

そして、静かに微笑みを浮かべ、嫋嫋たる歌声を上げた。

　万の仏の願よりも　千手の誓ぞたのもしき
　枯れたる草木も忽ちに　花咲き実なると説いたまう

どうやら、官女の名前が隠された今様らしい。

都の宴で、しばしば遊女達とこのような謎かけを楽しんだことがある。頼盛は、すぐに官女の謎かけがわかった。

「そうか。千手と申すのか。大仏殿を焼亡させる大罪を犯した重衡を慰めるには、千の手を使い、すべての衆生（人々）をお救いなさる千手観音菩薩の名を持つおまえが相応しい。頼朝殿は、風流な計らいをしたものだ」


楽しくなってきたところで、頼盛はまだ大姫が顔を出さないことに気づいた。

「ところで、頼朝殿。大姫の姿が見えないが、いかがしたか」

大姫の名を口にした途端、頼盛は場の空気が張りつめるのを肌で感じた。

いったい何があったのか。頼盛は、胸騒ぎを覚えずにはいられなかった。

「池殿がお越し下さったためでたい席で、憚りあることで申し上げずにいたのですが、いずれお知りになること。この際、お話しいたします」


頼朝は顔を曇らせ、語り始めた。

「池殿も御存知の通り、私と従兄弟の木曾義仲は対立していましたが、義仲の嫡男である義高を婿に迎え入れることで、昨年和解しました」

「うむ、しかし、義仲は法皇様（後白河院）に弓を引く暴挙に出て、勅勘（天皇の咎め）を蒙った。そのため、今年の一月に法皇様の御命令で頼朝殿の弟の九郎（義経）を差し向け、討伐させたのであったな」

　頼盛が相槌を打つと、頼朝はさらに顔を曇らせる。

　そんな主人の心情を慮ったのか、千手前は傍らの琵琶を弾き始める。たちまち、小気味よい音色が響き渡るが、頼盛は大姫が気がかりで、楽しむ気にはなれなかった。

「はい。義仲の嫡男である義高も、当然ながら死罪を免れません。そこで、朝廷に引き渡して死罪にするよりは、こちらで誅殺すべきか否か、家人達を集めて相談しました。すると、その話を盗み聞いた大姫の女房達が、私が家人達に義高誅殺を命じたと早合点し、大姫に知らせてしまったのです。幼いながらも、夫を心から愛していた大姫は、迷わず義高にそれを伝えました。義高は、すぐに計略を巡らせ、故郷の木曾がある信濃国へ逃亡を図ったのです」

「待て。義高は、某の嫡男と一つ違いだから、今年十一のはず。それなのに、計略を巡らして逃亡を図ったと言うのか」

「はい。あれは忘れもしない、先日の二十一日の夜のこと。前夜に家人達と相談したものの結論は出ず、迷いながらも、日課なので義高の常の居所を訪れました。義高はその日一日、常と変わらず、近習の少年と大好きな雙六（現代の双六とは異なり、バックギャモンに似た遊戯）を打って遊んでいるとばかり思っていました。ところが、どうも様子がおかしい。そこで、曹司の奥まで踏みこんだところ、いるのは一人芝居をしていた近習の少年だけ。本物の義高は、明け方のうちに逃亡してしまっていたのです。しかも、大姫から知らせを受けた前夜から、即座に念入りに準備をしていましてね。女装して御所を出るや、蹄を綿でくるんで足音がしないように細工した馬に乗り、脱走していく巧妙さでした。あまりにも腹が立ったので、近習の少年を拘禁してやりましたよ」

声音こそ先刻までと変わらないが、頼朝の顔が怒りで紅潮する。わずか十一歳の少年二人に裏をかかれたのだから、無理からぬことだ。

「それで、怒りにまかせて追っ手を差し向け、義高を討ち取ってしまったのか」

頼盛は続きを引き取り、頼朝が言いにくい言葉を代わりに言ってやった。

「ええ。逃亡してから数日後に追っ手が見つけて。しかし、義高が逃げさえしなければ、討ち取らせはしませんでしたよ」

頼朝は、苦々しげに顔を歪める。

「よいですか、池殿。私は、義高を追えとは命じました。しかし、殺せとまでは命じてはいません。何しろ、勅勘を蒙った罪人の嫡男とは言え、かわいい娘の夫なのですから。しかし、義高が信濃まで逃げ切れば、義仲の残党と合流し、鎌倉に攻め入る事態になりかねない。そう考えた者が、逃げる義高を見つけるや否や独断で討ち取ってしまったのです。そればかりか、その事実を大姫に聞こえる所で報告してしまったのです。大姫は、心痛により、飲食を絶ってしまいました」

大姫に降りかかった大きな不幸に、頼盛は憐憫の情を禁じ得なかった。

「まだ幼いのに飲食を絶つとは、悲憤と絶望で食を摂らなくなった『源氏物語』の宇治の大君のようではないか。それで、大姫は今、どうしているのだ。せめて水でも喉を通るようになったか」

「もう大丈夫です。先日から、食は細いながらも、ようやく食べるようになりました。ただ――」

頼朝の言葉が、不意に途切れる。

目は凍りつき、恐怖すら浮かんでいた。

頼盛が、頼朝の視線の先をたどって振り向くと、西侍の簀子を歩く小さな人影に気づいた――大姫だ。

ひどく痩せ素枯れ、顔色はもちろん、顔つきも、見るからに常人とは程遠い。

まだ頑是ない年頃であるのに、黒い汗衫（少女用の衣）と萱草色（薄い橙色）の袴という喪服姿であるのも痛ましい。

頼盛は、見る影もなく変わり果てた大姫の姿に、言葉を失った。

大姫は、おぼつかない足取りながら、脇目もふらず、父親の方へ向かってくる。

そして、絶句している父親の前で立ち止まった。

「父様。義高様の話、していたでしょ」

大姫は、か細い声でそう告げた。

折悪しく、大姫が近くにいるとも知らず、まずい話をしてしまったものだ。

頼盛が、大姫へどのように声をかけたものか考えていると、頼朝の手が小刻みに震えているのが目に入る。

よく見れば、頼朝は幼い我が子へ、畏怖の眼差しを向けていた。

「おまえは、小御所で寝ていたはず。どうしてまたわかったのだい」

大姫は、白昼の下でなければ幽鬼と見紛うほど憔悴しきった体のどこに、そのような力があるのかと問いたくなるほど、鋭い眼光で父親を射竦める。

そして、そのまま微動だにせず、無言を貫き、父親を睨み続ける。そのさまは、鬼気迫っていた。

「大姫様、お体に障ります。さあ、わたくしめと一緒に小御所へ帰りましょう」

千手前は、大姫のそばに寄ると、素早く抱き上げる。抱き上げられた大姫は、姿が見えなくなるまで、父親から一瞬たりとも目をそらさなかった。

姿勢こそ乱れてはいないが、頼朝の顔からは血の気が失せていた。

「頼朝殿、大姫が小御所で寝ていたというのはまことか。だが、小御所は、御所をはさんでこの西侍の反対側にあるではないか。それでは、我々の話が聞こえるはずがない」

頼盛は、あまりにも不可解な出来事を目の当たりにしたため、鏡で今の自分を映せば、頼朝と同じく顔色を失っていると思った。

頼朝は、静かに頷いた。

「ええ。したがって、そこにいる大姫には、我々の声が届くことはない。まして、話の内容など知る術もない。それにも拘わらず、娘は義高の死を知って以来、私が彼の話をするたびに、聞き咎めて現れるのです。そして、先程のように私が夫の話をしていたと言い当てると、それきり後は無言で睨み続けるのです――このように大姫が乱心した元凶は、義高の怨霊の祟りでしょうか」

怨霊と口にした刹那、頼朝の唇が微かに戦慄く。

怨霊の祟りは、時として天変地異を引き起こし、国政を揺るがすほどの猛威を振るう。武家の棟梁でも、恐怖して当然と思うものの、頼盛は引っかかるものを覚えた。

「確かに不思議な話だ。しかし、今は亡き我が父忠盛の教えに、たとえ五月雨の闇夜に怪しき鬼を見ても、即座に斬り捨てず、まずは正体を見定めよ、というものがある。だから、大姫乱心の元凶が、義高の怨霊の祟りと決めるのは早計ではないか」

頼盛がなだめると、徐々に頼朝の顔に血の気が戻ってくる。

「……義高の怨霊の祟りでないとすると、娘の弱った心につけこんで、物の怪が憑いたのでしょうか。これは、いけない。早急に僧侶達を招き、物の怪を祓わせねば。池殿、たいへん申し訳ございませんが、宴の続きはまた明日ということでよろしいですか」

義高の怨霊の祟りとしか、頭になかったらしい。

頼朝は、善は急げと言わんばかりに立ち上がる。

「かまわぬよ。某も、一日でも早く大姫の元気な顔を見たいのでな」

紛れもない、頼盛の本心だった。

頼朝が立ち去った後、頼盛は変わり果てた大姫を思い返し、胸が痛んだ。

破

翌日。時鳥(ほととぎす)鳴く昼下がり。

頼朝は昨日から大姫の許へ行ってしまったので、頼盛は滞在している御所の一角で、所在なく庭を眺めて過ごしていた。

ふとした瞬間に、今にも、大姫がまた愛くるしい笑顔で会いに来てくれるのではないかと思うこともあった。

だが、そのたびに、昨日見た彼女の憔悴しきった姿が目に浮かび、有り得ないことだだと痛感させられた。

そこへ、衣擦(きぬず)れの音が近づいてきた。

振り返ると、千手前が他の女房達に琴と琵琶を持たせて訪れたところだった。

「池前大納言様、御台所様(みだいどころ)（正妻のこと。この場合は北条政子(ほうじょうまさこ)）の御命令により、無聊を慰めに参りました。御所望の歌がありましたら、何なりとお申し付け下さいませ」

「頼朝殿ではなく、御台所からの命令か」

頼朝の舅(しゅうと)、北条時政(ほうじょうときまさ)の後妻が、頼盛の叔父である牧宗親(まきむねちか)の娘という縁もあり、頼盛も北条政子とは知らない仲ではない。

「はい。わたくしめは、御所勤めの官女でもありますが、御台所様付きの女房も兼ねておりますから」

兼参といって、複数の仕え先や主人を持つのは、武士にも貴族にもよくあることだ。

ただ、千手前の場合は、鎌倉に歌舞音曲の芸に秀でた人材が少ないため、客人や虜囚のもてなし、女主人の相手等、一人で八面六臂の働きをせざるを得ないのだろう。

腑に落ちたところで、頼盛は庭に背を向け、千手前と向き合う。

「そうか。御台所の御心遣い、しかと受け止めた。では、御言葉に甘えて一曲頼もう」

「かしこまりました」

千手前が琴を奏で始める。

しばし琴の音に聞き入っていると、やつれ顔の頼朝が現れた。

大姫への、夜を徹した物の怪調伏の祈禱に付き添っていたせいだろう。

千手前も察したのか、これまで頼盛のために華やかな曲を琴で弾いていたが、静かな曲に変える。

「頼朝殿が、ここへ来たということは、大姫は快方に向かったのか」

頼盛は、彼に畳に座るよう勧めながら訊ねる。頼朝は力なく頭を横に振った。

「いいえ。私がいると、かえって大姫の体に障ると妻に怒られ、退散してきたのです。昨夜も、妻と寝所で義高を誅殺したことを巡って口論していた時、大姫が小御所から抜け出し、咎めに現れたことが、たいそう妻には堪えたようでしてね……。まあ、私の話はここまでにして、昨日は池殿歓迎の宴を中座してしまいましたから、改めて御挨拶に伺った次第です」

頼朝は畳に腰を下ろすと、肩を落とした。

「ここだけの話ですが、僧侶達の祈禱の効果が思わしくないのです。これでは、義高の怨霊の祟りにせよ、物の怪の仕業にせよ、大姫を救う術がありません」

義高を誅殺しようとした時点で、大姫にどれほど大きな心の痛手を与えるか考慮しなかったのに、大姫が乱心すれば救う術がないと嘆く。

そんな頼朝の浅慮に、頼盛は片眉を上げた。

「男親が、不甲斐無い。こういう時こそ、弱気は禁物だ。さもなくば、誰が大姫を救えると言うのだ」

頼朝が、胸を衝かれたように頼盛を見上げる。

「よいか、頼朝殿。泣き言を漏らす前に、大姫のために考えることがあるだろう。例えば、元凶が怨霊や物の怪の仕業ではないとも考えられるであろうが」

頼盛の言葉に、頼朝は顔を困惑に歪めた。

「元凶が、怨霊や物の怪の仕業ではないとすると、どうすれば大姫は遠く離れた場所にいながらにして、私が義高の話をしているのを聞くことができるのでしょう」

頼朝は途方に暮れるばかりで、そもそもの元凶について、いっこうに考えようとしない。頼盛は、腹が立ってきた。

同時に、大姫を救うのは自分しかいないという確固たる意志が芽生える。

「そうだな。例えば、大姫は以前から小御所にとどまらず、しばしば御所中を歩き回っていた。だから、本当は小御所から義高の話を聞きつけたのではなく、たまたま通りすがりに、聞き咎めただけではないか。その回数が重なったので、また小御所から聞きつけてやって来たと、頼朝殿が誤解してしまったというわけだ」

昨日は、あまりにも憔悴しきった大姫に愕然(がくぜん)とし、頼朝の説明で納得してしまったが、冷静になった今考えると、これが妥当な真相のように思えた。

すると、頼朝は力なく首を振った。

「それは有り得ません、池殿。なぜなら、大姫は、義高の死を知った直後に飲食を絶ったせいで、小御所で寝たきりで過ごしているのです。そのため、以前のように、歩き回ることができなくなりました。ですから、池殿の説は成り立ちません」

頼盛は、自分の考えがはずれたことより、想像していた以上にひどい大姫の衰弱ぶりに衝撃を受けた。千手前が弾く琵琶の乾いた音が耳を打つ。

「昨日見た時、かわいそうなくらい痩せてしまったと思ったが、そこまで体が悪いのか」

「はい。何しろ、今では大姫が起き上がって小御所を抜け出すのは、私が義高の話をした時に限るのです」

「何てことだ……。ならば、早く元凶を突き止め、大姫が一日でも早く養生に専念できるようにせねば」

頼盛にはこれ以上、大姫が疲弊していく姿など耐えられなかった。

「私の娘のために、ここまで御心を砕いて下さるとは、さすが池殿。亡き池禅尼様のたった一人の血を分けた御子息です。慈悲深いところがとてもよく似ていらっしゃる」

頼朝は顔こそ明るいが、目許には一滴の光る物があった。

「なに、某はただ、大姫に娘や孫娘と離れて暮らす日々の孤独を慰めてもらった恩返しをしたいまでだ」

生き延びるため、恩を売りつけたり、歓心を買おうとしたりしてあがいてきた自分が、恩返しをしようとは、奇妙な巡り合わせだ。しかし、悪い気分ではなかった。

「では、通りかかって話を聞きつけたのではないとすると、どのような方法で大姫は私の話を察知できたのでしょう」

頼朝の問いに、頼盛は持っていた扇を弄びつつ、思案する。

「確か、義高が鎌倉から脱出したのは、事前に頼朝殿と家人達の誅殺の相談を、大姫の女房達が大姫に知らせ、さらに彼女が義高に伝えたからだったな。ならば、このたびのことも、女房達が忠義面で、小御所にいる大姫にその話を密かに知らせに行った結果、起きたことかもしれぬ」

頼盛が扇を持ち直すと、頼朝はまたも力なく首を振る。

「それは、私も最初に考えました。しかし、義高の脱走が発覚した直後、私は今までの大姫付きの女房達をすべて鎌倉から追放し、信頼できる新たな女房達を付けました。加えて、義高の時のように大姫へ知らせに走る者が来ないよう注意して見張れと、彼女達に命じておきました。ですから、今の大姫には、私の動向を探って知らせに走る不届き者の女房達はおりません」

「にも拘わらず、頼朝殿が義高の話をすると、大姫は小御所から咎めに現れる、か」

頼盛は、うわべこそ平然と相槌を打ったものの、内心は穏やかではなかった。

最愛の夫を父親に殺害されたばかりか、幼い頃から馴れ親しんできた女房達を追放されたとは。

大姫にふりかかった悲劇は、知れば知るほど底知れない。

家の子郎党を守るために、私心を捨て、非情に徹しなければならない時があるのは、頼盛もよく知っている——不意に、長年仕えていた家人の弥平兵衛(やへいびょうえ)の面影が胸をかすめた。

しかし、頼朝の大姫への態度に、頼盛は同じ娘を持つ父親として共感できなかった。

頼盛も、平家の現棟梁にして甥の宗盛との関係が悪化した際、和解の証(あかし)に次女を彼の息子と政略結婚させた過去があるので、なおさらだった。

いや、今は頼朝に腹を立てるより、大姫乱心の元凶を突き止めることが優先だ。

頼盛は、気を取り直して考える。

「女房達が告げ口してないならば、御所で働く者達の中の誰かが、大姫のいる小御所に向かって合図を送っているとは考えられぬか。例えば、頼朝殿が義高の話をすると、内通者が小御所が見える位置まで移動し、大姫へ袖(そで)を振り、合図を送ったという次第だ」

「それも有り得ません、池殿。なぜなら、私と妻が寝所で義高の話をしていた時は、夜でした。

暗闇に閉ざされた中、いくら小御所へ合図を送ろうと大姫には見えません。もし、見えるよう、灯りで合図を送っていたとすれば、誰かが怪しんで気がつきます」

頼盛は持っていた扇を広げず、額に押し当て、考えこむ。

途端に、頼朝が喉に貼りつくような小さな悲鳴を上げた。

頼盛が振り返ると、思った通り大姫が佇んでいた。

「父様。また義高様の話、していたでしょ」

大姫は今にも倒れそうな体でありながら、頼朝を力強く睨みつける。

琵琶の音がやむ。千手前が昨日と同様、大姫の許へ駆け寄ると、手際よく抱き上げた。

「大姫様、もうすぐ義高様の四十九日です。ちゃんとお休みにならないと、法要に参加できなくなりますわ」

千手前は優しくなだめながら、昨日と同様、大姫を抱いたまま小御所へと帰っていく。

後には、千手前の琴と琵琶が曹司に残された。

「……なるほどな」

「池殿、何かおわかりになられましたか」

頼朝は期待に満ちた眼差しで、身を乗り出す。

頼盛は、扇を広げ、軽く煽いだ。

「頼朝殿が懸念していた通り、大姫乱心の元凶は、義高の怨霊の祟りの見込みが高い」

「しかしながら、義高の怨霊の祟りと決めるのは早計だと、昨日池殿が……」

「昨日は、魂が完全にあの世へ旅立つ四十九日を、義高が迎えていないとは知らなかったからだ。だが、それを知った今、最も有り得るのは、義高の怨霊の祟りと見做すほかあるまい。そういうわけで、義高の怨霊を鎮めるためにも、まずは彼と仲がよかった拘禁中の近習の少年を釈放してはいかがかな。そうすれば、大姫の乱心は鎮まるであろう」

途惑う頼朝に、頼盛は率直に言った。

「しかし、あやつを釈放しては、武士達の見せしめになりません」

「何を言っておるのだ。近習一人釈放さえすれば、大姫の乱心が鎮まるのだぞ。怨霊鎮魂のために寺を建立することに比べれば、容易いものではないか」

頼朝は、しばし思案顔になってから居住まいを正した。

「池殿の仰る通りです。私も、大姫には一刻も早く快方に向かって欲しい。それでは、彼を釈放してまいりますので、これにて失礼いたします」

いかにも、半信半疑といった様子を包み隠すことなく、頼朝は席を立つ。

残された頼盛は、千手前の琴と琵琶に目をやった。

——大姫様、乱心から御快復——。

その知らせが鎌倉中に広がったのは、近習の少年が釈放されてからしばらくのことであった。

急

雲一つない晴天の下。薫風と潮の香が混じり合う由比浦は、船遊びに出た頼朝と頼盛を見送る鎌倉の民の声で溢れ返っていた。

今日の頼盛のいでたちは、赤地に金の蝶の刺繍がちりばめられた狩衣だった。

船は、いくつもの飾り立てられた小舟に先導され、波をかき分けていく。

紺碧の海上に、水晶や真珠のような波飛沫を立てながら、色とりどりに飾り立てられた何艘もの小舟が競い合うように走るさまは、非常に趣深い。

後方を見れば、頼朝の妻子の乗った船が見える。

その中には、大姫と近習の少年と思しき姿があった。

離れていてよく見えないが、大姫がしっかりと座っているのがわかり、頼盛は口許を緩めた。

それから、舳先へまわると、日差しに焼かれるのも、潮風になぶられるのもかまわず、小舟が競い合う様子を眺めた。

船尾からは水手（船の漕ぎ手）や梶取（船頭）の掛け声や、艪を漕ぐ音が聞こえてくる。

それらを耳にするうちに、頼盛は、大宰府に赴任した時や、厳島神社への二十度参拝に挑戦して見事達成した、若かりし頃の船旅を思い出した。

「池殿、昼には杜戸の岸（現在の神奈川県三浦半島の森戸海岸近辺）に着きます。そこで、家人達による小笠懸（騎馬から的を射る武芸の一種）を披露いたしますので、楽しみにしていて下さい。そうそう。せっかくですから、到着するまでは、屋形の中で一献いかがですか」

思い出に浸っているところだったので、頼盛は首を振った。

「せっかくだが、某はもう少し小舟を眺めていたい。あたかも、宋で端午の節句に行なわれるという競渡（ボートレース）のようで、興趣に富んでいるのでな」

しかし、頼朝は愛想のよい笑みを浮かべ、隣に立った。

「二人で気兼ねなく話ができる絶好の機会なのです。是非とも、御一緒に飲みましょう」

頼盛は、軽く溜息を吐く。先導の小舟に少々の未練を覚えながらも、船の屋形の中に入ると、酒と鮑が用意された畳に腰を下ろす。

「酌をする者がおりませんので、私が池殿にお酌ぎしましょう」

「これは恐れ入る」

頼盛は、悠然と杯を差し出し、頼朝の酌を受ける。

それから、酒を飲み干し、相手に酌ぐ。

しばし、二人の間には、波音と潮風しか聞こえなくなる。

先に沈黙を破ったのは、頼朝だった。

「池殿、おかげさまであの日以来、大姫は乱心から快復しました。言葉には言い尽くせないほど、感謝しております。しかし……」

「しかし……何だ」

頼盛は脇息に泰然と凭れながら、頼朝の出方を待つ――すでに、頼朝が言いたいことに見当がついていた。

「御自身の亡き父君の教えを引き合いに出されてまで、大姫乱心の元凶を義高の怨霊の祟りと断定することに慎重だった池殿が、どうして唐突にそのお考えを撤回されたのですか」

「それは、もちろん、義高の四十九日がまだだと聞いて――」

「――私と池殿の仲ではありませんか。隠し立ては無用ですよ」

頼朝は、容赦なく遮る。表情は笑みを浮かべているが、目は笑っていない。

今は亡き兄清盛や、朝廷の魑魅魍魎めいた貴族達が、肚の探り合いをする時に浮かべたのと同じ、空虚だが頑強な笑みだ。

頼盛は、脇息に凭れるのをやめると、頼朝と同じ笑みを浮かべた。

「頼朝殿は、某に訊かずとも、すでにわかっているのではないか」

「滅相もない。ただ、古歌に『人の親の心は闇にあらねども子を思う道にまどいぬるかな』とあるように、我が子のこととなると分別を失くしてしまうのが人の親というもの。まことの乱心の元凶を知っておかねば、気がすまないのです。お願いします、池殿。今回の元凶は何なのですか」

頼朝は、頼盛をまっすぐに見つめる。

頼盛は、胸元で扇を広げた。

「大姫は乱心などしていない。ただ、最愛の夫を奪われた意趣返しを頼朝殿にしていただけだ」

波音と潮風に紛れて、海鳥の鳴き声が近づき、そして遠ざかっていく。

鳴き声が途絶えたところで、頼朝はこちらへ身を乗り出した。

「……どういう意味ですか」

頼盛は、軽く二、三度扇を煽ぐ。

「言葉通りの意味だ。父親に最愛の夫を殺害された大姫は、頼朝殿を深く恨んだ。だが、幼さに加え、根は人懐こく無邪気な娘ゆえ、頼朝殿を傷つけるといった、手荒な真似(まね)はできなかった。代わりに、怖がらせる形で意趣返しすることを思いついたのだ」

「そんな……どうして私がそこまで恨まれなければ……いいえ。その前に、どうやって大姫は小御所にいながら、遠くにいる私の話の内容を知ることができたのですか」

頼朝は、顔色を失いながら訊ねる。

「頼朝殿のそばに、大姫に忠実な内通者がいて、頼朝殿が義高の名を口にするや否や、即座に小御所へ合図を送っていたからだ」

「しかし、前にも申し上げましたが、合図を送る者がいれば、すぐに誰かしら気づくはず。まして、私のそばにいたのであれば、なおさらです。けれども、該当する者は今に至るまで一人も見つかっておりません」

頼盛は、扇を口許に上げ、揶揄(やゆ)を込めて目を細めた。

「その者は、御所の宴の席であれ、頼朝殿と御台所が二人きりの時であれ、そばにいても数にも入らない。その者は、小御所を含む御所中に聞こえるほど大きな音が出る物を扱いながらも、誰からも怪しまれない。ここまで言えば、わかるであろう」

頼朝の目許に、微かに皺が寄った。

「内通者は、千手前ですね」

頼盛は、扇を懐にしまった。

「御名答。千手前は御所に仕える官女であると同時に、御台所に仕える女房でもある。だから、宴や頼朝殿夫婦の寝所等、頼朝殿の公私を通じて無聊を慰めるために楽器を奏でていても、誰も怪しまない。恐らく大姫は、御台所を通じて千手前を知り、楽器を利用した合図を思いついたのだ。千手前は、大姫の境遇に同情し、内通者になることを引き受けたのであろうよ」

「楽器を利用すると仰いますが、義高の話をするたびに、千手前が同じ曲を演奏して、小御所にいる大姫に合図を送れば、いくら何でも回数を重ねるうちに私も気がつきますよ」

頼朝は、訝しげな目つきをする。頼盛は、軽く息を吐いてから答えた。

「思い出してみよ、頼朝殿。某が鎌倉に来た日、千手前は琴から琵琶に切り替えて演奏していた。その直後、大姫が義高の話を咎めに現れた。次に、某が滞在している曹司へ千手前が訪れた時も、琴から琵琶に切り替えて演奏し、またしても大姫が現れた。つまり、どんな曲を演奏していようが、琴から琵琶に替える行為が合図だったのだ。この合図ならば、まだ幼く、曲についてあまり知識がない大姫でも、琴と琵琶の音色を聞き分ければよいだけだ。仮に千手前が楽器を替えて演奏しても、頼朝殿や客人である某もそうだったように、遊女だから、興を添えるために様々な楽器を演奏していると思う程度で、誰も怪しまぬ」

「何と……信じられないほど単純な手に、私は引っかかっていたのか……」

　狐につままれたような顔の頼朝に、頼盛は淡々と語った。

「しかも、このような合図の送り方にすれば、義高誅殺の相談を知らせた女房達のように、千手前が追放される危険は少ない。さらには、彼女の演奏にもてなされた客人も不快な思いはしない。ただ一人、大姫に咎められた頼朝殿だけが、恐怖の底に叩き落とされる。まことに単純ながらも巧妙な意趣返しよ」

　頼朝は俯き、片手で両目を覆った。

「我が娘から、どうしてここまで深く恨まれなければならないのだ。義高が逃げさえしなければ、私とて討ち取らせなどはしなかったのに……」

　頼盛は、酒の肴の鮑を箸で一つつまむと、彼の独り言に応じた。

「うむ。それは大姫が、義高誅殺が前々から念入りに企てられたことだと気づいたから、頼朝殿を深く恨んだのだ」

　頼朝は、ゆっくりと顔を上げた。

「池殿、それは、私が家人達と義高誅殺の相談をしていたことを指しているのですか。それなら、あんなもの、企てのうちにも入りません。いったい、何をきっかけにそのような馬鹿げたお考えをお持ちになられたのですか」

　頼朝は、乾いた笑い声を上げながら、杯に手をのばす。しかし、その手は小刻みに震えている。

怯えによる震えではない、怒りをこらえている震えだ。

だが、杯を胸元まで持ち上げた時には、頼朝の震えは止まっていた。

「きっかけと言うほどではないが、大姫乱心の元凶を考えていた時、千手前が大姫にもうすぐ義高の四十九日だと言い聞かせているのを耳にしてな。その瞬間、某はある妙な感じを覚えたのだ。それは、日にちだ」

「日にちのどこに妙な感じを覚えれば、私が義高誅殺を企てたことになるのですか、池殿」

頼朝は、目許に細かな皺を寄せたまま、訊ねる。

「先日の二十一日の明け方、前夜のうちに大姫から、頼朝殿が家人達と誅殺の相談をしているとの知らせを受けて義高は逃亡した。そなたは、そう言ったな。だが、考えているうちに気づいたのだ。言わずもがなだが、今は、義高の死から四十九日も迎えていない、五月晴れや青嵐、新樹光や薫風、さらに時鳥の鳴き声を楽しめる夏。すなわち、五月だ。すると、頼朝殿が義高誅殺を家人達に相談していた、先日二十一日の前夜とはつまり、四月二十日の夜ということになる。何と、重衡を慰撫する宴を催したのと同じ日の夜ではないか」

頼盛は、手酌で酒をあおり、唇を湿らせた。

「面白いもので、一つ妙な感じを覚えると、他にも妙な感じを覚えてな。次に妙な感じを覚えたのは、天気だ。頼朝殿は、某が今日の船遊びをする日に雨が降らぬことを祈ると言った時、古老から次の日の天気を知る方法を教わったので大丈夫だと請け合った。つまり、予報が外れる恐れもあったが、頼朝殿は、四月二十日が雨になると、前日から知り得る立場にあった。雨の日は、誰もが外出を控えるため、どうしても人目が少なくなり、逃亡や襲撃など、ことを起こしやすくなるのは、戦をする武士にとって常識だ。まして、かつて石橋山の合戦で嵐の中夜襲をかけられて敗北の憂き目に遭った頼朝殿なら、いかに雨夜が危険か、骨身に沁みてわかっているはずだ。だが、よりにもよってその雨夜に、御所の一角に暮らしている義高に知られる危険を冒してまで、御所の中で家人達と誅殺の相談をした」

頼盛は、音も立てずに杯を置く。

「まことに、おかしな話だ。さらに妙なのは、頼朝殿は、義高誅殺の相談と並行して、重衡慰撫の宴を催すように命じ、警備と監視に隙を生じさせたことだ。これは、非常に矛盾した振舞いだ。だが、宴が義高の逃亡を誘うための罠と考えれば、この矛盾は無くなる」

杯を持つ頼朝の手が、また小刻みに震え始めるのを、頼盛は見逃さなかった。

「まず、頼朝殿は雨が降ると知り、あえて大姫の女房達に話を聞かれるのを承知で、四月二十日の夜に義高誅殺の相談を家人達に持ちかける。もちろん、女房を通じてこの相談を知った大姫が、愛する義高に逃げるよう勧めるのを見越してのことだ。それから、宴を催すよう千手前に命じる。前に頼朝殿が言ったように、平家の人間は、鎌倉中の注目を集める。そんな者を慰める宴ともなれば、自ずと御所の護衛番達の関心は重衡の宴に集まろうものだ。重衡は、さぞや格好の囮であったろうよ。こうして護衛番達に隙を生じさせれば、後は、簡単。頼朝殿は簀子に立ち、重衡の歌声と琵琶の音に聞き惚れているふりをして、夜を徹して義高の動向を監視しているだけでよい。義高が逃亡するところを、偶然を装って見つけ次第、『逃げようとしたのは叛意が有るからなので即討ち取れ』と、何も知らない護衛番達に命じられるようにな」

雨夜の中、頼朝が簀子に佇み、重衡と千手前の美しい歌声など耳に入らないほど必死に――傍から見れば、心ここにあらずといった風情で――、逃亡を図る義高の姿が御所や庭にないか探っている光景が、頼盛の目にありありと浮かんだ。

「ところが、予期せぬことが起きた。義高の近習の少年が、主人の逃亡の発覚を遅らせるために身代わりとなって御所に残ったのだ。そのため、義高がその宴の日、四月二十日の夜には逃亡しなかったと頼朝殿は誤認させられてしまった。恐らく頼朝殿は、また別の機会に義高が逃亡するように仕向けて討ち取ればよいと考え直しただけで、深く気にも留めなかったに違いない」

　宴という、成功するまで何度仕掛けても周囲に怪しまれない罠を用意するとは、したたかなものだ。頼盛は内心呟いてから、また語を継いだ。

「しかし、翌日の二十一日の夜。本当は義高が、頼朝殿の狙い通り、二十日の夜に支度をして明け方に逃亡していたことが判明。逃亡したら即座に誅殺し、確実に義高の息の根を止める算段が狂ってしまった。裏をかいたつもりが、まんまと義高に裏をかかれたのだ。この番狂わせに、頼朝殿は、さぞや焦ったことだろう。共謀した少年を斬り捨てずに拘禁しただけにとどめたとは、たいした辛抱強さだ。それとも、少年が義高の身代わりを務めたおかげで、宴の日と義高の逃亡が発覚した日が重ならず、かえって頼朝殿の企てが人々に気づかれずにすんだから、その褒美として罪一等を減じて拘禁にとどめたのか」

「何もかも勘繰りすぎですよ、池殿。私はただ、雨が降ろうと降るまいと、義高はまだほんの子どもだから逃げやしないと、見くびっていただけです。そして、虜囚でありながらも気高い重衡殿に敬意を払うべく、宴を催すことを優先したのです。だから、義高誅殺の相談と重衡殿の宴が重なったのは、偶然の産物。すべては池殿の誤解です」

頼朝は、手を小刻みに震わせながらも、杯を顎の下まで持ち上げる。

「誤解か。はたして、そうだろうか」

頼盛は、頼朝を焦らすために、わざと素知らぬ顔で鮑をつまむ。

「鎌倉の鮑は、粗塩や濁り酒を付けずとも美味でよい。つい箸が進む」

「ありがとうございます。それより、そうだろうかとは、どういう意味です」

頼朝は笑顔ではあったが、目許の細かな皺の数は増えていた。

頼盛は、酒で鮑を腹の中へ押し流した。

「『頼朝殿は、義高を見くびらず、誅殺を企てていた』という意味だ。そうであろう。先月の四月六日に朝廷から没収されていた某の所領をすべて取り戻してくれた時、頼朝殿は伊賀国六ヶ山と交換するという形で、態よく信濃国諏訪社の所領だけを某には返さなかった。信濃国と言えば、義高の故郷の木曾がある国だ。頼朝殿は、運よく鎌倉から逃亡した義高がそこへ逃げこまぬようにしたかったから、押さえておいたのであろう。このように、四月二十日の誅殺の相談より遡ること十数日も前に、すでに逃亡先を押さえていた頼朝殿が、義高を見くびっていたとは到底思えぬ。ましてや、誅殺しようかしまいか迷っていたというのも、甚だ怪しいものだ。偶然の産物と言われても、戯言にしか聞こえぬよ」

杯に残っていた酒を飲み干してから、頼盛は続けた。

「そなたは、助命嘆願によって生き永らえた己の過去から、娘婿には死罪を免れる道があるのを誰よりも知っていながら、仇討ちを恐れ、自らの保身のために、娘婿を殺害した小心者。幼い娘の心を蹂躙した無慈悲な父親。こうした世間や身内からの謗りを避けるため、表向きは虜囚となった重衡を慰撫する宴を催す。そうして、武士の情けを知る高潔なる武家の棟梁という体面を守り抜き、義高誅殺の企てを成功させるとは、並大抵の手腕ではない。たいした芸当だ」

頼盛は微笑を浮かべながら、脇息に凭れて相手へ身を乗り出した。

「頼朝殿、その杯は空だ。酒が飲みたいのであれば、某が酌いでやろう」

凭れているのとは反対の手で、頼盛は頼朝の杯へ酒を酌ぎ始めた。

「義高誅殺のお手並み、実に見事であった」

頼盛は、ねぎらいの言葉をかけながら、酒で満たしていく。

頼朝の杯を持つ手の震えは止まっていた。だが、目許の細かな皺の数はさらに増え、瞼が小刻みに痙攣していた。

「池殿にすべて見抜かれているようでは、まだまだですよ」

かろうじて笑みを保つ頼朝に、頷いて見せた。

「なに、謙遜するな。企てが成功したのは、頼朝殿の策略が巧妙だったからだ。これならば、権謀術数渦巻く朝廷の古狐どもを相手にしても、頼朝殿は渡り合えるだろうよ。ただ、欲を言うならば、頼朝殿は武家の棟梁という体面に囚われすぎだ」

頼朝の瞼の痙攣が、激しさを増していく。

「いついかなる時も、武家の棟梁であろうと体面を重んずる心がけは殊勝だ。否定はせぬ。しかし、せめて、娘と二人だけの時は、ただの父親に戻れ。恨まれるのを覚悟で、大姫に義高の命を奪って悪かったと詫びよ。さもなくば、大姫はいずれ本当に気鬱の病に陥るぞ」

言葉を切り、頼朝の様子を窺うと、彼の瞼の痙攣は、止まる気配がなかった。

「昨年、甥の宗盛との関係が悪化し、危うく池殿流平家を潰されそうになった時、某は次女に宗盛の嫡男を婿に迎えることで和解した。その後、都落ちの際、宗盛は嫡男も連れて離れたため、娘は夫と引き離された。わずか、半年にも満たぬ夫婦の縁であった。娘は、いまだに自分を家のために犠牲にした某を恨んでおるよ。そして、某が鎌倉から都へ帰り次第、恨みをぶつけようとしている。だが、そのおかげで、気鬱の病になる暇などなし。先日都から届いた文には、毎日息災に暮らしておると、書いてあった」

頼盛は、脇息に凭れる姿勢を直した。

「某は金輪際、我が娘に釈明する気はない。娘を犠牲にしたことは揺るがぬ事実であるし、あの時はそれ以外の道はなかった。父の威厳といった体面を守るために釈明したとて、娘は救われないのだ。それよりは、恨みを受け止める形で娘に詫びる。娘の幸いもまた、家の繁栄に欠かせないのでな。子や孫の幸いに繋がらぬ繁栄など、たとえどんなに目映く見えようと、安らぎも喜びもない。所詮まやかしの繁栄だ。だから、頼朝殿。そこまでして、体面に囚われ、自分をよく見せようとしなくとも――貴方には、私の心がわかりますまい」

頼朝は、勢いよく杯の酒を飲み干すと、瞼を痙攣させたまま、睨みつけてきた。

「二十年にもわたる長き歳月、朝敵の息子として、流人となり、寄る辺ない身の上で生きてきた私にとって、その体面がどれだけ大事なものか」

乾いた笑い声を上げてから、頼朝は顔を近づけた。先刻までの貼りついた笑みは剝がれ落ち、剝き出しの憤怒があった。

頼盛は、微動だにせず、頼朝を見据えた。

「よろしいですか。朝廷の搾取に抗いたい東国武士達の期待に応えているがゆえに、流人上がりの私でも武家の棟梁になれたのです。そのような境遇の身として、体面は何よりも屈強な鎧なのです。それどころか、この鎌倉の安寧を支える柱ですらあるのです」

頼朝は口許に、自嘲めいた笑みを浮かべた。

「大姫の乱心は偽りで、夫を奪った私への意趣返しだった。この真相が鎌倉中の知ることとなれば、幼い娘を苦しめた非道な父親として、私は東国武士達から信望を失い、武家の棟梁の座から引きずり下ろされてしまう。そうなるのを見越し、義高の四十九日が近いことにかこつけ、すべては義高の怨霊の祟りだと、とっさに嘘を仰せになられたのでしょう。……あの時すでに、すべての真相を見抜いておられたとは、端倪すべからざるお方だ」

この期に及んでも、頼朝は娘を案じるより、己の体面ばかり案じている。

救いようのない頼朝の愚かさに、頼盛は返事をする気も起きなかった。しいて救いを見出すなら、頼朝助命嘆願のために最も親身に奔走したあの弥平兵衛に、この者の本性を見せずにすんだことだ。頼盛は、昏い安堵を覚えた。

「私を蔑んでおられるのですか、池殿。しかし、栄耀栄華に包まれた平家一門の重鎮として、朝廷に昇殿を許され、摂関家の子弟よりも先に正二位の高位を授けられる栄光をつかまれていた貴方には、体面に囚われざるを得ない私の心など到底わかりますまい」

頼朝は血を吐くような声で告げてから、居住まいを正し、顔を離す。

このような憤怒は、かつて清盛という稀代の傑物が見せたものと比べれば、微風のようなものだ。

頼盛が軽く息を吐いてみせると、また頼朝は貼りついた笑みを浮かべた。

「ところで、池殿。先日、京の都から帰ってきた使者によると、だいぶあちらの治安が落ち着いて来たとか」

「ほう、それはよい知らせ。息子達共々、都に帰れる日はそう遠くなさそうだ」

頼盛は、相手の態度の急変などなかったように、素知らぬ態で応じる。

「しかし、池殿は、大姫乱心の真相を御存知なばかりか、いささか聞こし召しておられます。都は都でも、波の底の都にお帰りになられる日が近いやも知れません」

頼盛は、肩を竦めた。

「そうかもしれぬ。ただ、某は船旅に慣れているのでな。船で災禍に見舞われたとなれば、叔父の牧宗親が怪しむかもしれぬ。それに、彼の娘も、その夫であり頼朝殿の舅でもある北条時政も怪しむであろう。そうそう、某の長女の夫の甥は、頼朝殿の妹婿であった。某ともあながち知らぬ仲ではないので、きっと彼も怪しむであろうよ」

頼朝は沈黙した。

「後学に覚えておくがよい。蝶は、蜜を吸う花をあちらこちらに持っているものなのだ」

まるで悪鬼羅刹(あっきらせつ)を見たかのような顔の頼朝をなだめるため、頼盛はあえて悠然と構えた。

「安心せよ。花を枯らすまで蜜を吸う蝶などおらぬように、某も頼朝殿を窮地に陥らせる真似はせぬよ。今のは、頼朝殿が娘婿誅殺の企てのために、己の命の恩人たる某と、某の恩人たる大姫をも利用したことへの、ほんの意趣返し。これからも、源氏と池殿流平家、手と手を携えていこうではないか」

この言葉に、頼朝はぎこちないながらも笑みを作った。

頼盛は、目をそらすと、夏の日差しを浴びて青銀色に煌(きら)めく波の彼方(かなた)を眺める。

船に吹きこむ風の匂いが変わる——陸が近くなってきたのだ。

陸に上がってから、もう一仕事あるので、まだ気は抜くまい。

頼盛の頬を、潮風と波音がかすめていった。

小笠懸を終え、喧騒の去った杜戸の岸は、夕映えに包まれていた。

色褪せた青い夕空に、薄紅の雲がたなびいている。

小笠懸の後に開かれた宴を、酔い覚ましを口実に抜け出してきた頼盛は、浜辺を訪れていた。波打ち際には、砕かれた貝殻の欠片が、いくつも打ち寄せられている。その中で無傷のまま打ち寄せられた貝殻を拾う、大姫と近習の少年がいた。

「大姫、暗くなる前には帰るのだぞ。夜の海は危ないのでな」

「うん、熊手兜の小父様。でも、義高様の四十九日の法要にお供えする、きれいな貝殻を四十九個欲しいの。義高様、貝殻が好きだったから……」

久しぶりに大姫と言葉を交わしたものの、いじらしい返事に、頼盛は痛ましく感じた。

「息子が義高の友だった縁もある。よければ、某が後でいくつか貝殻を進呈しようか」

大姫は、顔をこわばらせた。

気を使ったつもりで、かえって彼女と義高の思い出に土足で踏みこみ、傷つけてしまったか。頼盛は、悔やんだ。

すると、それまで影のように大姫に付き従っていた少年が立ち上がった。

「せっかくの申し出ですが、お断りします。貝殻は貝殻でも、義高様は、大姫様がお選び下さった貝殻だけしかお喜びになられません」

決然とした少年の物言いに、大姫から顔のこわばりが取れていく。

少年は面やつれし、暗鬱な目つきをしているが、確かな気概が感じられた。

彼なら、大姫の支えとなれるだろう。頼盛は、安堵した。

「そうであったか。これは失礼した。だが、くれぐれも暗くなる前には帰るのだぞ」

頼盛は、もう一度念を押してから、今度は、二人から少し離れた所で夕映えの海を眺める一つの影に歩み寄った。

「相模国の波音は、瀬戸内(せとうち)の波音とは異なるが、これはこれで趣深いものよ」

頼盛は、持っていた扇を開閉して音を立てると、相手の注意を惹いた。

「池前大納言様――」

千手前は、星空を凝縮したような美しい瞳をこちらに向ける。

そして、不意に微笑を浮かべた。

「――宴の席を設ける最中、佐殿がわたくしめの許へ来られて、『大姫のために苦労をかけた』と仰せになられましたの。……船の中で、池前大納言様が大姫様御乱心の真相を解き明かしたからとのことでした」

千手前は、一瞬の躊躇(ためら)いのち、頼盛に訊ねた。

「どうして、本当のことを佐殿に仰らなかったのですか」

頼盛は、彼女の隣に立つ。

「大姫乱心騒ぎの黒幕が、おまえであるということをか」

千手前は頷く。

頼朝は、娘に対する負い目もやはり少しはあってか、このたびの大姫の偽乱心において、大姫が主で千手前が従であるとの頼盛の説明に、何ら疑問を抱いた様子は見られなかった。

だが、どう考えても、飲食を絶つほどの悲憤と絶望を味わった幼い少女が、すぐに父親への意趣返しを思いつき、実行するほどの気力があるとは到底思えない。

誰か、大姫に入れ知恵した者がいたと考えるのが、妥当だ。

それは、大姫の「内通者」である、千手前しか考えられない。

密かに主人へ牙を剝いていた美しき叛逆者を、頼盛は一瞥する。

「理由は、三つある。一つは、おまえが大姫を利用したとは言え、いつも大姫が必要以上に無理をしないよう、すぐに抱き上げて休ませ、いたわっていたからだ。二つ目は、真実を伝えることで、義高脱走後に大姫の馴れ親しんだ女房達が追放されたように、またも大姫から親しい者を取り上げないようにするためだ。某は、これ以上、大姫が心に痛手を受ける姿を見たくはない」

「わたくしめも、同感でございます。ところで、三つあると仰いましたが、最後の理由は何ですの」

千手前は、頼盛と目を合わせずに問う。

「三つ目はおまえが何故、命を懸けてまで頼朝殿を苦しめたのか、その理由を知りたいからだ。そういうわけで、千手前よ。真相にたどり着いた褒美に、某に真意を教えてくれぬか。己の主人に楯突く行為が死を招くことは、おまえも知っておろう」

「はい、存じ上げておりますわ。しかしながら、わたくしめは、死を恐れてはいません」

静かだが、千手前はよく通る声で答えた。

「そうであろうな。今のおまえの凛とした面構えでよくわかる。だが、命を懸けてまで頼朝殿を苦しめる必要はあったのか」

頼盛は、打ち寄せる波を避けながら訊ねた。

千手前も、可憐な所作で波を避けると、顔にかかった鬢の毛を直した。

「ありましたわ。だって、佐殿は、わたくしめの……遊女の誇りを傷つけたのですもの。誇りを取り戻すべく、命を懸けて意趣返しするのは当然ですわ」

千手前は静かに答えるが、頼盛が感じたのは武人のような気迫だった。

「わたくしめは、かつて大姫様と義高様の御婚礼の席で、祝いの歌舞音曲を披露しましたの。大姫様は、貴方様が御存知のように、とても人懐こく無邪気で愛らしいお方ですし、一方の義高様は御自身の人質という立場を承知しながらも、気丈に振る舞う健気なお方でした。本当にお二人ともおかわいらしいご夫婦でしたのよ。双方の家の都合で政略結婚をさせられたというのに、仲睦まじく生きようとするお二人が、末永くお幸せに暮らせるよう、祈りをこめて唄いましたわ。その後もずっと、小さなご夫婦を見守り続けておりました。お二人とも、わたくしにとても懐いて下さいましたの」

過去を愛おしむように、千手前は虚空に向かって微笑する。

「わたくしめが寿いだご夫婦が、幸せにお暮らしになられていることは、わたくしめにとっても幸せであり、誇りでもありました。それなのに……」

千手前の美しい瞳に、不意に影が差す。

「おまえも、某と同様に、重衡慰撫の宴と義高誅殺の相談が同じ日に行なわれていたことへ妙な感じを覚えたのだな」

頼盛は、言葉を補う。千手前は、小さく頷いた。

「はい。初めは気づきませんでした。けれども、拘禁されていた近習の少年の見舞いへ密かに行った時です。彼と話しているうちに、だんだんと妙な感じを覚えました。そして、よくよく考え、気づいたのです。あの四月二十日に、わたくしめが宴をするよう佐殿から命じられたのも、相談が大姫様の耳に届いたのも、すべては仕掛けられた罠だったと……」

千手前の声が、微かに震える。

「あの宴で披露したわたくしめの歌舞音曲が、義高様誅殺に利用された。仏の教えを説いた歌を唄い、神仏の化身という一面を持つ遊女の歌舞音曲は、人を救うためにあります。それを、佐殿は、よりにもよって、人を殺すために利用なさったのです。遊女の誇りを踏み躙った以外の何ものでもありません。しかも、わたくしめがとこしえの幸いを願ったご夫婦の仲を、他ならぬわたくしめに引き裂く手伝いをさせたのです。その結果、義高様は命を落とされた。自分で自分が許せませんでした――」

千手前は、言葉を詰まらせる。

頼盛は、彼女の横顔に目をやった。

「――だから、義高への弔いとして、拘禁されている義高の近習の少年を釈放させることで、己の誇りを取り戻そうとしたのだな。人を救う遊女の歌舞音曲を使って。あの意趣返しをやめたのは、その目的を果たしたからか」

ようやく合点の行った頼盛に、千手前は微笑んだ。

「ええ、そうですわ。あの少年も、大姫様と義高様を心から慕っておりましたの。そして、まだ年端もいかないというのに、決死の覚悟で義高様の身代わりを買って出て、お二人の行く末をお守りしようとしたのです。そんな一途な志を持つあの子まで死ぬようなことになれば、ますます自分を許せません。それに、あの子が解放されれば、義高様の思い出を語り合える唯一の話し相手となりますし、佐殿が義高様誅殺の非を認めたことにもなりますから、大姫様の御心痛を少しでも和らげることができますもの。……それにしましても、こんなことまでお見通しでしたの」

千手前は、驚嘆の滲む目を向ける。

頼盛は手にしていた扇を広げ、口許を隠した。

「心に大きな痛手を受けた大姫を少しでも救うために、何をすれば一番よいかと考えたら、義高との思い出のよすがになる者を生かしておくほかないと思ったのでな」

だからこそ、頼盛は真相を悟った時、頼朝へ近習の少年の釈放を進言したのだ。

「池前大納言様は、何でも見抜かれてしまわれるのですね。恐ろしいお方。貴方様なら、佐殿よりも、巧妙に御自身の敵を退けられることでしょうね」

「そう見えるか」

頼盛の脳裏に、今は亡き兄清盛の面影がよぎった。

「ところで、千手前よ。これからも、頼朝殿への意趣返しを続けるか。そのつもりならば、やめよ。何しろ頼朝殿は、表向きの真相を告げただけでも、命の恩人である某すら脅して口止めしてくるような男。恩人でも何でもない官女であるおまえなど、ひとたまりもあるまい。真相を悟れば、きっと、ある日おまえが病で頓死したという形等で口封じをしてくるであろうよ」

千手前は、再び海を見つめた。

「……わたくし、重衡様のお世話を終えましたら、出家して義高様のお弔いをしようと思います」

重衡の世話を終えるということは、今はまだ保留中である重衡の処刑が執行されることを意味する。

千手前も、それを承知しているのか、こう続けた。

「もし、誰かに出家を止められましたら、重衡様を弔うためと答えますの。あのお方とわたくしめの間に、色めいた噂が囁かれていますから、きっと世間は納得しますわ。でも、おかしいですこと。あのお方が心から愛しておられるのは、都にいる奥方と恋人だけなのに。そして、あのお方を弔えるのは、その方々だけなのに。わたくしごときが重衡様を弔おうなどと、恐れ多いことですのに、世間はきっと疑いもしないでしょうね」

千手前は、寂しげな顔をする。

その表情から、言葉とは裏腹に、重衡への思い入れは決して浅くはないことを頼盛は感じ取った。

「そうして、重衡様を弔う名目で、義高様の故郷である信濃国の善光寺に行き、そこで出家するつもりです」

「では、頼朝殿への意趣返しを断念するのだな。それはよい。今の大姫には、おまえのように賢く親身な味方が必要だ。軽々しく命を捨てる真似をやめてくれて何よりだ」

千手前は一転、厳しい顔に変わる。

「いいえ。頼朝殿が、わたくしめにした仕打ち、そうたやすく忘れられるものではありません」

「しかし、弔いをしようと――」

「――弔いとは、死者を偲び続けて泣き暮らすことではございません」

彼女の口調は、いつになく強い。瞳が、燐火のように燃えていた。

「弔いとは、今を生きる者へ、死者の存在を突きつけ、その者に自らの生き様を考えさせるものです。少なくとも、わたくしめはそう解釈しております。だから、わたくしめは、善光寺で出家して、義高様を弔い続けることで、頼朝殿に意趣返しをして差し上げますの。貴方様が誅殺されたお方は、物の数にも入らない者からも弔われるほど、値打ちのあるお方だったのですよ。けれども、貴方様は、弔われる値打ちのある生き様をされているでしょうか、とね。このような意趣返しでしたら、大姫様を傷つけることにはなりませんわよね、池前大納言様」

頼盛は、舌を巻くしかなかった。

「やれやれ、そう来たか。見事な意趣返しを考えたものだな、千手前よ」

大姫が、さらなる心痛に襲われる危険はないとわかり、頼盛は胸を撫で下ろす。

「お褒めに与り光栄でございます。佐殿には、力あるお立場になられても、踏み躙れないものがあるのだと、思い知らせて差し上げますわ」

冷笑を浮かべたのち、千手前の瞳は再び元の星空を凝縮したような輝きに戻る。

そして、潮風になびく髪を押さえながら、おもむろに頼盛から顔を背けた。

その眼差しの先には、貝殻拾いを続ける、大姫と近習の少年の姿があった。

「……大姫様と義高様には、お幸せになっていただきたかった」

潮風に紛れるような、か細い声だった。

波が打ち寄せてきたが、千手前は避けずに足を濡らすにまかせている。

頼盛も、打ち寄せる波を避けず、哀惜に満ちた彼女の横顔を眺め続けた。

赤銅色の夕日が、黒紫の海へ溶けこむように沈む。

潮鳴りだけが、辺りに響く。

千手前の慟哭のように、頼盛には聞こえた。

六代（ろくだい）秘話

「北条四郎策に、「平家の子孫といはん人、尋ね出したらむ輩においては、所望こふによるべし」と披露せらる。京中の者共、案内は知（ッ）たり、勧賞蒙らんとて、尋ねもとむるぞうたてき」

――『平家物語　巻第十二　六代』――


文治元年（一一八五年）十一月二十五日。

同年三月の壇ノ浦の戦いにて、源氏が平家一門を滅ぼしたのち、燻ぶっていた源頼朝と義経の兄弟の対立が、ついに激化。

頼朝に反旗を翻した義経は、都から行方をくらませた。

頼朝は、義経に加担した、都の最高権力者である後白河院を含む朝廷の責任を追及するため、自らの名代（代理人）として、北条時政を上洛させた。

北条時政は、頼朝の舅で、四十七歳。金壺眼で、吊り上がった眉と頬骨高く角張った顔は、まさに鬼のごとき形相だ。それは同時に、都の民が思い浮かべる、東国の武士らしい顔でもあった。

そんな時政が、頼朝から与えられた任務は、三つ。

一つ目は、義経を捕らえるために、全国各地に守護と地頭を設置させる許可を得ること。

二つ目は、後白河院の独裁を制約するため、朝廷内部に政治介入すること。

これら二つは、後白河院を始め、都の貴族達の権威権力を脅かしうるもののため、朝廷を震撼させた。

一方、三つ目の任務は、都の民を震撼させた――。


冬深む鴨川から乳色の朝靄立ち上る、六条河原。

侍烏帽子を被り、白地に黒の三つ鱗の紋様の入った直垂姿の時政は、まだ二歳になるかならないかの幼い男児を見下ろした。

男児は、まどろんでいたが、色白で品のある顔立ちをしている。

男児に品が備わっていればいるほど、彼を連れて来た男の卑しい顔つきが際立つ。

「この子どもは、壇ノ浦の戦いに敗れた平宗盛様の隠し子でございます、北条様」

男は、白い息を吐きながら、時政へ媚びた笑みを浮かべ、手を揉む。

そこへ、時政らを取り囲む武士や野次馬達を、死に物狂いでかき分け、女が闖入する。

「その子は、平家の隠し子などではありません。しがない刀鍛冶だった今は亡き夫と、わたしめの大事な一粒種でございます。この男が、褒美目当てに、わたしめの子どもを攫っていって平家の隠し子と偽っているのです。どうか、どうか、子どもをお返し下さい」

女は髪の乱れも、草履が脱げても走り続けて血まみれになった足も頓着せず、時政の前にひれ伏した。

時政は、男児を連れて来た男を一瞥する。

男は、いっこうに狼狽える気配はなかった。

「ああ申しておりますのは、この男児の母親ではなく、乳母でございます。母親のふりをして世間の目をたばかり、北条様の平家の残党狩りを妨げているのです」

卑しく笑いながら、彼は不意に野次馬達の方を見た。

「そうであろう、皆の衆。この男児は、宗盛様のお子だ」

この呼びかけに応じ、野次馬達の間から、是認する声がいくつも上がる。

「この男児には、以前から宗盛様のお子だとの噂が都中にあったのです。彼らが、その証人でございます。よって、この男児は、紛れもなく、平家の血を引く子どもでございます」

卑しさの中に、小狡さも垣間見えたが、話の筋は通っている。

時政の心は決まった。

「その子どもを水に沈めよ」

時政の命令に従い、武士の一人が、まだ状況をよく理解できていない男児を抱えると、鴨川へ大股で向かう。

女が悲鳴を上げ、男児を助けに行こうとするも、他の武士達によって阻止される。

男児を抱えた武士は河原に立つと、浅瀬に男児をうつ伏せに押しつけた。

男児は、泣き声を上げることもなく、ひたすらもがき続けたが、やがて動かなくなる。

女は、男児が物言わぬ屍と化したと知るや、武士達を振り切り、そのまま鴨川へ身を躍らせた。

重い水音が聞こえたが、時政が川面を振り返ることはなかった。

「平家の血を引く男児も、平家に与する者も、これでどちらも一人減りましたね。それで、時政様。おふれにあった、褒美は望みのままに与えて下さるとの件でございますが、うちには年老いた母と、産後の肥立ちが悪い妻、それと乳飲み子と幼い子ども達が合わせて七人もおりますゆえ、向こう一年食うに困らぬ米をくだされば幸いでございます」

男は、卑しく手を揉みながら、唇の片方だけを吊り上げて笑う。

時政は、溜息を吐いた。

頼朝より与えられた三つ目の任務――それは、平家の残党狩りだった。

そこで、時政は、平家の血を引く男児を根絶やしにするため、見つけた者には望むままに褒美を取らせるとふれを出した。

平家一門は、色白の美男子揃いなので、その血を引く男児なら、顔立ちを見れば一目でわかり、容易く見つかる。

当初、時政はそうたかをくっていた。

だが、予期せぬ事態が起きた。

戦が終わったものの、いまだに飢饉や大地震の打撃が尾を引く都の民は、糊口を凌ぐため、本物かどうか定かではない、色白で美しい男児まで差し出してきたのだ。

困ったことに、差し出された男児達が、本物か否(いな)か、時政が判断するには、古来より伝わる人物の身元の証明方法に頼るしかない。

それは、本人が自分はそのような人物であると主張するか、周囲がその人物であると認めるかの二つだ。

先程の男児も、連れて来た男が平家の男児であると代わりに主張し、さらには周囲にいた野次馬達も同意したので、平家の男児と断定した。

しかし、この方法が、いささかおぼつかないことも、時政は承知していた。

古くは、反乱を起こして討伐された源義親(みなもとのよしちか)なる武士が、実は討ち取られていなかったと称し、二十年以上の長きにわたり、四人も出没した例がある。

うち一人は、義親の元妻二人と義親の顔を知る古くからの知人達と対面させ、義親本人だと認められた。だが、後日、義親を名乗る別の男と、互いに兵を率いて都の中で小競り合いを起こし、敗北すると自ら偽者だと白状した。

なお、勝利した方の義親は、のちに謎の軍団に襲われ、家来達と共に殺害された。

果たして、義親は討伐された後、巧妙に生き永らえていたのか。

あるいは、死んだのをよいことに偽者達が跋扈(ばっこ)していたのか。いまだに真相は闇の中だ。

ただ言えるのは、元妻や顔見知りさえ偽者の義親を本物と誤認したこと、義親だと主張すれば、真に受けて家来となった者達が少なからずいたことだ。

義親の逸話により、人物の身元を証明するのが困難なことは、ある程度予想していた時政だったが、ここまでとは正直思わなかった。

おかげで、連日のように今朝のような愁嘆場が繰り広げられる。

時政とて、まだ幼い子どもや孫がいるので、惨たらしいと思わないでもない。

だが、ここで平家の血を根絶やしにしておかねば、娘の政子と頼朝との間に生まれた孫に対し、成長した平家の血を引く男児が牙を剝き、孫を屠るかもしれない。

そうなっては、悔やんでも悔やみきれない。ならば、心を鬼にするしかない。

時政の物思いを覚ますように、武士達が新たな都の民を連れて来た。

上等な衣と立ち居振る舞いから、すぐに貴族に仕える女房だとわかった。

女房は他の者とは異なり、平家の男児と称する子どもを連れていなかった。

時政と目が合うなり、女房は臆することなくこう告げた。

「北条様。わたくし、六代君がどちらに隠れておられるか、存じております」

六代。

その名に、六条河原中の武士達がざわめく。

六代とは、今年十二歳になる、今は亡き平清盛直系の曾孫だ。

いまだに平家を慕う者達が、打倒源氏の旗頭として担ぎ出すには申し分のない血筋だ。

よって、六代だけは決して取り逃がしてはならない。

その六代の隠れ家が、ついに判明した。

時政の心は躍る。

「でかした。それで、どこだ？　六代君はどこにいる？」

「それは――」

女房の返答に、時政は驚愕せざるを得なかった。

序

文治元年。冬天穏やかな十二月一日。

池殿流平家の本宅八条室町邸は、都の八条三坊五町にある。

屋根に花壇をあしらった築地塀が、どこまでも続き、築地塀の内側にある広大な庭には、四季折々に花を咲かせる草木が植えられていた。庭の池の湧口には、宋から仕入れた陶器の大甕が据えられ、あたかも大甕からとめどなく池の水が噴き出しているような趣向が凝らされている。

今でこそ瀟洒な八条室町邸だが、二年前の平家一門都落ちに際し、他の一門の邸宅共々焼き払われ、無惨にも灰燼に帰していた。だが、昨年六月に池殿流平家の家長だった平頼盛が、亡命先の鎌倉から帰って来たのを機に一変した。

鎌倉の頼朝から莫大な財宝を餞別として与えられていた頼盛が、それを元手に八条室町邸の再建工事に取りかかったからだ。

餞別にしては、あまりにも高価な財宝の数々に、口さがない一部の貴族から、頼盛が頼朝の弱みでも握り、口封じとしてもらったのではないかと陰口を叩かれた。

だが、頼朝は恩義に篤い人柄だ。恩人である頼盛が、数年前に武士をやめ、貴族として生きると宣言しているのを知り、新しい門出を祝す意味で餞別を奮発したのだろう。そんな意見が勝ち、噂になることなく立ち消えていった。

工事が着手されてから、半年後。平家一門全盛期と変わらない、趣向を凝らした広壮で瀟洒な八条室町邸は再建された。

そのしばらくののち、八条室町邸は、後白河院の御幸（天皇・上皇の外出。この場合は訪問）の栄誉を受けた。

これにより、池殿流平家は、平家一門とは違い、後白河院から信頼を受けていると世間に知らしめる形となり、都における立場が完全に回復した。

その後、頼盛は今年の五月に出家。十三歳になる嫡男の光盛に家督を譲り、仏道三昧の楽隠居を決めこんだ。

「我念過去劫。為求大法故……」

庭の池に面して立てられた釣殿と呼ばれる建物にて、頼盛は写経した経文に写し間違いはないか、声に出して確認していた。

傍らの蝶の蒔絵が施された赤い漆塗りの火桶（火鉢の一種。木製）の炭火が消えかかっていたので、火箸で新たな炭を加えてから、再び確認を続ける。

頼盛は、五十二歳。

出家し、白髪交じりの頭を丸め、薄化粧をやめたので、ますます童顔に拍車がかかっていた。目をすがめ、写経を読み直すさまは、まるで修行を始めたばかりの若僧のようだ。

写し間違いがないのがわかり、安堵してから、頼盛は立ち上がる。玻璃（ガラス）の小さな管をいくつも繋ぎ合わせてできた玉簾を掲げ、釣殿の廂に出る。池の水面には冬の日差しが反射し、陶器の湧口から溢れ出る水が白銀に輝いていた。

その光景を横目に、早朝、霜の花咲く庭を一望してから写経に取りかかって以来、座り続けて強張った体を、冬日向でほぐしにかかる。

それから、中に引き返すと、金壺眼の猛々しい壮年の武士が鎮座していた。

頼盛は、目を軽く見開き、墨染の僧衣の袖を翻しつつ、自分の円座の上に腰を下ろす。

「これは、時政殿。久しぶりだ」

「昨年の鎌倉以来ですな。お久しゅうございます、池殿。このたび上洛したのに、なかなかご挨拶に伺えず、まことに失礼いたしました。せめてもの詫びに、心ばかりではありますが、池殿の家の者に、土産の名馬を預けておきました。御子息の分の名馬も用意してございますので、ここへ案内してくれた女房に、こちらへ御子息をお招きするよう頼みました。ですから、のちほどこちらにいらっしゃるでしょう。……ところで、写経のお邪魔でしたかな」

時政は、床に両手をついて恭しく挨拶してから、首をのばして頼盛の文机を見る。

「とんでもない。ちょうど休憩しようと思っていたところだ。おぬしが来てくれたおかげで、よい話し相手ができた。いやはや、年はとりたくはないものだ。昔は写経をしていても、目がかすむこともなければ、肩が凝ることも、手首が痛むこともなかった。なのに、今ではちょくちょく休まねば、体の節々が痛む」

「いつも若々しい池殿のお口から年の悩みを聞くのは、奇妙なものですな。そうだ。風の噂で聞いた話ですが、池殿がその昔、平家一門の方々と共に、御仏との結縁（仏との縁を結ぶことで死後の成仏を願う行為）を求め、厳島神社に奉納された経典は、金泥、銀泥、群青、緑青の絵の具を駆使して、筆を交換しながら丹精こめて四色の文字の経文を書かれたので、数ある経典の中でもひときわ美しかったとか。ですから、お年のせいなどではなく、単なる根のつめすぎではありませんかな。厳島神社への二十度参拝を達成されたことと言い、池殿の信仰心の深さには、並々ならぬものがありますからな」

神社へ写経した経典を奉納する行為は、一見すると奇妙に思われるかもしれない。

しかし、ここ百年ほど、仏も神も根源的な正体は同じとする考えが強まり、頼盛が信仰する厳島神社の厳島大明神は、神であると同時に、観世音菩薩であると考えられている。

よって、観世音菩薩でもある厳島大明神が祀られている厳島神社へ経典を奉納するのは、何ら奇妙な行為ではなく、筋道の通ったものだった。

「いいや。今はあれほど手の込んだ写経をしていないのに、体が悲鳴を上げる。もっと年相応にできる手軽な結縁をしようか、検討中だ」

「写経の他にも御仏との結縁ができるものがあるのですか。後学のためにお聞かせ下さい」

「よかろう。例えば、寺社へ絵馬を奉納して結縁をする方法がある」

「エマ……ですか。わしの所領の一つである、江間と同じ名前ですな」

「こちらは、絵の馬と書いて絵馬と読む。本来なら、神仏の乗り物として本物の馬を奉納して結縁するのがよいとされる。だが、馬は高価だし、奉納後も馬の餌代を献上し続けねばならぬから、出費がかさむ。そこで近年は、馬の似姿を描いた板絵を、絵馬と称し、本物の分身として奉納するのだ」

「ああ、馬形のことでしたか。それなら、存じ上げております。都では、馬形の呼び名も風流になりますな。わしの故郷の伊豆国では、旅の安全を祈願し、道祖神の祠に奉納しておりましたよ」

「そう。それと似たようなものだ。このように、御仏と結縁をするには、自らの、あるいは何かの分身を奉納する方法があるのだ。他にも、寺社へ奉納する曼荼羅（仏教の教えが図示されたもの）に、己の肉体の一部である血を混ぜて作るという方法もある」

「……けっこう、手荒いですな」

時政が猛々しい外見に似合わず、難色を示す。

「曼荼羅や写経と言った奉納品を、自らの分身として御仏へお納めして結縁をするのだ。そうした奉納品に己の肉体の一部をこめれば、さらに本物に近い分身となるので、より強く結縁できるという理屈だ。今は亡き清盛兄上は、自ら額を割って流した血で作っていた」

「御仏のおそばに、自らの分身を奉納することで、より強く結縁できるとの理屈はわかりましたが、いやはや、想像するだに過激な方法ですな」

時政は自分の額に手をのばし、微かに身震いする。

「過激ではあるが、膨大な経文を写経し続けるよりは、手軽だ。そこで某は、手軽に結縁をするべく、これまで話した方法を合わせ、絵馬に馬を描くのではなく、己の肉体の一部である――」

頼盛は、さらに説明しようと、時政へ手のひらを向けかけた。しかし時政が額に手をのばしたまま、辟易した顔をしているのに気づき、話題を変えることにした。

「――小難しい話はここまでにしよう、時政殿。大姫は、どうしている？　あれから、息災に過ごしているか」

大姫は頼朝の娘で、時政の孫にあたる。木曾義仲の息子義高を夫としていたが、義仲の敗北後、義高も頼朝に誅殺されたため、心に深い痛手を負い、健康を害していた。

孫と同じくらい思い入れのある娘なので、頼盛は鎌倉を去った今も気にかけていた。

「寝つく回数は減りましたが、やはり今までの明るさはありませんな。まだ十年も生きていないのに、人生の終焉を迎えたような顔をするようになり、不憫でなりませぬ」

時政は辟易した顔から、沈鬱な顔になる。

頼盛も、孫は目に入れても痛くないほどかわいいので、時政の心痛が肺腑に染みる。

そこで、頼盛はまた話題を変えることにした。

「ところで、我が不肖の従姉妹は、そつなくおぬしの妻としての務めを果たしているか」

妻の話題に変えたのは正解だったようで、たちまち時政の相好が崩れた。

「そつなくどころか、まさに完璧に果たしてくれています。妻は、若く美しいばかりか、気働きもあって、甲斐甲斐しく尽くしてくれて、わしは果報者です」

源平の合戦と世間に呼ばれるようになった、これまでの騒乱が始まる少し前の、まだ平家全盛期の平和な時分。

時政は、栄達を望み、平家一門の縁戚になろうと、頼盛の従姉妹という形で平家に連なる血筋の牧の方と結婚した。

おそらく、時政の本音としては、当時の最高実力者だった平清盛に連なる血筋の娘と結婚したかっただろう。

だが、頼盛に連なる血筋の娘を妻に選んで正解だったことは、伊豆国の小武士団の棟梁にすぎなかった時政が、朝廷と交渉できるようになった現状が証明している。

「それは、何よりだ。今は亡き我が母池禅尼を筆頭に、母方の一族の女は、夫を支えて家を繁栄させる手腕に優れている。牧の方も、その家の教えを継いでいるから、これからも頼みにするとよい」

「はい。このたびの朝廷での交渉が滞りなく進んだのも、すべて事前に妻が朝廷のしきたりについて、色々と教えてくれたおかげです」

時政は、これまで朝廷と交わした交渉について、話し始める。

すでに鎌倉にいる頼朝から、時政に三つの任務を負わせた旨をしたためた文を頼盛は受け取っていた。

だが、実際に任務のための交渉がどのように進行しているのか、当の時政から聞いておきたかったので、黙って耳を傾けた。

「義経殿を捕らえる名目で、さりげなく己の領分を広げるとは、頼朝殿はたいしたものよ」

話を聞き終えた頼盛は、守護地頭の設置の裏にある真の狙いが透けて見え、思わず含み笑いする。

これまでは、朝廷を通じてでなければできなかった兵粮を徴収する権限を、守護地頭の設置によって、頼朝の配下の武士達にも与えられることになる。

兵粮を税に置き換えれば、いかに重要な権限を朝廷は頼朝へ分与せざるを得なかったか、わかろうというものだ。

「はて、何のことやら。戦の名手である義経殿が、頼朝殿に反旗を翻したものですから、こちらとしても必死なだけです」

猛々しい風貌でしらを切ると、どこか無邪気で愛嬌のある表情になる。

これで、朝廷の古狐めいた貴族達を油断させ、頼朝に都合よく交渉を進めるのだろう。

ずいぶんと、老獪なものだ。

時政を内心評してから、頼盛は、相手が自分よりも五歳年下だったことを思い出す。

「しかし、複雑なものです。さきの戦で、出陣する戦が全戦全勝の義経殿の活躍を知るたびに、さほど年の違わぬ息子の義時にさしたる軍功がないことを歯痒く思ったものでした。だが、今は、義時が義経殿のような手に負えない反逆児ではなくてよかったと思えます。けれども、義時のよい所は、ただのそれだけです」

時政の口調に熱がこもり出す。

「よほどの手柄を立てない限り、息子は父親と同じ地位までしか出世できない当世、息子のために大手柄を立てて出世したいのが親心です。でも、義時では張り合いがありません」

大臣の家の息子は大臣に、大納言の家の息子は大納言にと、息子が父親以上に出世するのは、当世では困難になっている。

だからこそ、父忠盛を超え、太政大臣にまで昇りつめた清盛は稀有な存在であり、そのため世間から羨望と嫉妬の的となっていたのだ。

「まったく、討ち死にした嫡男の宗時とは違い、義時は誰に似たのか凡庸で覇気がない」

時政は、忸怩たる様子で息子の不出来を嘆き出す。

「その意見、某は賛成しかねる。義時殿は軍功がないことをいたずらに焦りもせぬし、頼朝殿の義弟だと空威張りもせず、他の武士達と広く親しく交流するなど、あの年齢の若者にはなかなかできないことだ。時政殿は、間違いなくよい息子を持っておる」

「お慰め下さり、まことに感謝の念に堪えません。それにしましても、うちの義時も、池殿の御子息達のように、色白で容貌も優れて気品があれば、大きな武士団から嫁を貰えて家の繁栄に繋がるのでしょうが、あの容姿では……」

自分の容姿を棚に上げ、時政は義時の容姿を謗る。

頼盛は、鎌倉に滞在していた時、義時と何度か会った覚えがある。時政が誇るほどひどい容姿ではなかったが、かと言って、記憶に残るほど際立った容姿でもなかった。だが、ここまで誇られる筋合いはない。

時政の話には、どうもひっかかりを覚える。

頼盛が訝しんだところで、時政の金壺眼に鋭い光が宿った。

「ところで、池殿。池殿が先年鎌倉へおいでになられた時、家人二人と、御子息全員をお連れになられておられましたな」

「うむ。男子は幼子であっても討ち取られる御時世だからな。一人残らず連れてまいった」

「池殿の御子息は、長男の保盛様。次男の為盛様。三男の仲盛様。四男の知重様。五男で僧侶の静遍様。六男の保業様。七男で嫡男の光盛様の七人がおわしますな。一人一人の御紹介こそありませんでしたが、どの御子息も顔立ちこそ異なれども、色白で優雅で品のある美貌の貴公子や僧侶だったことを鮮明に覚えております」

「息子達は母親が全員違うのでな。我が妻達は、顔立ちこそ異なれども、みな見目麗しく心映えのよい女ばかりだから、その生き写しで生まれてきた息子達は、恵まれておる。某なんぞ、母上の美貌は受け継がず、肌つやのよいところだけを受け継いだために、童顔になってしまった。おかげで、いい年なのに顔に威厳もなければ、貫禄もない。その点、時政殿は年相応の渋みがあって羨ましい」

頑なに息子の話題にこだわる時政に、頼盛はあからさまに警戒して、かえって事態を悪化させないよう、話題を変えてみる。

「美しき母君似なら、次男の右兵衛佐為盛様の美貌も頷けます。二年前、平家一門と木曾義仲殿の軍勢が激突した、あの倶利伽羅峠の戦いに出陣された為盛様は、連銭葦毛の馬に跨り、魚綾の直垂（波に魚の紋様のある直垂）と萌黄匂の鎧を纏う美々しい若武者姿ゆえ、敵である木曾軍からも、その勇猛果敢さと美貌をたたえられたほどですからな」

話題を変えても、時政は乗ってこない。頼盛は、時政の訪問の真意が読めた。

「倶利伽羅峠の戦いは、平相国の孫の平維盛様を総大将に、木曾軍を追討しに行ったものの、木曾殿の巧みな作戦にかかり、大敗を喫したのはよく知られています。しかしながら、この戦の明朝、総大将を落ち延びさせるために、奇襲をかけて討ち死にした、勇猛果敢な平家一門の武士がいたのがあまり知られてないのは、もったいない話ですな。それとも、池殿は御存知ですかな」

「さて、何のこ――」

「――父上、客人が私に会いたいとの伝言を女房からもらったのですが、いったいどのようなご用件でしょうか」

涼やかな声で、公達が釣殿に顔を出す。

紅顔の美少年といった風情で、紺地に銀糸の魚と波が刺繡された魚綾の狩衣を着ている。

頼盛は、つとめて愛想よく公達を迎えた。

「おお、為盛か。なに、時政殿が、おまえに東国土産の名馬を贈りたいとのことだ。こちらへ来なさい」

時政が、名馬を贈りたいと声をかけた息子は、やはり為盛だったか。

頼盛はそんなことを考えながら、手招きすると、余っている円座に為盛を座らせる。

眉目秀麗(びもくしゅうれい)とは、為盛のためにある言葉だ。

頼盛は、時政との話を一瞬忘れ、こうして為盛といられる幸せをかみしめる。

「時政殿、鎌倉以来ですね。このたびは、朝廷との交渉の大任を頼朝殿から仰せつかったとのことで、おめでとうございます」

「これはこれは、かたじけのうございます。実は、池殿へのお土産として名馬を連れてまいったのですが、為盛様にも名馬を献上いたしたく、お声かけしたのです。お噂によりますと、為盛様は乗馬の名手だそうですからな」

時政は、無邪気に笑って見せるが、その金壺眼は油断なく為盛を見ている。

「乗馬の名手が多数おられる東国武士の時政殿から、過分なお褒(ほ)めの言葉をいただき、気恥ずかしい。私はただ、幼き頃より父上から『我が長兄の一族を守れるよう、おまえは武芸に励め』としつけられ、一つ覚えのように乗馬の技を身に着けたにすぎません」

為盛は謙遜(けんそん)の中にも喜びを滲ませるだけで、何かを見極めるような時政の視線に気づく様子はなかった。

頼盛は、時政と為盛のやりとりを眺めて、思うところがあったものの、しいて素知(そし)らぬ顔をする。

「よかったな、為盛。せっかくだから、馬に乗っているところを、時政殿に披露せよ」

「はい、父上。では、来たばかりですが、これにていったん失礼いたします、時政殿」

為盛が庭の馬場（乗馬の稽古場）へ行き、馬を走らせるのを見ようと、頼盛は時政を連れて、釣殿と母屋を繋ぐ渡殿に移る。

渡殿からは、名馬を嬉々として乗りこなす為盛の姿がよく見えた。

「某ばかりか、為盛にまで名馬をくれるとは、すまんな。朝廷の交渉で難しいことがあれば、某に何なりと相談するがよい」

「大納言として政治の中枢におられた池殿に相談できるなら、とても心強い。それより、先程の倶利伽羅峠の戦いで討ち死にした平家の武士の話ですが、池殿は御存知ですかな」

「はて。いっこうに心当たりがない」

頼盛は、時政に肚の内を悟られないよう、おどけた口ぶりで返事をして見せる。

だが、それではぐらかされる時政ではなかった。

「そうですか。ならば、続きをお話ししましょう。その武士は、わずかな手勢にも拘わらず、木曾軍本陣に肉薄する勢いで進軍しました。しかし、やがて矢が尽き、刀折れ、ついには木曾殿の腹心の一人である樋口兼光殿に捕らえられ、首をはねられたとか。倶利伽羅峠の戦いの次に起きた篠原の戦いで討ち死にされた、斎藤実盛殿が天下に勇名を轟かせたのに、その平家の武士の武勇伝がほとんど知られていないのは、つくづく無念。まして、その平家の武士である為盛様のお父君である池殿の心中、察するに余りあります」

時政は、うら悲しい顔をする。

だが、その金壺眼が抜け目なく光っているのを、頼盛は見逃さなかった。

「時政殿は勘違いをしている。我が次男為盛は、倶利伽羅峠の戦いに出陣はしたが、討ち死になどしておらぬ。だからこそ、ああして名馬に乗っている」

「奇妙ですな。池殿の長男であられる保盛様は二十八歳。五男の静遍様は十九歳。末の御子息で嫡男の光盛様は十三歳と聞きます。すると、どう考えても次男であられる為盛様は二十歳を超えていなければおかしくなります。しかし、馬場で今、見事な手綱さばきで馬を走らせている次男の為盛様は、どう見ても十二、三歳。年齢の辻褄が合いませぬ」

時政は、頼盛を見据える。

頼盛は、為盛が馬で駆けるのを見るのに夢中なふりをして、時政と顔を合わせなかった。

「為盛は、某と同じで童顔だからな。なかなか年相応に見てもらえぬ」

「いくら何でも、童顔では説明がつかないとお思いになられませんか、池殿」

あまりにも愚にもつかない返事に、からかわれたと感じたらしい。

時政が、調子はずれの声で抗議する。

「冗談だ。では、時政殿なら、どう説明をつける」

訊かずとも、すでに答えはわかっていたが、頼盛は時政の出方を探るために訊ねる。

時政はまずは為盛へ、次いで、頼盛へ顔を向けた。

「今ここにおられる為盛様は、為盛様ではございません。討ち死にされた為盛様の素姓を与えられた、六代君でございます」

一瞬の沈黙ののち、頼盛は、声高らかに笑って見せた。

「時政殿は冗談がうまい。某が、六代を匿(かくま)っていると言うのか。平家一門から決別した某が、よりにもよって清盛兄上の嫡流の血を引く曾孫の六代を匿っているとはな。どれ、立ち話も何だ。釣殿へ戻ろう」

笑いながら、頼盛は時政と共に釣殿へ引き返す。

壁のない渡殿から、釣殿へ戻ると、火桶のぬくもりが満ちて暖かい。

再び文机の前の円座へ腰を下ろすと、頼盛は脇息(きょうそく)代わりに文机に肘(ひじ)を置く。

「為盛は、某の血を引く子どもだ。年齢からしても、某の子か孫にしか見えぬであろう。いったい、どこからそんな血迷った考えが浮かんだ」

あらぬ疑いをかけられた怒りを必死に鎮(しず)めながら、頼盛は時政に問いかける。

その試みは失敗したらしく、時政がひるんだ様子を見せる。

「わしも、好きで申し上げているのではありません、池殿。ただ、平家の残党狩りをしていた時、為盛様は倶利伽羅峠の戦いで討ち死にされており、八条室町邸に今いる為盛様は六代君だと密告がありましてな。仕方なく確認に参ったのです」

弁解するような時政の口ぶりに、頼盛は今の自分が相当凄(すさ)まじい形相をしているのだと悟り、冷静さを取り戻した。

「わかっておるよ、時政殿。おぬしは、我が従姉妹の夫で、言わば、池殿流平家とは縁戚関係にある。もし、池殿流平家が、頼朝殿が血眼になって捕らえようとしている六代を匿っていたともなれば、北条家も責任は免れぬ。そのように、自身に不利なことでありながらも、確認する姿勢、おおいに尊重するぞ」

「かたじけのうございます、池殿。とにかく、六代君に関する密告があっては、どのような内容であれ、捨ておくことができないのです。それで、為盛様は、まことに六代君ではなく、為盛様でお間違いないのですな」

池殿流平家をいたずらに責めると、北条家もただではすまないと、頼盛が牽制をしても、屈することなく、時政は質問を続ける。

頼盛も、屈する気はなかった。

「もちろんだ。某以外の者にも訊いてみるがよい。みな口をそろえて為盛だと答える」

頼盛が断言すると、時政は冷笑した。

「あいにくですが、池殿。それでも、為盛様が六代君ではないと断定しきれませんな」

「なぜだ。普通、親である某や、縁もゆかりもない者達からも証言があれば、為盛が六代ではないと証明されるものだぞ」

昔から伝わる人物の身元の証明方法を、即座に否定され、頼盛は思わず声を荒らげる。

時政は、いかにも頼盛の言い分を理解しているような殊勝な顔で頷いた。

「御指摘、ごもっともです、池殿。しかし、貴方は平家一門の重鎮だった関係で、都では顔がきくお方です。六代君を為盛様ということにせよと、多くの者達に命じて口裏合わせをさせられるでしょう」

「そのような疑いをかけられるのは、心外だ」

頼盛は、反論を続けた。

「そうだ。倶利伽羅峠の戦いの後、都を目指す木曾殿から逃れるため、平家一門が都落ちを始めた時、戦場の最前線に布陣させられた我が池殿流平家の家の子郎党は、置き去りにされる形となった。そこで某は、このまま戦場にとどまって木曾軍と戦うのか、戦わずに撤退して都落ちに合流すべきか、当時棟梁であった甥の宗盛の指示を仰ぐべく、使者として、息子達の中で馬に乗るのが一番巧みな為盛を行かせた。この時、戦場と都落ちの混乱のさなか、見事に使者の役目を果たした為盛は、世間の語り草となった。だから、倶利伽羅峠の戦いで討ち死になどしていないし、ましてや六代などではない」

頼盛は、平家一門が都落ちした日のことを思い返した。

使者の務めを終えて戻って来た為盛の報告は、宗盛は木曾軍接近を知って混乱のあまり、放心状態で会話もままならないというものだった。

普通なら、一門全員の命を預かる棟梁の情けない態たらくに絶望するところだ。

だが、頼盛は逆に好機ととらえ、平家一門と袂を分かつ決心をしたのだった。

「わしも、為盛様のその評判、耳にしたことがあります」

時政は、頼盛の話に頷いたものの、どこか含みのある声音だった。

「しかし、この時の為盛様がすでに六代君だったら、為盛様が六代君ではない証明にはなりませぬ」

「時政殿は、何を根拠に為盛がすでに六代だったと考える」

頭に血が上らないよう、必死に自分をなだめながら、頼盛は訊ねた。

「先程、池殿が仰せになられた都落ちです。平家一門が都落ちしたと、世間では一口に申しますが、実際は池殿だけではなく、六代君とその母親も都落ちには加わりませんでした。つまり、都にとどまった六代君の母親が同じく都にとどまった池殿を頼り、倶利伽羅峠の戦いですでに討ち死にしていた為盛様の素姓を六代君へ与え、匿われるように手配できたと考えられるのです。おまけに、武士の家の男児なら六、七歳から馬に乗る稽古を始め、十歳くらいになれば余裕で馬を乗りこなせますからな。都落ちの際の使者の役目を、当時十歳であった六代君が果たせても、おかしくはありません」

頼盛は、苦笑した。

「確かに、倶利伽羅峠の惨敗の報により、都中大混乱だったので、為盛の死を隠蔽できたかもしれぬ。しかも、都落ちも大混乱だったから、六代を為盛ということにして、我が池殿流平家が匿えたかもしれぬ。だが、時政殿。おぬしは大事なことを失念している」

「何を失念しているのでしょうか」

「某は、平家一門に長年抑圧され続けてきた池殿流平家の家長だ。せっかく一門と決別できたのに、誰が好きこのんで平家一門の棟梁だった清盛兄上直系の曾孫の六代を匿う」

頼盛は、清盛存命中の五年前の治承四年（一一八〇年）の出来事を思い起こした。

源氏との戦いに備えるためと称し、都を含む西国諸国の未曾有の大飢饉のさなか、清盛は平家一門各自の所領から兵粮を徴収するよう命じた。

一門が現状を弁えずに賛成する中、頼盛だけは飢饉がひどいので、自分の所領からの兵粮の徴収は無理だと、率直に事実を告げた。

国政を取り仕切る清盛に媚び諂った方が、池殿流平家は安泰かもしれない。だが、そのために多くの民を苦しめる政治を首肯するなど、論外だ。

頼盛としては兵粮の徴収をするより、飢饉の対策を練って民を救い、平家の味方につけてから源氏との戦いに臨むのが上策と考えていたが、清盛に黙殺された。

これ以降、池殿流平家は倶利伽羅峠の戦いで為盛が危険な奇襲をする羽目になる、都落ちで置き去りにされる等、平家一門からの抑圧の度合いが増していった。

「こうした某の心の内を見抜いているからこそ、六代とその母親は、今もどこかへ行方をくらましているのだ。ようは、時政殿は、六代が為盛になりすます好機があったことにばかり気を取られ、某が六代を匿う筋合いはないとの心情を失念しておるのだよ」

いかに事を成す機会があろうとも、事を成す理由がなければ、人は動くものではない。

そのことを知らない時政ではないだろう。

これで、為盛が六代ではないと証明できた。

頼盛が安堵したところで、時政が考え事をするように、そらぞらしく天井を見上げた。

「しかし、池殿が平家一門から決別したのも、すべては平家一門直系の血筋を守るための大芝居と考えれば、池殿が平家一門に対して厳しい態度をお取りなのも、六代君をお守りするための演技に見えますからな。心情をどうのと言われても、鵜呑みにできませぬ」

何と答えようとも、時政には、為盛が六代であるとの結論しかなく、為盛を六代として、捕らえる魂胆らしい。

ならば、別の角度から、六代を匿う理由がないことを時政に呑みこませるしかない。

「そういえば、一族の血筋を守るため、負け戦になった場合は、棟梁と嫡男を別々に落ち延びさせ、滅亡を防ぐ風習が東国の武士達にはあったか。頼朝殿が平家打倒の最初の戦として起こした石橋山の合戦にて、敗走中のおぬしの嫡男は討ち死にしたが、おぬしが無事に生き延びることができたのは、その風習の賜物だったと聞いた覚えがある。しかし、某は生まれも育ちも西国の武士。おぬし達のような考えに基づいた行動など取らぬ」

一口に武士と言っても、東国の武士と西国の武士には、違いがある。

例えば、戦で親や子が討たれようとも、その屍を乗り越えて戦を続けるのが東国の武士なら、西国の武士は、戦で親や子が討たれたら、葬儀をするために戦を中断する。

他にも、馬による戦を得意とする東国の武士と、船による戦を得意とする西国の武士と、違いを数え上げて行けばきりがない。

これで、時政が納得してくれるだろうか。

頼盛は、用心深く時政の様子を窺った。

「そうですな。戦で敗走した時、北条家棟梁であるわしと、後継ぎである宗時は別々に落ち延びて行ったのも、一族の血筋を守るためでした。もっとも、棟梁たるわしの護衛として義時を連れているくらいなら、宗時の護衛につければよかったと、今でも後悔しております。そうすれば、義時が楯(たて)となり、嫡男が討ち死にせずにすみましたからな」

家の後継者である嫡男が大事なのは、頼盛もわかる。

だが、嫡男以外の息子を犠牲にしてもよいとの時政の考えには、賛同できなかった。

もしも、機会があれば、時政とその点について話し合ってみたかったが、今はそれよりも為盛が六代ではないと時政に理解してもらい、池殿流平家を守る方が重要だ。

頼盛は、気を取り直す。

「同じく負け戦であっても、西国の武士はそのような行動は取らぬ。清盛兄上に仕えた瀬尾(せのお)という武士は、木曾軍との戦いに敗れた時、逃げ遅れた息子と共に討ち死にする道を選んだ。これが、西国の武士の行動だ。一族の血筋を残すことに執着などしない。よって、某が六代を匿うわけがない」

「なるほど。言われてみますと、西国の武士である平家一門も、負け戦となったら、一族の血筋を守ろうとする者は一人もなく、男も女も死出の旅路に赴(おもむ)きましたからな」

「では、某が六代を匿っていないとわかってくれたか」

「どうでしょうか。しぶとく一族の血筋を残すよりも、潔(いさぎよ)く全員で死を選ぶ西国の武士の常識から、他ならぬ池殿がはずれておられますからな」

痛い所を突かれ、頼盛は返事につまる。

それをいいことに、時政は畳(たた)み掛けるように、身を乗り出してきた。

「実は、為盛様が亡くなられていて、八条室町邸に今いる為盛様は六代君だとの密告を受けた後、その裏付けを取るべく、家人達を倶利伽羅峠に遣わしたのですよ。すると、奴らは倶利伽羅峠の山中に、為盛塚と呼ばれる塚が築かれているのを発見しました。何でも、木曾殿が為盛様の勇猛さに敬意を払い、塚を築かせたとのこと」

頼盛を揺さぶるように、時政はさらに身を乗り出してくる。

「為盛様が倶利伽羅峠の戦いで討ち死にされていないのであれば、どうして倶利伽羅峠に為盛様をお弔(とむら)いになられた塚があるのですか、池殿」

為盛が六代であるとの話題で、頼盛に為盛は生きていると断言させておき、ある程度好きなように泳がせてから、動かぬ証拠を付きつけ、頼盛の反論を封じる。

そんな時政の術中にまんまと嵌(は)まってしまった。

頼盛は、心の中で頭を抱える。

為盛が六代ではないと証明するには、本物の六代を見つけ出すのが最良だ。

ただ問題は、六代がどこにいるのか、頼盛も含め誰も知らない。

たとえ時間をかけて見つけ出したとしても、為盛が六代だと頭から思いこんでいる時政が、本物の六代を見ても、六代だと認めない恐れがある。

そうなっては、為盛が六代として処刑されてしまう。

さらには、六代を匿い、いずれ鎌倉に攻め入る魂胆だったと見做され、池殿流平家が頼朝率いる鎌倉方に攻め滅ぼされるのは、目に見えている。

在りし日に清盛は、棟梁の弟として生まれたからには付き従うのが運命と放言し、頼盛を長年手の内の芋虫のように扱ってきた。

清盛が病死し、平家一門が滅亡した今、ついにその運命から解き放たれたと思っていた。

だが、清盛の生み出した因果は、蝶を搦め補る蜘蛛の巣のように頼盛を捕らえてきた。

――儂が死んだからとて、運命から逃がれられたと思うたか、頼盛――

今は亡き清盛が、耳元で哄笑する声が、頼盛には聞こえた気がした。

「明日から三日です」

唐突な時政の言葉に、頼盛は我に返る。

指が妙に冷たい。

見れば、文机に肘を置いている間、知らず知らずのうちに指が筆の穂先に触れ、写経した紙に醜い指の跡をいくつも残していた。

「これからの去就をお考えになる時が必要でございましょう」

頼盛は、内心舌打ちする。

為盛を六代として処刑される恐れも、池殿流平家を滅ぼされる危険も、三日以内に訪れるかもしれない。

それなのに、写経した紙が一枚台無しになったことに苛立つとはおかしなものだ。

頼盛は苦笑を堪えながら、文机の上に置いておいた懐紙で、墨で汚れた指を拭う。

その時、懐紙と汚れた写経、これまで時政と交わしたやりとりが、目まぐるしい速さで一繋がりになっていく。

これは、今までの信仰心に対する御利益だろうか。

頼盛は、活路を見出せた。

「今日より三日経ちましたら、お答えをいただきに、また参上いたします」

「よかろう」

頼盛は、胸を張って時政に応じた。

「三日後に、為盛が六代ではない確固たる証を時政殿に見せて進ぜよう」

追い詰められた末の三日ではない。

起死回生のための三日だ。

「い、池殿がそう仰るのでしたら、楽しみにしております」

そう答える時政は、あきらかに困惑していた。

先程まで自分が話の音頭を取っていたのに、突如としてこちらが奪い取ったのだから、当然と言えば当然だろう。

だが、時政が驚くのはこれからだ。

三日後が楽しみだ。

頼盛は、ほくそ笑んだ。

破

六波羅。

清盛が暮らした泉殿等、平家一門の名だたる人々の邸宅が建ち並んでいた一帯だ。

今では、平家一門の分家であり、唯一の生き残りの池殿流平家の長老格である頼盛ただ一人の所有となっている。

かつて、都で最も華やかであったこの地は、二年前の平家一門の都落ちの際に火を放たれ、焦土と化していた。だが、ここも鎌倉から帰って来た頼盛が再建。

再建した屋敷の一つを、時政ら鎌倉の者達に気前よく提供していた。

昔とは違って質素な屋敷で申し訳ないと、頼盛から事前に文をもらい借り受けているこの屋敷は、時政が伊豆国で暮らしていた頃の屋敷や、鎌倉にある今の屋敷と比較すると、遙かに広大で、荘厳な造りだった。

調度品は、どれも上等な品ばかりで、屛風は金箔が施されているし、畳縁には金糸銀糸がふんだんに使われている。

そんな贅沢な空間に、居心地の悪さを覚えたのは最初の三日ほどで、七日以上過ぎた今、時政はだいぶ慣れてきていた。

今も、漆塗りの黒い脇息に肘を置きながら、家人の報告を待っていた。

上洛前夜、頼朝は時政へ、今は天下草創の時だと、武士の世の幕開けをほのめかし、朝廷との交渉へ向かう時政を鼓舞した。

武士の世となれば、その中心になるのは、頼朝だ。その頼朝を盛り立てて行けば、いずれ借り物ではなく、自分の家として、このような屋敷を手に入れられるかもしれない。

牧の方は、娘達が年頃を迎えたら、都の貴族に嫁がせたいと言っていたが、娘達にこのような暮らしをさせられるなら、遠くへ手放すのも惜しくはない。

牧の方との間に息子が生まれたら、北条家の嫡男として都に住まわせるのもいい。

伊豆や鎌倉の屋敷は、義時に与えておけばいい。覇気がなく凡庸だが、無欲さだけが取り得の義時だ。それで満足するだろう。

傍らにある、螺鈿の施された紫檀の二階棚に飾られた瑠璃の瓶を見るにつけ、時政は自分が今、隆盛の中にいることを実感する。

かつて、伊豆の小さな武士団の棟梁にすぎなかった自分が、今では朝廷を相手に交渉できるほどにまで這い上がり、こんな贅沢な屋敷に滞在できるようになった。

このまま進み続ければ、都の屋敷ばかりか、武士の世を担う力を手に入れられるかもしれないし、歴史に名を刻めるかもしれない。時政は、得意でたまらなかった。

それだけに、頼盛が六代を匿っていることが、気が気ではなかった。

頼盛に指摘されるまでもなく、愛妻牧の方は頼盛の縁戚だ。

縁戚として、頼盛が六代を匿っていた罪に連座し、北条家も粛清される恐れがある。

もし、約束の期日である明日、頼盛が六代を連れて都から忽然と姿をくらませる等の不穏な行動に出れば、頼朝による時政への粛清は確実なものとなる。

頼朝に限らず、源氏の血統は同族殺しが多い。頼朝の父の義朝は、保元の乱において、父親と弟達を処刑しているし、頼朝の兄の義平は、叔父で木曾義仲の父である源義賢を殺害している。

しかも、頼朝は今、弟の義経と叔父の行家を捕らえて殺害すべく、画策中だ。

たとえ、頼朝の舅であっても、いつ粛清の対象になってもおかしくはない。

時政は、頼盛が不穏な動きを見せたら、頼朝に対して密かな叛意があったことにして池殿流平家を滅ぼし、その功績で粛清されるのを免れようと考えていた。

そこで、頼盛の動向を把握すべく、武士達に日夜、八条室町邸を監視させていた。

「時政様、お待たせいたしました」

交代を終え、監視をしていた武士の一人が、報告に現れる。

この武士は忠義者な上、目端が利くので、時政は彼の報告にひときわ信頼を寄せていた。

「ご苦労。して、池殿に、怪しい動きは見られなかったか」

「はい。八条室町邸の下女の一人と親しくなり、邸内の様子を訊き出したところ、池殿はここ二日、相も変わらず日がな一日写経をされてお過ごしとのことです。出入りする者の中には、六代君の影武者を務められそうな人間は一人もおりません。それから、八条室町邸に入ったきり、出て来ない人間は一人もいませんから、誰かを六代君の影武者に雇ったとは考えられません。ただ、時政様が帰られた後、信仰されている厳島神社へ使いの者を送っておりました」

「もしや、六代君を匿って欲しいと、厳島神社に頼むための使いか」

「いいえ。やつがれもそう思い、使いの者を引き止め、文を検めたところ、昔、厳島神社へ奉納した品々の一覧を書き記した文書等の写しを焼失させてしまったので、また写しを取るため、文書を貸してほしいとの旨がしたためられているだけでした」

平家一門の都落ちに際し、六波羅の池殿も、都の八条室町邸も焼かれている。重要な文書の大半が焼失していてもおかしくはないし、また写しを取るために取り寄せることも、何ら怪しい行動ではない。

だが、六代をめぐり、池殿流平家の存続が風前の灯火の今、やることではない。

「文の内容が、炙り出しだったのではないか。草の汁で文字を書く、あれだ」

「それは、やつがれも考えました。しかし、いくら炙っても、池殿が使いの者に持たせた文から他の文言は読み取れませんでした」

これでは頼盛は、池殿流平家と北条家が、頼朝に粛清されるか否かの危急存亡の秋に、何も手を打っていないことになる。

だが、平家一門すべてを見殺しにしてまで、池殿流平家を守り抜くほど、自分の家の子郎党への思い入れが強い頼盛が、家の子郎党を守る行動をしないわけがない。

まして、平家一門きっての知恵者と呼ばれた男だ。

三度の解官を受けても、毎回しぶとく朝廷に復帰してきたように、何らかの起死回生の策を練っているはずだ。

「そうだ。厳島神社への使いの者は、眉目秀麗な少年ではなかったか」

「厳島神社への使いの者という形で、池殿が六代君を逃がしたとお考えですか、時政様」

「ああ。これまで、池殿が厳島神社へ送った文にばかり気を取られていたが、肝心の使いの者については考えていなかった。しかし、使いの者こそ六代君と考えれば、池殿が何ら動きを見せていないのも納得だ。どうだ。使いの者は、どんな人間だった」

時政が勢いこんで訊ねると、武士は気まずそうに眉を下げた。

「使いの者は中原清業という池殿に仕える下級貴族で、四十路ほどの男です。彼に付き従う者達も、大半が大人で、一番若い者でも十八歳ほどでした。念のため、荷物の中身も調べましたが、中に隠れている者もおりませんでした」

時政が見こんでいるだけあって、武士はとてもよく調べ上げていた。

時政は考えこんでしまった。

忠義者の武士のことだ。頼盛に買収され、報告を偽る真似は決してしない。

そんな武士からの報告でわかったのは、頼盛は豪語していた割に、為盛が六代ではない証拠固めを一切していないということだ。

しかも、出家してからは、仏道三昧の日々を過ごしているとの世間の噂と違わず、写経をしていたという。

もしや、六代を匿っていることを時政に見抜かれた腹いせに、あえて何の方策も立てず、死なばもろともと、縁戚の時政も頼朝に粛清されるように仕向けているのだろうか。平家一門と決別した後、一門の敵である頼朝と手を結んで生き永らえた頼盛のことだ。平然とそんな奇策をやりかねない。

「何はともあれ、この調子で引き続き、八条室町邸の監視を続けてくれ」

「承知しました。では、失礼いたします」

頼盛が何も方策を立てていないのには、裏があるような気がする。

しかし、その裏が皆目見当もつかない。時政は、不気味で仕方なかった。

そこで武士が去った後、不安を紛らわすために、屋敷付きの女房に酒を持ってこさせた。

彼女には、都の女らしい洗練された美しさはないものの、他の女房達のように東国の人間を見下す態度を取らないので、時政は重宝していた。

「もしも、命に関わる状況で人違いされ、危うく殺されそうになった時、自分が自分であると証明するなら、おまえはどうする」

屋敷付きの女房に酌（しゃく）をしてもらいながら、時政は訊ねた。

「そうでございますねえ。北条様のお話で、その昔、才女と謳（うた）われた清少納言（せいしょうなごん）という女房の話を思い出しました」

「どのような話だ」

都の民は、何かにつけて教養をひけらかすのが難点だ。だが、頼盛が何を企んでいるのかをつかむ手がかりになりそうだ。時政は、我慢して続きを促した。

「清少納言は、晩年零落したため、出家して自分の兄の家に身を寄せておりました。ある晩、そこへ賊が侵入し、兄達が殺されていきました。尼となり、頭を丸めて僧侶のような姿になっていた清少納言は、自分が女であることを証明せねば、男と間違えられ、殺される状況に追いつめられました。そこで、奇策を用いて、自分は女だと証明したのです」

「いったい、どうやって証明したのだ」

屋敷付きの女房は、含み笑いをする。

「簡単でございます。衣の前をめくり、大事な所を賊どもに見せたのです。こうしてとっさの機転で女と証明された清少納言は、賊の凶刃を免れることができたのでした」

艶笑譚(えんしょうたん)を聞かされたとわかり、笑わないでいると風流を解さない田舎者(いなかもの)と思われそうなので、時政は膝(ひざ)を叩いて笑って見せた。

「これは愉快。清少納言なる女は、ぐうの音(ね)も出ない、見事な証明をしたものだ」

そして、頭の片隅で、もしかしたら、頼盛は為盛の名で生きている六代によく似た少女を、この三日の間に探し求めているかもしれないと思った。

明日、時政が八条室町邸へ六代の身元を引き取りに行った時、六代によく似た少女を六代の影武者にして、八条室町邸にいる為盛は男装した少女であって六代ではないと証明。時政に為盛は六代ではないと信じこませ、時政が引き下がったら、本物の六代と入れ替える。

この策なら、本物の六代は少女として、八条室町邸の女房達の中に紛れこませてしまえばいい。

しかも、大納言の地位にいた頼盛に連なる高貴な女性達を調べるような無作法な真似をすることは、時政も武士達も、許されない。

さらには、一度、身元の確認をしてしまえば、いちいちまた六代を調べようとはしない。

いかにも、知恵者と名高い頼盛なら考えつきそうな奇策だ。

時政は、杯をあおって酒を飲み干してから、自分の考えに大きな欠点を見つけた。

先程、報告して来た武士は、八条室町邸には六代の影武者を務められそうな人間は一人も来なかったと言っていた。

あの目端の利く武士のことだ。時政が考えついたことも当然思い至り、八条室町邸に出入りしていた人々をずっと確認していただろう。

そんな彼が確認できなかったのであれば、影武者を務められそうな人間は、八条室町邸にやって来ていないことになる。

ならば、すでに頼盛が八条室町邸に影武者を務められる人間を用意しているかもしれない。邸内にいては、外から監視をしている武士は把握できない。

しかし、この考えにも、欠点があった。

もしも、頼盛があらかじめ六代の影武者を用意していたのであれば、どうして時政が来た時に、時政の求めに応じるまま、影武者ではなく、六代本人を会わせたのか。

それに、時政が、為盛が六代であると指摘した際、頼盛は即座に否定しにかかった。

影武者を用意していれば、あのように追いつめられた表情を見せもしなければ、躍起になって弁解もしなかっただろう。

逃げる支度をしてもいなければ、影武者を用意しているわけでもない。

いったい、頼盛は何を企んでいるのか。

時政が頭を抱えていると、屋敷付きの女房が、空になった時政の杯に酒を酌いだ。

「それにつけても、六代君にも、その母君や乳母達にも、腹が立ちますこと。ご自分のために、都中が大騒ぎとなっているのに、我が身かわいさに隠れ続けているなんて、父君の維盛様そっくりの自分本位なお方です」

一瞬、暗に自分を非難してきたのかと時政は思ったが、彼女の非難の矛先は、六代の父維盛に向けられていた。

「富士川の戦い、倶利伽羅峠の戦い、篠原の戦いと、出陣される戦で連戦連敗。そのたびに多くの武士達を討ち死にさせても、維盛様は一切責任をお取りになられませんでした。それどころか昇進してしまわれたのですよ。それでも、せめて、ご自分が死なせた武士達の死後の安寧を願って下さればよいものを、自らの死後の安寧を願って入水自殺。このように、独りよがりで他人の命と苦しみに無関心な維盛様のお血を引いておられる六代君です。北条殿がどんなに一生懸命探されようとも、必死に隠れ続けることでしょう」

維盛は、平清盛直系の孫だ。光源氏にたとえられる美男子で、舞の名手であり、都の寵児であった。

だが、源氏との戦いの火蓋が切られ、大将として出陣すると連戦連敗で、その評価は下落していく一方だった。

そんな評判を聞き知ってはいたが、ここまで憎まれているとは思いもしなかった。

「もしや、おまえの身内で、維盛様に付き従ったがために討ち死にした者がいたのか」

時政が訊ねると、屋敷付きの女房は目を潤ませた。

「はい。夫と息子でございます。立派な大将の下で勇敢に戦って討ち死にしたならともかく、無能な大将の尻拭いのために犬死にさせられたと思うと、いまだに口惜しくて……」

都に滞在する中、平家一門への恨みを持つ都の民よりも、飢えを凌ぐために隣人の幼い男児を犠牲にする民ばかり見ていただけに、時政は彼女の告白が意外であった。

それと共に、あることを思いついた。

「おまえのように、平家一門を……特に維盛様を恨む者は、都にどれだけいるのだ」

屋敷付きの女房は、袖で目許を拭いながら、こう答えた。

「犬死にさせられた者の家族の数だけいると思いますから、それはもう、数えきれないほどでございます」

すると、維盛憎しで、維盛の息子である六代の隠れている先が、頼盛の八条室町邸であると密告しに来る者が、もっとたくさんいてもおかしくはない。

それなのに、密告しに来たのは、あの女房だけだ。

これは、大きな矛盾だ。

頼盛の威に憚り、為盛のふりをした六代が八条室町邸で暮らしているのを、都の民が見過ごしていると解釈するべきか。

それとも、為盛は六代ではなく、本物の六代は都から遠く離れた国へ、人知れず落ち延びてしまったと解釈するべきか。

六代に関することを考えるたびに、すべて壁に突き当たってしまう。

それでも、時政は、まだ屋敷付きの女房に訊いていないことがあるのを思い出した。

「おまえは、倶利伽羅峠の戦いについて、詳しく覚えているか」

「倶利伽羅峠の戦い……ええ。息子が死んだ戦いですから、覚えていますとも」

「ならば、為盛様が討ち死にされたとの話は、訊いたことがあるか」

屋敷付きの女房は、当惑したように小首を傾げた。

「為盛様が討ち死になど、めっそうもございません。げんに、今も八条室町邸で息災なくお過ごしではありませんか。わたくし、今でこそ北条殿の身のまわりのお世話をするため、こちらの別邸で働いておりますが、平素は八条室町邸で働いているので、為盛様のお姿を何度もお見かけしております。お父上のお若い頃と生き写しの、とても美しい公達ですから、見間違いようがありません」

今度は、時政が当惑する番だった。

彼女が嘘をついている様子は、まったくない。

そうなると、頼盛はこのような芝居の達者な人間を数えきれないほど集め、為盛が六代ではないと証明する気なのだろうか。

だが、何人そろえようとも、口裏合わせをした見込みがあるので、その方法は受け付けない
と、他ならぬ時政自身が釘を刺しておいたから、その証明方法は選ばないだろう。

何より、武士の報告から察するに、為盛が六代ではないとの証人達をかき集めている気配す
らない。

約束の日限まで、頼盛は何をする気なのだろうか。

あるいは、何もしない気なのだろうか。

いくら考えても、わからず、時政は酒をあおって気を鎮めるしかなかった。

急

十二月四日。約束の期日。

曇天（どんてん）の中、凍てつくような風が吹き、庭の池が身震いするように、さざ波を立てる。

そこで頼盛は、池に面した釣殿ではなく、暖かな火桶がいくつもある八条室町邸の母屋（もや）で時
政と会うことにした。

時政の訪問を前に、頼盛はたりない物はないか、文机の上に並べた物を、もう一度確認する。

間違いなく、為盛が六代ではない証（あかし）が、そこにあった。

「北条殿がお越しになられました」

「わかった。通せ」

女房が襖障子から引き下がると、入れ替わるように、時政が顔を出す。

「よく来た、時政殿。寒かったであろう。熱い酒と糫餅を用意してあるので、まずは体を温めるとよい」

糫餅とは、米粉にツタの樹液を煮詰めて作った甘味の甘葛煎を混ぜて練り上げ、油で揚げた唐菓子の一種だ。藤や葛の蔓に見立てた形に作られている。油で揚げた米粉の生地の香ばしさに、甘葛煎の上品な甘さが加わり、絶品だ。

都の貴族には昔から親しまれている唐菓子だが、東国出身の時政には珍しかろうと、頼盛が気をきかせ、酒の肴として用意したのだった。

はたして、頼盛の読み通り、時政の喉仏が上下する。

「これは、何とも甘くてよい香り。それでは、ありがたくいただくとしましょう」

畳に腰を下ろし、さもうまそうに台盆の上に置かれた糫餅を食べ、酒を飲む時政を、頼盛はさりげなく眺める。

豪胆に振る舞っているが、金壺眼の目許は、くまができていた。

この三日の間、頼盛がいかにして為盛が六代ではないと証明するのか、相当頭を悩ませたらしい。

でなければ、頼盛が為盛を連れて逃亡するか、時政を騙す下準備をしているかと邪推し、いたずらに気を揉んでいたのかもしれない。

「香りに違わず、まことに美味でした」

ささやかな酒宴を終え、女房達が空になった台盆や杯を片づけていく。

何も事情を知らない彼女達からすれば、頼盛が時政をもてなして歓談しているようにしか見えないだろう。

それでいい。

池殿流平家は、ようやく平穏を手に入れたのだ。

仕える者達は、いらぬ不安に蝕まれることなく暮らせばいい。

頼盛は、時政に微笑みかけた。

「それはよかった。ならば、土産にいくらか包んでおこう」

「土産の話をされておりますが、わしはまだこのお屋敷に来たばかり。まだまだ帰る気はありませんからな」

時政は、くまの濃くなった金壺眼で頼盛を鋭く見据える。

「深読みしすぎだ、時政殿。そして、思いつめすぎている。某が、為盛が六代ではない確固たる証を披露すると言っているのだ。もっと肩の力を抜くがよい」

「下手をすれば、池殿流平家と北条家の両家が、頼朝殿に粛清されるかもしれぬのに、肩の力を抜けと仰いますか」

朗らかに振る舞う頼盛に合わせる余裕もないのか、時政は憤然とする。

「頼朝殿であろうと、誰であろうと、何人たりとも池殿流平家を粛清などさせないし、北条家もまた然りだ。某は、おぬしの愛妻の従兄弟なのだぞ。少しは信頼せよ」

頼盛は、文机の上に置いていた文箱を手に取る。

「それは、いったい何ですか」

「為盛が六代ではない確固たる証を披露するための、前知識を教えようと、わざわざ厳島神社から取り寄せた物だ」

頼盛は、自分と時政の間に文箱を置くと、中から文書を一枚ずつ取り出して並べていく。

「これは――」

時政は、並べられた文書に息を飲む。

文書は、どれも頼盛が厳島神社へ宝物等を奉納した旨をしたためたものだった。

内容そのものは、ありきたりだが、特異なのは、並べられた文書すべてに朱色の手形が押されていることだ。

「――某は、少年の頃から、この年に至るまで、厳島神社へ宝物等を奉納するたびに、厳島大明神と結縁するため、奉納品の一覧の文書に手形を押していた。自らの肉体の一部として手形を文書に押し、より本物に近い自分の分身を作って御仏のそばに置いていただき、御仏とより強い結縁をするのが目的だった。平たく言えば、清盛兄上が自らの肉体の一部として、血を混ぜた曼荼羅を奉納し、御仏とより強い結縁をしようとしたのと同じ理屈だ」

頼盛は、時政から見て右端の文書を指差した。

「これは、某が十四歳頃の手形だ。まだ小さくて子どもらしい手をしているであろう」

「はあ……」

時政が得心の行かない様子で生返事をしているが、頼盛は頓着しなかった。

「次が、十八歳頃の手形だ。十四歳頃の手形とくらべ、だいぶ大きくなっている」

「そうですな」

「そして、三通目は、二十歳頃の手形だ。もう、今の某の手形と同じ大きさだ」

「池殿の手が大きくなっていく過程はよくわかりましたが、それと為盛様が六代君ではない確固たる証が、どう繋がってくるのですか」

はぐらかされていると思ったらしく、時政は声を荒らげる。

頼盛は、時政が苛立つことは予期していたので、平然と時政の前に、広げた自分の手を突きつけた。

「某の手と、文書に押されている昔の某の手形を比べてよく見てみよ。手の大きさこそ変わってはいるが、手のひらや指の形は同じであろう」

俄(にわ)かには、頼盛の言葉が信じられなかったようだ。

時政は、金壺眼で食い入るように、頼盛の突きつけている手と、文書に押された手形を見くらべる。

「大きさに違いはあるものの、確かに、どれも池殿の手と同じ、真四角の手のひらに、長い指という形をしておりますな」

「その通り。人の手の形とは不思議なものでな。年を重ねて手指が大きくなろうとも、この文書に残された某の手形を見ての通り、元の形は、決して変わらない。ゆえに、手形は、自ら流した血と同じく、本人の肉体の一部と見做され、より本物に近い分身として、結縁に使われるのだ。某も、年相応にできる手軽な結縁として、今度、自分の手形を押した絵馬を奉納してみるか否か、検討中だ」

時政は、頼盛の手から目を離し、自分の手のひらを見つめる。

「さて、今の話を頭に入れてもらったところで、次に移ろう」

頼盛は、文箱の中へ文書を片づけると、文机の上に置かれた巻物を手に取り、自分と時政の間に広げる。

大小様々な朱色の手形が並んでいる巻物に、時政は気圧(けお)されたのか、わずかに身を引く。

「今度は、いったい何の手形ですか」

時政は、気圧された分を取り戻すかのように、胸の前で腕を組み、威圧的に言う。

しかし、そんな虚仮威(こけおど)かしが通じる頼盛ではなかった。

「その昔、某と平家一門の主だった男達で、極楽往生を願って厳島大明神と結縁をするため、写経を奉納したことがある。だが、写経には時間がかかるし、幼い男児には難しい。そこで、清盛兄上が福原(ふくはら)へ遷都した五年前、若い者達から幼い男児まで、手軽に結縁ができるよう、厳島大明神へ手形を奉納することを提案。そうして作られたのが、平家一門の若者から男児までを網羅した、この結縁の手形の巻物だ。当然のことながら、清盛兄上の直系の曾孫である、六代の手形もここに含まれている」

頼盛は、巻物を調節し、一つの手形だけが見えるようにする。

そこには、「六代、七歳」と一筆が添えられた、朱色の手形があった。

六代の手のひらは、縦に長い楕円形をしていて、指は細長かった。

「為盛、もう入ってよいぞ」

時政が、六代の手形を確認できたところで、頼盛は襖障子に向かって呼びかける。

「はい、父上」

襖障子が開き、為盛が顔を出す。

「北条殿、本日もお勤めご苦労さまです」

これから何が始まるのかと途惑う時政にかまわず、為盛は愛想よく挨拶をする。

「では、為盛。前に話していた通り、今この場で手形を取ってみせよ」

頼盛は、文机の上にあった白紙と朱墨と筆を文箱の蓋に載せ、まとめて為盛へ渡す。

為盛は、心得たように、頼盛と時政の間に腰を下ろすと、袖をからげて左手のひらに朱墨を塗り始める。

そして、文箱の蓋を台にして、白紙の上に左手を押しつける。

「きれいに取れました、父上」

「うむ。では、手を洗ってきてよろしい」

為盛は、時政へ会釈をすると、襖障子の奥へ再び姿を消した。

為盛のいた場所には、朱色の手形が残されていた。

「この為盛の手形を、六代の手形と見くらべてみるがよい」

頼盛は、まだ朱墨が乾いていないので、手形が載っている蓋ごと時政へ押しやった。

時政は、何一つ見落とすまいと、金壺眼を大きく見開く。

「今から五年前の手形なので、手の大きさが違うのは当然ながら、真四角の手のひらに、寸詰まり気味の指というように、六代君の手形とまったく違いますな……」

ここ三日の緊張の糸が切れたのか、時政はいつになくかすれた声をもらす。

「当然だ。これで、為盛が六代ではないとわかったであろう」

まだ、目の当たりにしたことが、呑みこめないでいるのか、時政は二人の手形を交互に見続けていた。

「……はい。為盛様が六代君ではないこと、しかとこの北条時政、理解いたしました」

時政は返事をしながらも、その目を手形から離さない。

「このような人物の証明の仕方があるとは、思いも寄りませんでしたな……」

半ばうめくように、時政は呟く。

頼盛は、肩を竦めた。

「心を鬼にして平家の残党狩りに当たる前に、少し知恵を使ってみるべきであったな、時政殿。そうすれば、無駄な血を流さずにすんだ」

頼盛は、文箱の蓋を文机の上に戻すため、時政から一瞬目を離す。

「これにて、一件落着だ。どうだ。口直しにまた酒を飲まぬか。今度は違う酒の肴を用意しよう」

再び、時政と向き合った時、彼の表情は驚きに包まれていた。

「池殿、為盛様が六代君ではないことは、わかりました。しかし、為盛様が為盛様ではないことについて、どう御説明されますかな」

時政は巻物を広げ、とある手形と為盛の手形を並べていた。

「先程、為盛様がわしの目の前で押された手形と、こちらの巻物に残されている為盛様の手形は、大きさから形、何から何まで、似ても似つきませぬ」

時政の言う通りだった。

巻物に残されている為盛の手形は、長方形に近い手のひらに、先端がヘラのような形をした太く長い指をしている。

「六代君でもなければ、為盛様でもない。あの為盛様は、いったい何者なのですか」

しばしの静寂ののち、火桶の炭が崩れ落ちる音が、頼盛と時政の間に響く。

頼盛は、まだ燃え尽きていない炭の欠片(かけら)を火箸で置き直す。

「そこまで気がついたのであれば、少し考えれば為盛が何者か、おぬしにもわかるはずだ」

火桶の中の灰を飛ばさないよう、静かに手で煽(あお)ぐと、炭の欠片は再び赤々と燃え始める。

時政は頼盛に言われ、思案しているようだが、やがて降参したように、低く唸(うな)り声をもらした。

「降参です。まさか、別の平家一門の血を引く男児を匿ってはおりませんよね」

「時政殿は、頼朝殿から任された役割を果たすのに血眼になりすぎだ」

愚問を装い、かまをかけて来た時政を軽くいなすと、頼盛は火箸を置いた。

「最初に言ったはず。為盛は、某の血を引く子どもだと。まあ、平たく言えば、某の孫だ」

「では、わしと為盛様との会話に出てきた、為盛様に『長兄の一族を守れるよう、武芸に励め』と言い聞かせた『父上』とは、池殿ではなく、まことの為盛様のことを指していたのですか」

「さよう。そして、まことの為盛が言っていた長兄とは、我が長男の保盛を指していたというわけだ。あの時の為盛の発言を、時政殿が熟慮していたならば、某が、平家一門とは決別し、武士として生きるのをやめ、貴族として生きるようになったのが、万人の知るところであることを思い出せたはず。そして、某が為盛に、某の長兄にあたる清盛兄上の息子達を守るために武芸に励めと命じることへの矛盾に気づけたはずだ」

仮に、その矛盾に時政が気づいても、為盛の言う父が頼盛ではないなら、六代の父である維盛だと邪推し、為盛をますます六代だと誤解する恐れがあった。なので、あの時の為盛の失言に、頼盛は密かに手に汗を握っていた。

しかし、結局は時政が何も気づかなかったので、素知らぬ顔を決めこんだのであった。

「何てことだ……。すると、屋敷付きの女房が、為盛様が父親に生き写しと言っていたのも、池殿ではなく、まことの為盛様に生き写しという意味で言っていたのか……」

頼盛は、時政の独り言に応じた。

「その女房の話を、もう少し掘り下げて考えてみれば、為盛の正体に気づけたぞ、時政殿。何しろ、某は最初に、息子達は全員母親似であると断言している。それなのに、彼女は、父親と生き写しと言ったそうではないか。確かに、為盛は某に似て童顔だとは言ったが、あれは冗談だ。時政殿も、信じてはいなかったであろう。だから、この冗談を省いて、為盛に関する情報を整理すると、母親似の為盛と、父親似の為盛の二人が存在していることになる。この、母親似と父親似という二人の為盛が存在する矛盾は、母親似の為盛を父とする父親似の為盛が存在すると考えれば、即座に解消される。すると、自ずと今いる為盛の正体が、某の孫であると知れる」

「そうですな。その通りです。どうして、わしは気づけなかったんですかな……」

「それは、ひとえに時政殿が、為盛が六代であると思いこみ、他の見込みを考慮しなかったためだ」

愕然とする時政を前にして、頼盛は座り直した。

「倶利伽羅峠の戦いで、為盛は——ややこしいので、ここでは『子為盛』と言おう——子為盛は、時政殿が調べた通り、討ち死にした」

平家一門内における地位が低下すると、戦場で捨て駒扱いされる。

頼盛が恐れていた通り、棟梁の弟が家長を務めているにすぎない池殿流平家の家の子郎党の地位は、平家一門内において、年々少しずつ低くなっていた。

――棟梁に従うほか、生きる道がないのは、承知の上であろう。それが、平家一門の棟梁の弟に生まれたおまえの運命なのだからな――

あの日の清盛の声が、頼盛の心に谺する。

そして、平家一門の棟梁清盛の直系の孫である維盛を守るため、分家にすぎない池殿流平家の次男である為盛は、捨て駒にされ、討ち死にした。

「しかも、都から遠い倶利伽羅峠ゆえ、子為盛の屍を供養しに行くことも叶わなかった。……無念だった」

あれほど、清盛の定めた道で生きまいと、抗い続けていたところへ、最も恐れていたことが現実となり、為盛討ち死にの知らせを受けた時、頼盛はおおいに打ちのめされた。

「ところで、子為盛はまだ子どもと言ってもよい年の頃、ある身寄りのない娘との間に子どもをもうけた。娘は、今の為盛――孫為盛を出産した際に、命を落とした。さて、時政殿もよく御存知の通り、よほどのことがない限り、息子は父親と同じ地位までしか出世できない。だが、子為盛は、右兵衛佐という低い地位のまま討ち死にしてしまった。そこで、某は、母親もなく、今また父親も失ってしまったこの幸薄き孫為盛の行く末を守ることを、子為盛の供養とすることにした」

清盛の手の内の芋虫のような生。

頼盛が、蝶となる日を夢見て、蛹となって耐え忍ぶうちに、為盛は死んでしまった。

そればかりか、孫の行く末まで、閉ざされようとしている。

いくら清盛が一門の棟梁であり、強大な権力を持っていても、孫の人生を狂わせていい理由にはならない——頼盛は、鎌倉にて千手前を見逃した真の理由に思い至った。

彼女の中に、己と同じ、権力の横暴に対する憤りを見出したからだ。

「そして、鎌倉の頼朝殿の許へ庇護を受けに行った時、妙案を思いついた。都は未曾有の大飢饉に見舞われているが、東国は飢饉の影響をさほど受けていない。ここで、飢饉対策のために都へ食糧を届けるよう、頼朝殿に助言すれば、飢饉に無策だった清盛兄上ら平家一門と、頼朝殿の違いを明確にできる。そうすれば、朝廷からの頼朝殿の評価は上がるし、某も朝廷に多大な恩を売ることができる」

時政の顔から、見る見るうちに血の気が引いて行くのがわかった。

「池殿。それでは、貴方はそのために、頼朝殿に食糧を送りこませ、都を飢饉から救ったのですか」

畏怖、軽蔑、驚愕、脅威、あらゆる感情が、時政の顔に浮かぶ。

もしも、四年前の飢饉に無策だった清盛への意趣返しも兼ねていたと知れば、もっと青ざめただろう。頼盛はそう思ったが、口には出さなかった。

「誰も何も保障してくれないこの世の中ゆえ、自分の一族は自分で守るのが常識の御時世です。とは言え、孫息子を息子ということにして、息子の官位も所領も、そっくりそのまま孫息子のものにするのを朝廷に黙認させるなんて、貴方は常軌を逸している……」

「否定できぬな。しかも、孫を元服させるに際し、父親と同じ『為盛』の名を与えた。それに、今や法皇様（後白河院）に匹敵する権力者に昇りつめた頼朝殿の威を借り、孫為盛を子為盛であると朝廷に認めさせた。仕上げに、これらの細工が世に知られて孫為盛が窮地に陥らぬよう、『為盛』は討ち死にしていないと、朝廷の記録を改竄させた。我ながら、常軌を逸していると思う」

万事抜かりなく細工できたと思っていたところへ、時政から木曾義仲によって倶利伽羅峠に為盛塚が築かれていたと言われた時は、驚愕するしかなかった。

供養したくとも供養できずにいた子為盛の塚を、築いてくれた。

そんな義仲の心意気に感動すると同時に、それが孫為盛が六代と疑われる遠因となったため、あの時の頼盛の心中は複雑極まりなかった。

「飢饉から救われた恩もあってか、朝廷は某が息子を亡くしたゆえの奇行に走ったと、某の常軌を逸した細工を、とても好意的に解釈してくれている」

「西国の武士は、子が死ねば弔いのために戦を中断する風習があるとは聞きましたが、まさかここまで子に思い入れが深いとは……」

時政は、首を振る。

そんな時政を、頼盛は冷めた眼差しで眺めた。

討ち死にした嫡男の宗時を惜しみ続け、生き延びた息子の義時を軽んじる時政には。

朝廷と並び立つ権力者となった頼朝の舅として、これから隆盛運にある時政には。

小さな武士団とは言え、北条家の棟梁である時政には。

恐らく、永遠に、頼盛の心情を了知できないだろう。

棟梁の弟として生まれたからには、愛する子や孫、家の子郎党らを、棟梁とその一門の無策の犠牲にせねばならない。

そうした境遇に抗いたくなる、激しい煩悶に満ちた心情など、決してわかるまい。

しかし、教え諭す必然性もなければ理由もないので、頼盛は話題を変えることにした。

「それよりも、時政殿。某の今の話を聞き、気づくことはなかったか。某は今、六代を見つけ出すための、とても重要な糸口を言ったのだぞ」

「何ですと。それは、まことですか、池殿。よかった。為盛様が六代君ではないとわかり、六代君探しが振り出しに戻ってしまったと、内心気が重かったところなので、助かります」

時政は、本日初めてと思えるほど、晴れやかな顔をした。だが、すぐその顔を曇らせる。

「しかしながら、池殿のお話のどこに、六代君を見つけ出すための重要な糸口があったでしょうか。池殿のお話でわかったのは、朝廷に多大な恩を売りつけた理由が、嫡男でもない、たかが次男の孫息子の行く末を守るためだったことくらいです」

「ようは、気づかなかったのだな。ならば、某の口から言わせてもらうとしよう」

頼盛は、文机を脇息代わりにして肘を置く。

「よいか。某は、孫為盛を子為盛として、朝廷からも多くの貴族や民からも『為盛』と認めさせている。ここまではよいな」

「はい」

「つまり、都に暮らす者達にとって、この八条室町邸にいる為盛が六代ではないのは、周知の事実だ」

「今なら、池殿のそのお言葉、素直に受け止めることができます」

時政は、過去の自分の所業を恥じ入るように、苦々しげに答える。

「それは何よりだ。では、時政殿がこの事実を理解できたところで訊ねるが、為盛が六代だと密告して来た者の言動、奇妙だとは思わぬか。褒美欲しさに、無関係の男児を犠牲にする民のような理由から、そのような行動を取ったのだろうか。ならば、適当な男児を攫い、時政殿へ差し出す方がよほど簡単だ。それなのに密告者はその方法は選ばず、わざわざ池殿流平家を誣告する方法を選んだ。さあ、ここまで言えば、おぬしも六代を見つけ出すための重要な糸口がわかったであろう」

時政は、慚愧に堪えないと言わんばかりに低く呻いた。

「密告者は、本当の隠れ場所を知っているから、本物をかばうために、為盛様を六代君に仕立て上げ、わしに捕らえさせようとしていたのですな。よって、密告者を締め上げれば、見つけ出せる」

「かなり高い見込みでな」

「でしたら、最初の日に教えて下さればよかったですのに。そうすれば、三日前に六代君の居場所を突き止められましたよ」

時政は、恨めしそうに言う。

「あの時の時政殿は、為盛を六代だと頭から思いこんでいたであろう。だから、為盛の真の正体と六代の居場所の突き止め方を打ち明けても、信じてもらえるとは到底思えなかった。ならば、為盛にかけられた疑惑を晴らしてから話した方が聞き入れてもらえると思い、今の今まで言わなかったまでよ」

頼盛は、文机の上にあらかじめ用意しておいた小刀を手に取ると、巻物を切り取り始めた。

「これからは、もっと賢く六代を探せ。これは、某からの餞別だ」

切り取り終えた手形を、頼盛は時政へ渡す。

「ありがたく、頂戴いたします」

時政は、手形の紙を受け取ると、丸めて懐にしまいこむ。

「まったく、本物を守るため、為盛を六代に仕立て上げようとした密告者の目論見には、平家一門で唯一生き残った某への意趣返しも含まれていたのだから、たいしたものだ」

「だが、知恵者たる池殿の前には、敗北するしかありませんでしたな。わしはあの密告者の所在は把握しております。もし、己の企みを見抜かれるのを見越し、すでに行方をくらませていようと、草の根をかき分けて見つけ出し、白状させてやります。そして、そう遠くない日に、必ずや六代君を見つけ出してご覧に入れましょう」

時政は、屈託のない笑みを浮かべてから、不意に真剣な面持ちに変わる。

「……池殿、ちょっとよろしいですかな」

あらたまった様子で、時政は頼盛を見つめた。

「わしがこれから六代君を見つけたら、六代君は処刑となりますな」

「よほどのことがない限り、そうであろう」

「そう。池殿は、終始一貫、驚くほど六代君を匿う気がございません。けれども、六代君の父は、子為盛様が討ち死にされた倶利伽羅峠の戦いで大将だった維盛様。子為盛様が命を落とされるような采配を振るった維盛様の御子息である六代君など、わしから匿う筋合いはないと、池殿がお思いなのだと考えれば、腑に落ちます。屋敷付きの女房が、いまだに倶利伽羅峠の戦いに出陣した子が討ち死にした悲しみから、維盛様ばかりか、そのお子である六代君をも恨んでいるように……」

頼盛は答えず、火箸を手に取ると、火桶に新しい炭を入れ始めた。

「それから、池殿が木曾殿の家人が監視しているさなか、鎌倉の頼朝殿を頼るために都を脱出した時のことです。あの時、都で池殿の監視を任されていた家人の名は、樋口兼光殿。奇しくも、倶利伽羅峠の戦いで為盛様の首をはねた武士と同じ人物ですな」

頼盛は、新しい炭に前の炭の火を移そうと、火箸で炭を並べ直す。

「もしや、池殿は、為盛様の死に対する意趣返しとして、あえて樋口殿が監視を任されていた時を狙い、都脱出をなされたのではありませんか。池殿に逃げられては、樋口殿の面目は丸つぶれ。下手をすれば、木曾殿に責任を問われ、処刑されていたかもしれません」

時政は、口調こそ丁寧だが、目には頼盛への畏怖が垣間見える。

「もっとも、樋口殿は、木曾殿が討ち取られた後、義経殿に降伏し、処刑されましたがね」

時政の膝の上で、武骨な手がきつく握られたが、頼盛は気づかぬふりをした。

「樋口殿を処刑したのは、義経殿。この源平の戦にて平家一門を滅ぼしたのは、頼朝殿。そして、六代君と、六代君をかばうために為盛様を六代君と偽って池殿へ意趣返しを果たそうとした密告者を処刑するのは、わし。こうして考えてみるに、池殿は、刀も弓も使わないどころか、自身の手も汚さず、様々な敵を討ち果たしてきたものですな。何とも、油断ならないお方だ」

時政の目に、今の自分はどのように映っているのだろうか。

手の内の芋虫にすぎないと思い知らせた、あの日の清盛のように見えているのだろうか。

すると、時政の金壺眼から畏怖の念が消え、意気軒昂(いきけんこう)な強い光が宿った。

「このような芸当をそつなくこなせる知恵者の池殿なら、朝廷と鎌倉の橋渡し役を務められます。実は、法皇様の専横を防ぐべく、昔のように公卿(くぎょう)らが合議して物事を決めるために、議奏(ぎそう)公卿という役職の設置を朝廷と交渉中なのです。しかし、それでもまだ法皇様のお力を充分に削ぎ落とせるとは到底思えません。そこで、頼朝殿の意向を汲み取ることができ、巧妙に法皇様を動かせる橋渡し役の人材が欲しいと考えていたところなのです。池殿がその気なら、この時政、頼朝殿にも朝廷にも、橋渡し役として池殿を推薦いたしましょう。池殿が橋渡しを務めて下されば、万事うまくいきます」

頼盛は、笑った。

「断る。某は、おぬしが考えているような、大それた人間ではない。それに、某は出家した身。これからも、気ままに仏道三昧の日々を送りたい。差し当たっては、某が檀越(だんおつ)を務めている栄(えい)

西を都に招き、主上（後鳥羽天皇）に御紹介したい。あと、先年甥の重衡が戦で焼失させてしまった大仏の再建工事の責任者である重源を支援する予定もあった」

「何と、もったいない。そんなことをしている場合ですか。よいですか。今、我々は天下草創の只中にいるのです。新しく幕開けするその世の中では、武士が中心になれるのです。そして、池殿も、元を正せば武士の家柄。ならば、その類希なる知恵を発揮し、この萌し始めた武士の世を共に盛り立てていこうではありませんか。貴方なら、歴史に名を刻む偉業を成し遂げられますぞ」

「あいにく、興味がない」

頼盛の返事に、時政は面白くなさそうに顔を顰める。

「武士の世を担う力が手に入り、歴史に名を刻めるのに、お断りになられるとは、武士の家に生まれながら、何と不甲斐無い。それだから、池殿流平家の忠臣と誉れ高かった平 弥平兵衛宗清殿は、池殿を見限られたのですよ」

頼盛は、一瞬固く口を結ぶ。

それから、軽く息を吐いた。

「『此其の能を以て其の生を苦しむる者なり。故に其の天年を終えずして、中道に夭す。自ら世俗に掊撃せらるる者なり。物は是の若くならざる莫し。且つ予用う可き所无きを求むること、久し』……『荘子』にある、使いものにならぬがゆえに、巨木になれた櫟の言葉だ」

時政は、しばし考えこむ。

「なまじ才能があるせいで利用され、人生を苦しめ、寿命を縮め、世間から攻撃を受けるくらいなら、役立たずでありたい……ですか。武士の世を担う力を手に入れ、歴史に名を刻める好機というのに、何と態のよい逃げ口上。御自身の怯懦を恥じて下さい、池殿」

時政は、呆れたように頼盛を見据える。

「池殿流平家の守りに徹するあまり、好機に背を向ける。貴方には失望させられました」

度重なる時政の見え透いた挑発に、頼盛は泰然と肩を竦めて見せた。

「守りに徹する、か。否定はせぬよ。某にとって『守る』とは、危機に応じて戦い方を考え、敗北を免れることを意味するのでな。某は、いつだって池殿流平家の守りに徹してきた。いつだってな」

頼盛は、歌うような口ぶりになった。

「そう、芋虫と思い知らされれば、蛹となって耐え続け、卵が無事に孵る日を待ち望みながら、あなたこなたの花の蜜を吸う、蝶のごとく」

頼盛の望みは、今も昔も、ただ一つ。

池殿流平家を守り通す。それだけだ。

時政は、何を言われたのかわからないと言いたげに立ち上がる。

「これが、最初で最後のお誘いでしたのに、何と不甲斐無いお方だ。池殿は、世間からも歴史からも忘れ去られ、好きなだけお静かにお暮らし下さい」

憫笑混じりで言い捨てると、時政は母屋を去っていった。

後には、時政の振りまいた熱気だけが残った。

恐らく、時政は、自分から頼盛を見限ったと思っているだろう。

それこそ、望むところだ。

都の大飢饉を頼朝に知らせたことで、都にも鎌倉にも恩を売ることができた。

これにより、為盛の行く末を守れたことはもちろん、池殿流平家の家の子郎党達は、頼盛の名を出せば、都でも鎌倉でも生きていけるようになった。

この混迷の世において、彼らのために活路を切り開けたのだ。

それ以上のことは、望まない。

望めば、為盛を六代に仕立て上げようとした密告者のような者達から、また恨みを買い、たちまちのうちに、池殿流平家は足をすくわれ、滅ぼされてしまうだろう。

頼盛は、時政が開け放っていった戸の外に広がる庭を見やる。

平家一門都落ちの際、焼き払われたこの八条室町邸だが、かつての池殿の庭のように、大きな池を中心に、鳥が囀(さえず)り、花の香が漂(ただよ)い、蝶が舞う。池殿の池と違うのは、池の湧口に宋から仕入れた陶器の大甕を据えて趣向を凝らしてあるところだ。

この風光明媚(ふうこうめいび)な庭を囲うようにして建つ建物のそこかしこに、妻子がいて、家の子郎党がいて、ささやかなことに笑い、泣き、怒り、喜んでいる。

屋敷の塀の外に一歩出ると、戦乱と大飢饉と大地震の爪痕が深く残った生き地獄が広がっているが、ここだけは安寧を約束された別天地だ。

清盛が、頼盛を抑圧し続けることで、奪いたかったものがすべて残っている。

平家一門が栄耀栄華を極めていた時と、ほぼ変わらない光景がここにはある。

あくまで、ほぼであり、完全ではない――頼盛は、光景から失われた者達を思い出し、哀惜の念を覚える。

だが、守り切れたものの多さが、頼盛の胸裏に潜む空虚を優しく埋めていく。

「油断ならない、か」

頼盛は、一人呟く。

「この光景を守るためならば、いくらでも油断ならない者になってやろうではないか」

頼盛の呟きが聞こえたように、一羽の冬の蝶が母屋へ舞いこんできた。

小さな白い蝶は、頼盛の膝に止まる。

たいていの蝶は、秋に卵を産み終え、息絶える。

しかし、中には冬まで生き延びる蝶もいる。

生き延びた蝶は、己の終焉の季節である冬をどう感じるのだろうか。

来る日も来る日も厳しい寒さに身も心も凍てつき、生き永らえた不運を呪うのか。

それとも、寒風に耐えながらも、時折感じる日差しの温もりに、卵が孵って春を迎える日を夢見て微笑むのか――自分のように。

清盛の手の内に這う芋虫にすぎないと思い知らされたあの日から、何と長かったことか。

ついに、芋虫の運命から、飛び立てたのだ。

この穏やかな日々は、まるで天からの授かりもののようだ。

頼盛は、蝶を傷つけないように捕まえると、簀子に出て外へと解き放った。

蝶は、頼りない羽ばたきで、銀色の雲が広がる冬空へと飛び立っていく。

雲間からは、淡い日の光が階となってのびていた。


文治二年（一一八六年）七月。都近郊の、とある山中。

鬱蒼とした木立の中の一筋の山道を、七人の若者達が登っていた。

六人は貴族で、一人は僧侶だ。

下は十四歳、上は二十九歳のこの一行は、池殿流平家の家長であった平頼盛の息子達だ。

彼らは、朝から黙々と山道を進んでいた。

どこからともなく、蟋蟀のか細い鳴き声が聞こえてくる。

木暗い山道だが、歩きやすく草が踏み均されているのが、せめてもの救いだった。

「まさか、父上があんなにも安らかに逝かれるとは思いもせなんだ。四十九日を迎え、墓参りに向かう今も、まだ信じられぬ。平家一門の怨霊に祟られ、雷に打たれて死んでも、熱病で悶え死んでも、おかしくない生き方をされていたのに、ある日、夏風邪をこじらせてそのまま数日寝つき、我ら子や孫、曾孫一同に看取られ、大往生。今もまだ、亡くなったことが信じられぬ」

最初に口をきいたのは、七人の中で最後尾を歩く、頼盛の長男保盛だ。

すぐ前を歩いていた次男為盛が、すぐに相槌を打つ。

「信じられぬというのとは少々違うが、いまだに父上には、わからないことがある。父上はなぜ、弥平兵衛を探さなかったのだろう。壇ノ浦の合戦で平家一門が滅んだ時、家人達の多くが落ち延びていったと聞くから、その中に弥平兵衛とその一族もいた見込みが高い。それなのに、父上は弥平兵衛の行方を最後まで探し出そうとはしなかった」

筆頭家人として、長年池殿流平家を支えてきた忠臣の名前が出て、頼盛の息子達はしばしの沈黙のうちに、弥平兵衛を懐かしむ。

息子達でさえそうなのだから、幼少期より弥平兵衛と苦楽を共にした頼盛の方が、思い入れは強かったはずだ。

しかも、平治の乱にて、落ち延びて行方をくらませた頼朝を、弥平兵衛を遣わして探し出させた頼盛の力量を考えれば、弥平兵衛探索は難しいことではない。

それにも拘わらず、頼盛は、最期の瞬間まで、弥平兵衛を探し求めようとはしなかった。

為盛の前にいた三男仲盛が、考えこむように俯く。

「弥平兵衛を探し出さなかった理由は、そのことで弥平兵衛の生死が明らかになるのが怖かったのではないか。仮に、弥平兵衛が落ち延びて生き永らえていたとしても、父上を快く思っておらぬかもしれぬ。それを知ることを恐れ、探し出さなかったのだ。だが、それよりも、父上について、もっとわからぬことがある。父上の人生とは、何だったのだ。我ら池殿流平家を守るために鎌倉に落ち延びたとは言え、結果として都と鎌倉の仲を取り持った功労者でもあったのに、誰も葬儀には訪れなかった」

この慨嘆を引き継ぐように、さらにまた前にいた四男知重も頷く。

「鎌倉の使者は、訃報を聞き、後日来てくれたものの、まことに葬儀当日は寂しいものであったな。右大臣の九条兼実公なんて、父上に頼朝殿との仲立ちをしてもらったのに、父上の訃報を日記に書き忘れていたとの噂だ。これまで日記に御自身が関わった方々の訃報を漏らさず書き記していたそうなのに、薄情なものだ」

嘆き混じりの知重を、前を行く五男で僧侶の静遍がなだめにかかる。

「仕方あるまい。今は、いまだに行方をくらましている義経殿を、国中で血道を上げて探索している最中なのだ。父上の死にかかずらうゆとりなど、誰もあるまい」

昨年の十二月十七日、これまで隠れていた六代がついに時政に捕らえられた一件を皮切りに、鎌倉の頼朝の権力が強大になるにつれ、都も鎌倉も血腥い出来事が増えた。

幸い、池殿流平家にとっては縁遠い話だが、昨年の時政と朝廷との交渉により、頼朝と政治的に近しい立場となった貴族達は皆、いつ我が身にも火の粉が降りかかるか、日々戦々恐々としている。

静遍の前を歩む六男保業が溜息を吐いた。

「世間から貶（けな）されもしないが、褒められもしない。まるで、あたかも父上などこの世に存在しなかったような扱いではないか。これでは、父上が浮かばれぬ」

保業の溜息を聞き咎（とが）めるように、先頭を歩く、七男にして嫡男、池殿流平家の現家長光盛が振り返らずにこう言った。

「確かに父上の生涯は、長らく清盛伯父上によって心を殺され、哀れ屍のごとく生き、こうして密やかに弔われるという、いわば秘話めいたものだった。だが、その類希なる知恵で、我らを生き永らえさせてくれたのは、たとえ世間が忘れ去ろうが、歴史の闇に消え去ろうが、揺るぎない事実。その事実を、我々は、しかと心に刻んでいる。これで充分ではないか」

毅然（きぜん）とした光盛の物言いに、兄達は目を見張る。

「そうだな。まことに、光盛の言う通りだ」

為盛は、己の手のひらを見つめる。

蘇（よみがえ）るのは、六代である疑惑を晴らしてくれた時の祖父頼盛の声だ——為盛は、手形を取った後、退室するふりをして、襖障子の陰で頼盛と時政とのやりとりの一部始終を聞いていた。

頼盛は、歴史に名を残す千載一遇（せんざいいちぐう）の好機を捨ててまで、池殿流平家を、自分や家の子郎党を、守る道を選んでくれた。

「我々が父上の生きざまを心に刻んでいれば、父上も本望であろう」

そう答えつつ、為盛は、こみ上げてくる涙が止まらなかった。

頼盛の一生とは、いったい何だったのか。

半生を費やし、平家一門の抑圧からも、他の脅威からも、池殿流平家が脅かされない立場に築き上げた。

しかし、築き上げたわずか一年後に、その命の炎は燃え尽きた。

栄耀栄華を誇った平家一門が、清盛の死後ほんの数年で滅んだ鮮烈さを、世間は克明に覚えている。

だが、その中で懸命に生き抜いた頼盛を覚えている者は、はたしてどれだけいるのか。

このまま、誰からも忘れ去られ、歴史の闇へ消えていくだけなのか。

ことあるごとに「蝶となってみせる」と言ってきた結末が、これなのか。

鬱々(うつうつ)とした思いを胸に抱きながらも、為盛が山道を登るうちに、ようやく木立を抜けた。

俄かに辺りが明るくなる。

刹那(せつな)、為盛は一羽の蝶に目を奪われ、足を止めた。

木立を抜けた先の、都を一望できる開けた場所に、頼盛の墓所がある。

蝶は、墓所の石塔に止まっていた。

見たこともないほど、美しく、大きな蝶だった。

「あれは――」

誰かの声で、為盛は我に返り、もう一度蝶を見た。

しかし、石塔に、蝶はいなかった。

代わりに、石塔にかけられた、赤地に金の蝶の紋様の入った唐綾(からあや)の直垂を見つけた。

何者かが、頼盛の墓に手向けたのだ――為盛は、ここまで来る道中の草が踏み均されていたことに今さらながら思い至る。

直垂が、都から吹き上げる一陣の風に揺らめく。

そのたびに衣の金糸が、日を浴びて煌(きら)めく。

あたかも、星のごとき鱗粉(りんぷん)を撒いて宙を舞う蝶のようだ。

為盛達は、言葉もなく直垂を見つめ続けた。

あとがき

このたびは、拙作『蝶として死す　平家物語推理抄』をお手に取って下さり、まことにありがとうございます。

この作品は、副題に『平家物語推理抄』とある通り、『平家物語』の時代である平安時代末期を舞台にした本格ミステリです。

戦国時代や江戸時代ではない知名度の低い時代を舞台にし、教科書にも載っていない人物を探偵役にしているため、とまどう方も多いと思います。

しかし、歴史の知識が無くても、「探偵役の平頼盛って人が、自分と一族の生き残りを賭けて謎解きしなければならない境遇にあるのね～。はてさて、今回はどんな窮地を切り抜けるのかね～」という姿勢と「現代人ならたいしたことのない謎でも、平安時代末期の人間にどうやって解決させるんだろう？」という観点でお読み下されば、本格ミステリとして楽しめるように書いてあるので大丈夫です。

『平家物語』が好きで拙作を手に取って下さった方の場合は、『平家物語』の時代背景や文化風俗を掘り下げて書いてあるので、そちらを楽しむことができます。

ただ、作中で平維盛（たいらのこれもり）やその息子・六代（ろくだい）を酷評する登場人物が登場するため、彼らが好きな方にはつらいかもしれません。しかし、これは私個人の意見ではなく、あくまでもこの作品の世界観を成立させるためであり、私自身は多くの方々と同じく平維盛父子を悲劇の人と思っております（特にアニメ『平家物語』を視聴中、維盛一家の別れの場面には涙しました）。

ところで、『蝶として死す』単行本刊行時に、「どうしてこの時代のミステリを書こうとしたのか」「なぜ平頼盛を探偵役にしたのか」とのご質問を多数いただきました。そこでこの場を借りて、まずは「どうしてこの時代のミステリを書こうとしたのか」の質問に答えさせていただきます。

一つ目は、自分が好きな時代を舞台にすれば本格ミステリを書けそうだと考え、大学時代に専攻していた平安時代末期を舞台にしようと決めたからです。

二つ目は、心理学者の河合隼雄（かわいはやお）先生の対談集を読んでいた際に、「平安時代とイギリスのヴィクトリア朝時代の人間の精神性は似通っている」という趣旨の一文を目にし、「ならば、シャーロック・ホームズの時代からミステリ黄金時代にかけての世界観を、日本の平安時代末期に重ねた本格ミステリを書けるのではないか？」と着想を得たからです。精神面だけでなく、社会面でも、貴族がいて、新興勢力（中産階級／武士）がいて、召し使いがいて、貧富の差があるところは、平安時代末期もミステリ黄金時代の欧米も似通っているので、これはいけそうだと思いました。

カッコつけて言うならば、横溝正史（よこみぞせいし）先生が、前述の時代の世界観を日本社会に重ねたことの、日本中世史版を試みたといったところです。

次に、「なぜ平頼盛を探偵役にしたのか」のご質問にお答えいたします。

「清盛にこんな弟がいたとは知らなかった」というお声が大半の彼の知名度の低さには、自覚があります。

それでも彼を探偵役に選んだのは、兄である清盛と折り合いが悪かったのと、平家一門失脚の巻き添えになったのとで、数々の災いが降りかかったせいで、失脚三回、破産二回、自宅全焼一回等、幾度となく窮地に陥るも、そのたびに復帰に向けて手を打ち、生き抜くために非常に知恵を絞っていることが文献史料からうかがい知ることができたからです。

まさに頭脳で勝負し、事件を解決するまでは決してあきらめない粘り強さと根気強さを持つ本格ミステリの探偵役に、この上なくうってつけです。

だから、探偵役には彼しか考えられませんでした。

話題がだいぶ歴史に傾いてしまったので、ここからは拙作に仕込んでおいた本格ミステリネタや参考にした作品を紹介していきます。

題名…カーター・ディクスン『貴婦人として死す』が元ネタです。

「禿髪（かぶろ）殺し」…初めて書いた大人向けの本格ミステリのため、手探り状態で何度も改稿して現在の形となりました。岡田鯱彦（おかだしやちひこ）先生『薫大将と匂宮』ネタを仕込みつつ、モーリス・ルヴェル

『夜鳥』、ヘレン・マクロイ『家蠅とカナリア』、G・K・チェスタトン『ブラウン神父の童心』、ドラマ『ブラウン神父の事件簿』を参考にして仕上げました。

「葵前哀れ」…憧れの多重解決物&毒殺ハウダニットを書きたくて挑戦。映画『薔薇の名前』ネタを仕込みつつ、秋梨惟喬先生「殺三狼」(『もろこし銀侠伝』所収)、『名探偵コナン』辻真先先生シナリオのとある回を参考にして仕上げました。

「屍実盛」…知人ピアニストの指の異変という母の話に着想を得て、『平家物語』の逸話に繋げて本格ミステリにした一作。直感からの勢いで書き始めたため、論理が後付けとなり苦労しました。そんな時、浅ノ宮遼先生「消えた脳病変」(『片翼の折鶴』所収)の「読者に医学知識を与えながら医療ミステリを解かせる」技法に出会って感動。論理展開の参考にし、以後、「読者に歴史知識を与えながら歴史ミステリを解かせる」という現在の書き方の基礎にもなりました。

「弔千手」…『平家物語』と『吾妻鏡』を併読した際に気づいた、ある歴史的疑問を本格ミステリにしようと書いた一作。アガサ・クリスティ『書斎の死体』のとある人物描写のネタを仕込みつつ、ヘレン・マクロイ『二人のウィリング』、西澤保彦先生『謎亭論処』、市川憂人先生『ブルーローズは眠らない』を参考にしました。

「六代秘話」…元々書いていた話が何度書いてもうまくいかず悩んでいた時、研究のために見ていたドラマ『三つ首塔』(出目昌伸監督版)で「人物の身元証明という謎にすれば書けるのではないか?」とひらめき、書き上げた一作。これに横溝正史先生『犬神家の一族』、アガサ・クリスティ『火曜クラブ』ネタを仕込みながら、エラリー・クイーン『第八の日』、ヘレン・マクロイ『幽霊の2／3』を参考にして仕上げました。

ちなみに頼盛と清盛の関係は、ホームズとモリアーティのような互いに一目を置き合う好敵手のような関係性ではなく、映画『スルース』（ケネス・ブラナー監督版）の推理小説家とその妻の愛人が繰り広げた熾烈（しれつ）すぎる男達の対立関係をイメージして書きました。

最後になりますが、これからも歴史小説と本格ミステリを融合させ、中世の日本を舞台にして、どこまで本格ミステリを表現できるか挑戦してまいりますので、引き続き御愛顧のほどをよろしくお願いいたします。

参考文献

村田正言「源頼朝と平頼盛」(『国史学』一〇)一九三二
安田元久「平頼盛の立場」「同族結合の中心と周辺」(『平家の群像』)塙書房　一九六七
多賀宗隼「平頼盛について」(『日本歴史』二五四)一九六九
田中大喜「平頼盛小考」(『学習院史学』四一)二〇〇三
多賀宗隼「平家物語と平頼盛一家」(『国語と国文学』五七一)一九七一
青木直己『図説　和菓子の今昔』淡交社　二〇〇〇
井上満郎『平安京再現』河出書房新社　一九九〇
岩井宏實・山崎義洋『絵馬』保育社　一九八〇
上杉和彦『平清盛』山川出版社　二〇一一
上横手雅敬『平家物語の虚構と真実　上』塙書房　一九八五
上横手雅敬『源平争乱と平家物語』角川書店　二〇〇一
上横手雅敬・元木泰雄・勝山清次『日本の中世八　院政と平氏、鎌倉政権』中央公論新社　二〇〇二
大和岩雄『遊女と天皇』白水社　一九九三
奥富敬之監修『源義経の時代』日本放送出版協会　二〇〇四

尾崎左永子『平安時代の薫香』フレグランスジャーナル社　二〇一三
川合康『日本中世の歴史三　源平の内乱と公武政権』吉川弘文館　二〇〇九
河野眞知郎『中世都市鎌倉』講談社　二〇〇五
木村茂光『頼朝と街道』吉川弘文館　二〇一六
キャサリン・ハーカップ／長野きよみ訳『アガサ・クリスティーと14の毒薬』岩波書店　二〇一六
京樂真帆子『牛車で行こう！』吉川弘文館　二〇一七
五島邦治監修／風俗博物館編『六條院へ出かけよう』宗教文化研究所　二〇〇五
小島道裕『中世の古文書入門』河出書房新社　二〇一六
小嶋菜温子「もえる不死薬」（『かぐや姫幻想』）森話社　一九九五
小松茂美『国宝平家納経――全三十三巻の美と謎』戎光祥出版　二〇一二
五味文彦『大仏再建』講談社　一九九五
五味文彦『殺生と信仰――武士を探る』角川書店　一九九七
五味文彦『平清盛』吉川弘文館　一九九九
五味文彦・櫻井陽子『平家物語図典』小学館　二〇〇五
近藤好和『装束の日本史』平凡社　二〇〇七
（財）京都市埋蔵文化財研究所・京都市考古資料館「考古学アラカルト54　特別展示・平清盛――院政と京（みやこ）の変革」（『リーフレット京都』No.278）二〇一二年

坂井孝一『源頼朝と鎌倉』吉川弘文館　二〇一六
櫻井芳昭『牛車』法政大学出版局　二〇一二
佐藤健一郎・田村善次郎 文・若尾和正 写真『小絵馬』淡交社　一九七八
「事件・犯罪」研究会編『図解 科学捜査マニュアル』三笠書房　二〇〇四
繁田信一『庶民たちの平安京』角川学芸出版　二〇〇八
嶋本静子『香りの源氏物語』旬報社　二〇〇五
下向井龍彦『日本の歴史07　武士の成長と院政』講談社　二〇〇九
新創社編『京都時代ＭＡＰ　平安京編』光村推古書院　二〇〇八
鈴木尚『骨が語る日本史』学生社　一九九八
関幸彦『鎌倉殿誕生』山川出版社　二〇一〇
関幸彦『恋する武士 闘う貴族』山川出版社　二〇一五
高橋昌明『清盛以前』平凡社　一九八四
高橋昌明『平清盛　福原の夢』講談社　二〇〇七
高橋昌明『平家の群像　物語から史実へ』岩波書店　二〇〇九
田中圭子「平忠盛家の薫物と『香之書』」（『文学・語学』一八八）二〇〇七
たなかしげひさ「公卿平氏と武家平氏の諸流と遺址」（『日本歴史』三〇四）一九七三
田中貴子『猫の古典文学誌』講談社　二〇一四
谷口研語『犬の日本史』ＰＨＰ研究所　二〇〇〇

角田文衞『平家後抄　上・下』講談社　二〇〇〇
戸川点『平安時代の死刑』吉川弘文館　二〇一五
永井晋『源頼政と木曽義仲』中央公論新社　二〇一五
永井晋『平氏が語る源平争乱』吉川弘文館　二〇一九
野口実『武家の棟梁の条件』中央公論社　一九九四
橋爪大三郎・植木雅俊『ほんとうの法華経』筑摩書房　二〇一五
馬場あき子『大姫考』大和書房　一九七二
伴瀬明美「院政期～鎌倉期における女院領について」（『日本史研究』三七四）　一九九三
古田紹欽「栄西と『喫茶養生記』」（『喫茶養生記』）講談社　二〇〇〇
北条氏研究会編『城塞都市鎌倉』洋泉社　二〇一八
細川重男『北条氏と鎌倉幕府』講談社　二〇一一
保立道久『物語の中世』講談社　二〇一三
槇佐知子『日本の古代医術』文藝春秋　一九九九
松尾葦江「付　慶応義塾図書館蔵『平家花ぞろへ』翻刻並びに校異」（『平家物語論究』）明治書院　一九八五
山崎昶『化学トリック=だまされまいぞ！』講談社　二〇〇八
吉川忠夫「寒食散と仙薬」（『中国古代人の夢と死』）平凡社　一九八五
杉本圭三郎全訳注『新版　平家物語　一～四』講談社　二〇一七

五味文彦・本郷和人編『現代語訳 吾妻鏡二 平氏滅亡』吉川弘文館 二〇〇八
宮内庁書陵部編『図書寮叢刊 九条家本玉葉』明治書院 一九九四〜二〇〇三
慈円／大隅和雄訳『愚管抄』講談社 二〇一二
永積安明・島田勇雄校注『保元物語 平治物語 日本古典文学大系三一』岩波書店 一九六一
近藤瓶城編『参考源平盛衰記（中） 改定史籍集覧 編外（4）』臨川書店 一九八四
水原一考定『新定源平盛衰記 四』新人物往来社 一九九〇
増補資料大成刊行会編『増補史料大成第二八巻 山槐記 三』臨川書店 一九六五
丹波康頼撰／槇佐知子全訳精解『医心方 巻十九 服石篇Ⅰ』筑摩書房 一九九九
糸賀きみ江全訳注『建礼門院右京大夫集』講談社 二〇〇九
井波律子訳『水滸伝 二』講談社 二〇一七
池田知久訳注『荘子（上）』講談社 二〇一四

※その他、インターネット上の記事など多数参考にさせていただきました。
※この物語は史実を下敷きにしたフィクションです。

解説

細谷正充

　時代ミステリーの時代がやってきた。そういいたくなるほど、近年、時代ミステリーの刊行が相次いでいる。しかも優れた作品が多い。時代ミステリーの好きな私としては、大喜びである。その中でも、これは凄いと思ったのが、羽生飛鳥（はにゅうあすか）の『蝶として死す　平家物語（へいけものがたり）推理抄』だ。なにしろ、あまりにも凄すぎて、私が選者をしている文学賞・細谷正充（ほそやまさみつ）賞の第四回受賞作のひとつに決定したほどである（この賞は一年に五作選んでいる）。さっそく作品の魅力を語りたいのだが、その前に、歴史ミステリーと時代ミステリーの違いについて記しておこう。

　定義は諸説あるが、歴史ミステリーとは、現代の人物が歴史上の謎に挑む作品を指すことが多い。ただし歴史上の謎だけを扱った作品（特に長篇）は意外に少なく、そこに現代の殺人事件などを絡めたものが多い。一方、時代ミステリーとは、過去を舞台にして架空の事件を扱った作品を指す。実在の人物を探偵役などにした作品もあるが、これも基本的に時代ミステリーといっていいだろう。また、広い括（くく）りで〝捕物帖〟も時代ミステリーに含まれるが、こちらはひとつのジャンルとして確立しているので、別枠とした方がいい。ただし近年の時代ミステリーは、かつての作品と比べると、より密接に歴史とコミットしているように感じられる。そのため時代ミステリーの意味で、歴史ミステリーという言葉を使う人も増えているようだ。もっと現状に即した、新たなジャンル名があればいいと思うが、どうにも考えつかない。今後の課題であろう。

それはさて措き、本書も密接に歴史とコミットした時代ミステリーである。まずは作者の紹介。羽生飛鳥は、一九八二年、神奈川県に生まれる。二〇一九年、「ミステリーズ！」九三号に掲載されたインタビューによると、上智大学在学中から児童向け作品の投稿を始め、最低十回は投稿したという。大学を卒業し、二〇一〇年に『おコン草子』で児童文学作家としてデビュー。二〇一七年には『へなちょこ探偵24じ』で、第三十三回うつのみやこども賞を受賞した。

大学で日本中世史を専攻していたとき、研究対象にしていたのが平頼盛であり、いつか物語に書きたいと思っていたという。それが時代ミステリーという形になったのは、幼い頃からミステリーに親しんでいたからであろう。二〇一七年、児童文学と同じ齊藤飛鳥名義で第十四回ミステリーズ！新人賞に投稿した「禿髪殺し」が最終選考に残る。ただしこのときは受賞作なしで、丹野一郎（受賞後に丹野文月と改名）の「未知との遭遇」が優秀賞を獲得した。翌二〇一八年、第十五回ミステリーズ！新人賞に投稿した「屍実盛」が受賞作に決定。「ミステリーズ！」九十一号に掲載された。二〇二〇年には「ミステリーズ！」百一号に「弔千手」を掲載。ここまで齊藤飛鳥名義だが、先の三作に書き下ろし「葵前哀れ」「六代秘話」を加え、二〇二一年に連作集として本書を刊行する際、ペンネームを羽生飛鳥に改めた。

本書の魅力はいろいろあるのだが、最初に挙げたいのが、名探偵役を平頼盛にしたことだ。あの平清盛の異母弟で、池殿流平家一門の棟梁である。だが清盛との関係はよくない。後に平家一門と決別して、激動の時代を生き抜いた。

冒頭の「禿髪殺し」は嘉応元年（一一六九年）の初秋の話だが、頼盛は前年に清盛によって、突如として参議の官職を解官されている。朝廷に出仕もできず、悶々としている頼盛。このままでは池殿流平家一門の地位が低くなり、戦が起これば使い捨て同然の扱いになる可能性が高い。この事態を回避するために、なんとしても朝廷に復帰しなければならないのだ。

そんなとき、人家もまばらな通称・病葉ノ辻で、野犬にかみ殺されたかのような禿髪が発見される。禿髪とは清盛が都に放った密偵のようなものである。世故に長けた老僧によって、事件の一報を受けた頼盛。彼は現場を見て禿髪が、人間によって殺されたことを見抜いた。この事件を解決することで清盛に、朝廷への復帰を認めてもらおうとする頼盛は、池殿流平家筆頭家人の平弥平兵衛宗清を使い、事件の目撃者を捜させる。そして禿髪と一緒にいたところを目撃された老尼の話を聞き、ロジカルな推理によって犯人を指摘するのだった。快刀乱麻の名探偵ぶりを見せる頼盛が痛快である。

ただし本作は、これだけで終わらない。そこからまったく別の謎へと移行する。清盛の前で己の推理を頼盛が披露する場面から、驚くべき真相が立ち上がってくるのだ。「ミステリーズ！」八十五号に掲載された選評で米澤穂信が、

『禿髪殺し』の解決編は、最終候補作全体を通じて、小説的な昂奮では随一でした。一見不条理な人間心理を描いていながら、小説を通じて語られると首肯させられてしまう、逆説の楽しみがここにありました」

と述べているが、激しく同意。ついでにいえば、平清盛という巨大な存在を持ってきたからこそ、首肯させられてしまう部分も大きい。時代ミステリーならではの魅力が横溢(おういつ)しているのだ。

続く「葵前哀れ」は、「禿髪殺し」から十年後。またもや頼盛が解官され、池殿平家一門は窮地に陥っている。そんなとき頼盛は、高倉(たかくら)天皇に呼び出された。かつて寵愛(ちょうあい)した葵前という娘を毒殺した犯人を突き止めてほしいというのだ。朝廷復帰のために、なんとか天皇の依頼に応えようとする頼盛。しかし天皇の証言によって、頼盛の推理が次々に潰される(後出し情報に心の中でぼやく頼盛が愉快だ)。その果てに頼盛は見事に真相を突き止めるのだが、天皇の機嫌を損ねないように話すのが世知辛い。しかも当然のごとく話はこれで終わらない。その後の展開で頼盛が探偵役を務めることに、別の意味があったことが明らかになる。このような二段構えの構図を、どうやって思いつくのだろう。感心するしかない。

第三話「屍実盛」は、なんと「被害者当て」ミステリーである。この趣向で有名なのは、パット・マガーの『被害者を捜せ!』だ。第二次世界大戦中、アリューシャン列島に駐屯する海兵隊員の主人公が、故国アメリカの新聞を読んで、出征前に働いていた〈家事改善協会〉で、殺人事件が起きたことを知る。ところが記事が破れており、犯人は分かったものの被害者の名前が分からない。かくして、海兵隊員たちは主人公から話を聞き、被害者を当てようとする。といった捻った設定が面白い作品である。もちろん本作の設定も捻ってある。

挙兵した木曾義仲によって都から追い出された平家一門と決別した頼盛。都を掌握した義仲から呼び出され、とんでもない依頼をされる。戦いの中で平家方の斎藤別当実盛を討ち、首を討ち取った胴体を埋めてきた。しかし恩のある実盛をきちんと弔ってやりたい。そのため埋めた胴体を掘り出そうとしたのだが、胴体を埋めた穴の目印が見つからない。しかたなく周囲を掘り返すと、五体の胴体だけの死体が出てきたのだ。この中の誰が実盛か当ててほしいというのである。いやもう、よくぞこんな謎を考えついたと唖然茫然。素朴な法医学ともいうべき方法を駆使しながら、頼盛が実盛の死体を絞り込んでいく過程が面白い。

また「禿髪殺し」で、「芋虫はいずれ、蝶となる。今は、蛹としてやり過ごすが、いつか蝶となり、兄上の手の内から、この運命から、飛び立ってやるぞ」といっていた頼盛は、本作の後半で「すでにこの身は蝶だぞ」と宣言する。そしていかにも知恵者らしい行動に出るのである。ところがこれにより、ある人物と別れることになった。詳しくは書かないが、それまでの話の積み重ねがあるために、切なさが強まるのだ。

第四話「弔千手」は、都を脱出して東国で暮らす頼盛が、鎌倉の源頼朝に招かれる。まだ幼い娘の大姫の婿だった、木曾義仲の子・義高が死んだ経緯を話す頼朝。だがそこに、遠く離れた場所にいた大姫が現れる。頼朝が義高の話をするたびに、同じことが起こるとのこと。聞こえるはずのない距離の話を聞き咎めるという不可能トリック自体はありふれているが、やはりこれだけでは終わらない。頼盛が騒動の真相を暴くことで、黒幕の想いに胸を打たれるのだ。さらに、平家を倒して絶大な権力者になった頼朝の脅しを、ひらひらと躱す頼盛が小気味いい。厳しい歳月の積み重ねが、主人公の人間としての厚みになっているのである。

　そしてラストの「六代秘話」は、都に戻った頼盛のもとに、北条時政がやって来る。鎌倉の意を受け、平家の残党狩りをしている時政は、頼盛の次男の為盛が、清盛の曾孫と入れ替わっているという密告を受けたのだ。またもや窮地に陥った頼盛は、ある物を使い、疑いを晴らす。清盛という重石がなくなったと思えば、鎌倉が新たな重石となる。いや、時代の流れそのものが重石だったのだろうか。池殿平家一門を守るため、必死に生きてきた頼盛。これほど切実な理由で、探偵役を務めたキャラクターは稀であろう。

　そういえば本作のラストで頼盛は亡くなっており、彼の子供たちは父親の人生は何だったのかと思う。その答えは「弔千手」で頼盛がいった、「子や孫の幸いに繋がらぬ繁栄など、たとえどんなに目映く見えようと、安らぎも喜びもない」にあるのではないか。頼盛にとって、家族だけでなく池殿平家一門も、自分の子や孫のようなもの。名利や権力ではなく、己の一番大切なものを守り抜いた男の煌きが、ここにあるのだ。

　本書には、時代ミステリーとしての面白さだけでなく、頼盛の人生を活写した歴史小説の面白さも感じられる。この二つの読みどころが融合しているところに、羽生作品の魅力がある。二〇二二年六月に刊行されたシリーズ第二弾『揺籃の都 平家物語推理抄』も同様だ。こちらは長篇で、大胆なトリックを使った殺人事件と、謎多き清盛の福原遷都の真実が描かれている。

また、今年（二〇二四年）の夏には、本シリーズの姉妹篇の刊行予定があるという。若き藤原定家が、頼盛の長男・平保盛を相棒にして、和歌が絡んだ事件を解決する連作だそうだ。本書を気に入った人は、引き続きお楽しみいただきたい。

初出一覧

「禿髪殺し」　第十四回ミステリーズ！新人賞最終候補作

「葵前哀れ」　単行本書き下ろし

「屍実盛」　〈ミステリーズ！〉vol.91（二〇一八年十月）

「弔千手」　〈ミステリーズ！〉vol.101（二〇二〇年六月）

「六代秘話」　単行本書き下ろし

※単行本書き下ろし以外は齊藤飛鳥名義。本書は二〇二一年、小社より刊行された作品の文庫化です。

検印
廃止

著者紹介　1982年神奈川県生まれ。上智大学卒。2018年「屍実盛」で第15回ミステリーズ！新人賞を受賞。2021年同作を収録した『蝶として死す　平家物語推理抄』でデビュー。同年、同作は第4回細谷正充賞を受賞した。他の著作に『揺籃の都　平家物語推理抄』などがある。

蝶として死す
平家物語推理抄

2024年3月29日　初版

著者　羽生飛鳥（はにゅう あすか）

発行所　（株）東京創元社
代表者　渋谷健太郎

162-0814/東京都新宿区新小川町1-5
電話　03・3268・8231-営業部
　　　03・3268・8204-編集部
URL　http://www.tsogen.co.jp
モリモト印刷・本間製本

乱丁・落丁本は、ご面倒ですが小社までご送付ください。送料小社負担にてお取替えいたします。

ISBN978-4-488-42621-7　C0193

聴き屋君の生活と推理

YOU TALK TO ME, I LISTEN TO YOU◆Yutaka Ichii

聴き屋の芸術学部祭

市井 豊

創元推理文庫

◆

生まれついての聴き屋体質の大学生、
柏木君が遭遇する四つの難事件。
芸術学部祭の最中に作動したスプリンクラーと
黒焦げ死体の謎を軽快に描いた表題作、
結末のない戯曲の謎の解明を
演劇部の主演女優から柏木君が強要される
「からくりツィスカの余命」などを収録する。
文芸サークル第三部〈ザ・フール〉の
愉快な面々が謎を解き明かす快作、
ユーモア・ミステリ界に注目の新鋭登場。

収録作品＝聴き屋の芸術学部祭，からくりツィスカの余命，
濡れ衣トワイライト，泥棒たちの挽歌

企みと悪意に満ちた連作ミステリ

GREEDY SHEEP◆Kazune Miwa

強欲な羊

美輪和音

創元推理文庫

美しい姉妹が暮らす、とある屋敷にやってきた
「わたくし」が見たのは、
対照的な性格の二人の間に起きた陰湿で邪悪な事件の数々。
年々エスカレートし、
ついには妹が姉を殺害してしまうが――。
その物語を滔々と語る「わたくし」の驚きの真意とは？
圧倒的な筆力で第７回ミステリーズ！新人賞を受賞した
「強欲な羊」に始まる“羊”たちの饗宴。

収録作品＝強欲な羊，背徳の羊，眠れぬ夜の羊，
ストックホルムの羊，生贄の羊
解説＝七尾与史